मृतक भोज

और अन्य कहानियाँ

31 जुलाई, 1880 को वाराणसी के निकट लमही नमक ग्राम में जन्मे धनपतराय श्रीवास्तव या मुंशी प्रेमचंद, एक ऐसा व्यक्तित्व है जिसे परिचय की आवश्यकता नहीं। प्रेमचंद ने अपने जीवनकाल में हिन्दी और उर्दू साहित्य को अपनी बेशकीमती रचनाओं से अलंकृत किया है। इनमें *सेवासदन, प्रेमाश्रम, रंगभूमि, निर्मला, गबन, कर्मभूमि, गोदान* आदि लगभग डेढ़ दर्जन उपन्यास तथा *कफन, पूस की रात, पंच परमेश्वर, बड़े घर की बेटी, बूढ़ी काकी, दो बैलों की कथा* आदि तीन सौ से अधिक कहानियाँ शामिल हैं। उन्होंने अपने दौर की सभी प्रमुख उर्दू और हिन्दी पत्रिकाओं—*जमाना, सरस्वती, माधुरी, मर्यादा, चाँद, सुधा* आदि में लिखा। उन्होंने हिन्दी समाचार पत्र *जागरण* तथा साहित्यिक पत्रिका *हंस* का संपादन और प्रकाशन भी किया।

उनकी रचनाओं में समाज सुधार आन्दोलनों, स्वाधीनता संग्राम तथा प्रगतिवादी आन्दोलनों के सामाजिक प्रभावों का स्पष्ट चित्रण है। उनमें दहेज, अनमेल विवाह, पराधीनता, लगान, छूआछूत, जाति भेद, विधवा विवाह, आधुनिकता, स्त्री-पुरुष समानता आदि, उस दौर की सभी प्रमुख समस्याओं का चित्रण मिलता है। अपने जीवन के अंतिम दिनों तक वे साहित्य सृजन में लगे रहे। हिन्दी साहित्य के क्षेत्र में 1918-1936 के काल खंड को 'प्रेमचंद युग' भी कहा जाता है।

मृतक भोज

और अन्य कहानियाँ

मुंशी प्रेमचंद

ekadā

ekadā

First published in Hindi as *Mritak Bhoj aur Anya Kahaniyan* in 2025 by Eka, an imprint of Westland Books, a division of Nasadiya Technologies Private Limited

Published in 2025 by Ekadā, an imprint of Westland Books, a division of Nasadiya Technologies Private Limited

No. 269/2B, First Floor, 'Irai Arul', Vimalraj Street, Nethaji Nagar, Alapakkam Main Road, Maduravoyal, Chennai 600095

Westland, the Westland logo, Ekadā and the Ekadā logo are the trademarks of Nasadiya Technologies Private Limited, or its affiliates.

ISBN: 9789360457877

10 9 8 7 6 5 4 3

Typeset in ChanakyaUni by Neo Software Consultants, Prayagraj

Printed at Nutech Print Services, India

विषय-सूची

अभिलाषा

कल पड़ोस में बड़ी हलचल मची। एक पानवाला अपनी स्त्री को मार रहा था। वह बेचारी बैठी रो रही थी, पर उस निर्दयी को उस पर लेशमात्र भी दया न आती थी। आखिर स्त्री को भी क्रोध आ गया। उसने खड़े होकर कहा—बस, अब मारोगे, तो ठीक न होगा। आज से मेरा तुझसे कोई सम्बन्ध नहीं। मैं भीख माँगूँगी, पर तेरे घर न आऊँगी। यह कहकर उसने अपनी एक पुरानी साड़ी उठाई और घर से निकल पड़ी। पुरुष काठ के उल्लू की तरह खड़ा देखता रहा। स्त्री कुछ दूर चलकर फिर लौटी और दूकान की सन्दूकची खोलकर कुछ पैसे निकाले। शायद अभी तक उसे ममता थी; पर उस निर्दय ने तुरन्त उसका हाथ पकड़कर पैसे छीन लिये। हाय री हृदयहीनता! अबला स्त्री के प्रति पुरुष का यह अत्याचार! एक दिन इसी स्त्री पर उसने प्राण दिये होंगे, उसका मुँह जोहता रहा होगा; पर आज इतना निष्ठुर हो गया है, मानो कभी की जान-पहचान ही नहीं। स्त्री ने पैसे रख दिये और बिना कहे-सुने चली गई। कौन जाने कहाँ! मैं अपने कमरे की खिड़की से घंटों देखती रही कि शायद वह फिर लौटे या शायद पानवाला ही उसे मनाने जाय; पर दो में से एक बात भी न हुई। आज मुझे स्त्री की सच्ची दशा का पहली बार ज्ञान हुआ। यह दूकान दोनों की थी। पुरुष तो मटरगश्ती किया करता था, स्त्री रात-दिन बैठी सती होती थी। दस-ग्यारह बजे रात तक मैं उसे दूकान पर बैठी देखती थी। प्रात:काल नींद खुलती, तब भी उसे बैठी पाती। नोच-खसोट, काट-कपट जितना पुरुष करता था, उससे कुछ अधिक ही स्त्री करती थी। पर पुरुष सब कुछ है, स्त्री कुछ नहीं! पुरुष जब चाहे उसे निकाल बाहर कर सकता है!

इस समस्या पर मेरा चित्त इतना अशान्त हो गया कि नींद आँखों से भाग गई। बारह बज गए और मैं बैठी रही। आकाश पर निर्मल चाँदनी छिटकी हुई थी। निशानाथ अपने रत्न-जटित सिंहासन पर गर्व से फूले बैठे थे। बादल के छोटे-छोटे टुकड़े धीरे-धीरे चन्द्रमा के समीप आते थे और फिर विकृत रूप में पृथक हो जाते थे, मानो श्वेतवसना सुन्दरियाँ उसके हाथों दलित और अपमानित होकर रुदन करती हुई चली जा रही हों। इस कल्पना ने मुझे इतना विकल किया कि मैंने खिड़की बन्द कर दी और पलंग पर आ बैठी। मेरे प्रियतम निद्रा में मग्न थे। उनका तेजमय मुखमंडल इस समय मुझे कुछ चन्द्रमा से ही मिलता-जुलता मालूम हुआ। वही सहास छवि थी, जिससे मेरे नेत्र तृप्त हो जाते थे। वही विशाल वक्ष था, जिस पर सिर रखकर मैं अपने अन्तःस्तल में एक कोमल, मधुर कंपन का अनुभव करती थी। वही सुदृढ़ बाँहें थीं, जो मेरे गले में पड़ जाती थीं तो मेरे हृदय में आनन्द की हिलोरें-सी उठने लगती थीं। पर आज कितने दिन हुए, मैंने उस मुख पर हँसी की उज्ज्वल रेखा नहीं देखी, न देखने को चित्त व्याकुल ही हुआ। कितने दिन हुए, मैंने उस वक्ष पर सिर नहीं रखा और न वह बाँहें मेरे गले में पड़ीं। क्यों? क्या मैं कुछ और हो गई, या पतिदेव ही कुछ और हो गए।

अभी कुछ बहुत दिन भी तो नहीं बीते, कुल पाँच साल हुए हैं—कुल पाँच साल, जब पतिदेव ने विकसित नेत्रों और लालायित अधरों से मेरा स्वागत किया था। मैं लज्जा से गर्दन झुकाये हुए थी। हृदय में कितनी प्रबल उत्कंठा हो रही थी कि उनकी मुख-छवि देख लूँ; पर लज्जावश सिर न उठा सकी। आखिर एक बार मैंने हिम्मत करके आँखें उठाईं और यद्यपि दृष्टि आधे रास्ते से ही लौट आयी, तो भी उस अर्धदर्शन से मुझे जो आनन्द मिला, क्या उसे कभी भूल सकती हूँ। वह चित्र अब भी मेरे हृदय-पट पर खिंचा हुआ है। जब कभी उसका स्मरण आ जाता है, हृदय पुलकित हो उठता है। उस आनन्द-स्मृति में अब भी वही गुदगुदी, वही सनसनी है! लेकिन अब रात-दिन उस छवि के दर्शन करती हूँ। उषाकाल, प्रातःकाल, मध्याह्नकाल, सन्ध्याकाल, निशाकाल आठों पहर उसको देखती हूँ; पर हृदय में गुदगुदी नहीं होती।

वह मेरे सामने खड़े मुझसे बातें किया करते हैं। मैं क्रोशिए की ओर देखती रहती हूँ। जब वह घर से निकलते थे, तो मैं द्वार पर आकर खड़ी हो जाती थी। और, जब वह पीछे फिरकर मुस्करा देते थे तो मुझे मानो स्वर्ग का राज्य मिल जाता था। मैं तीसरे पहर कोठे पर चढ़ जाती थी और उनके आने की बाट जोहने लगती थी। उनको दूर से आते देखकर मैं उन्मत्त-सी होकर नीचे आती और द्वार पर जाकर उनका अभिवादन करती। पर अब मुझे यह भी नहीं मालूम होता कि वह कब जाते और कब आते हैं। जब बाहर का द्वार बन्द हो जाता है, तो समझ जाती हूँ कि वह चले गए, जब द्वार खुलने की आवाज आती है, तो समझ जाती हूँ कि आ गए। समझ में नहीं आता कि मैं ही कुछ और हो गई या पतिदेव ही कुछ और हो गए।

तब वह घर में बहुत न आते थे। जब उनकी आवाज़ कानों में आ जाती तो मेरी देह में बिजली-सी दौड़ जाती थी। उनकी छोटी-छोटी बातों, छोटे-छोटे कामों को भी मैं अनुरक्त, मुग्ध नेत्रों से देखा करती थी। वह जब छोटे लाला को गोद में उठाकर प्यार करते थे, जब टामी का सिर थपथपाकर उसे लिटा देते थे, जब बूढ़ी भक्तिन को चिढ़ाकर बाहर भाग जाते थे, जब बाल्टियों में पानी भर-भर पौधों को सींचते थे, तब ये आँखें उसी ओर लगी रहती थीं। पर अब वह सारे दिन घर में रहते हैं, मेरे सामने हँसते हैं, बोलते हैं, मुझे खबर भी नहीं होती। न जाने क्यों?

तब किसी दिन उन्होंने फूलों का एक गुलदस्ता मेरे हाथ में रख दिया था और मुस्कराये थे। वह प्रणय का उपहार पाकर मैं फूली न समाई थी। केवल थोड़े-से फूल और पत्तियाँ थीं; पर उन्हें देखने से मेरी आँखें किसी भाँति तृप्त ही न होती थीं। कुछ देर हाथ में लिये रही, फिर अपनी मेज पर फूलदान में रख दिया। कोई काम करती होती, तो बार-बार आकर उस गुलदस्ते को देख जाती। कितनी बार उसे आँखों से लगाया, कितनी बार उसे चूमा! कोई एक लाख रुपये भी देता, तो उसे न देती। उसकी एक-एक पंखड़ी मेरे लिए एक-एक रत्न थी। जब वह मुरझा गया, तो मैंने उसे उठाकर अपने बक्स में रख दिया था। तबसे

उन्होंने मुझे हज़ारों चीजें उपहार में दी हैं—एक-से-एक रत्न जड़ित आभूषण हैं, एक-से-एक बहुमूल्य वस्त्र हैं और गुलदस्ते तो प्राय: नित्य ही लाते हैं; लेकिन इन चीजों को पाकर वह उल्लास नहीं होता। मैं उन चीजों को पहनकर आईने में अपना रूप देखती हूँ और गर्व से फूल उठती हूँ। अपनी हमजोलियों को दिखाकर अपना गौरव और उनकी ईर्ष्या बढ़ाती हूँ। बस।

अभी थोड़े ही दिन हुए हैं, उन्होंने मुझे वह चन्द्रहार दिया है, जो इसे देखता है, मोहित हो जाता है। मैं भी उसकी बनावट और सजावट पर मुग्ध हूँ। मैंने अपना सन्दूक खोला और उस गुलदस्ते को निकाल लायी। आह! उसे हाथ में लेते ही मेरी एक-एक नस में बिजली दौड़ गई। हृदय के सारे तार कंपित हो गए। वह सूखी हुई पंखुड़ियाँ, जो अब पीले रंग की हो गई थीं बोलती हुई मालूम होती थीं। उसके सूखे, मुरझाये हुए मुखों के अस्फुटित कंपित, अनुराग में डूबे शब्द सांय-सांय करके निकलते हुए जान पड़ते थे; किन्तु वह रत्न-जटित, कान्ति से दमकता हुआ हार स्वर्ण और पत्थरों का एक समूह था, जिसमें प्राण न थे, संज्ञा न थी, मर्म न था। मैंने फिर गुलदस्ते को चूमा, कंठ से लगाया, आर्द्र नेत्रों से सींचा और फिर सन्दूक में रख आयी। आभूषणों से भरा हुआ सन्दूक भी उस एक स्मृति-चित्र के सामने तुच्छ था। यह क्या रहस्य था?

फिर मुझे उनके पुराने पत्र की याद आ गई। उसे उन्होंने कालेज से मेरे पास भेजा था। उसे पढ़कर मेरे हृदय में जो आनन्द हुआ था, जो तूफान उठा था, आँखों से जो नदी बही थी, क्या उसे कभी भूल सकती हूँ। उस पत्र को मैंने अपनी सोहाग की पिटारी में रख दिया था। इस समय उस पत्र को पढ़ने की प्रबल इच्छा हुई। मैंने पिटारी से वह पत्र निकाला। उसे स्पर्श करते ही मेरे हाथ काँपने लगे, हृदय में धड़कन होने लगी। मैं कितनी देर उसे हाथ में लिये खड़ी रही, कह नहीं सकती। मुझे ऐसा मालूम हुआ कि मैं फिर वही हो गई हूँ, जो पत्र पाते समय थी। उस पत्र में क्या प्रेम के कवित्तमय उद्गार थे? क्या प्रेम की साहित्यिक विवेचना थी। क्या वियोग-व्यथा का करुण क्रन्दन था? उसमें तो प्रेम

का एक शब्द भी न था। लिखा था—कामिनी, तुमने आठ दिनों से कोई पत्र नहीं लिखा। क्यों नहीं लिखा? अगर तुम मुझे पत्र न लिखोगी, तो मैं होली की छुट्टियों में घर न आऊँगा, इतना समझ लो। आखिर तुम सारे दिन क्या किया करती हो! मेरे उपन्यासों की आलमारी खोल ली है क्या? आपने मेरी आलमारी क्यों खोली? समझती होगी, मैं पत्र न लिखूँगी तो बचा खूब रोयेंगे और हैरान होंगे। यहाँ इसकी परवाह नहीं। नौ बजे रात को सोता हूँ, तो आठ बजे उठता हूँ। कोई चिन्ता है, तो यही कि फेल न हो जाऊँ। अगर फेल हुआ तो तुम जानोगी।

कितना सरल, भोले-भोले हृदय से निकला हुआ, निष्कपट मानपूर्ण आग्रह और आतंक से पत्र भरा हुआ था, मानो उसका सारा उत्तरदायित्व मेरे ही ऊपर था। ऐसी धमकी क्या अब भी वह मुझे दे सकते हैं? कभी नहीं। ऐसी धमकी वही दे सकता है, जो न मिल सकने की व्यथा को जानता हो, उसका अनुभव करता हो। पतिदेव अब जानते हैं, इस धमकी का मुझ पर कोई असर न होगा, मैं हँसूँगी और आराम से सोऊँगी, क्योंकि मैं जानती हूँ, वह अवश्य आयेंगे और उनके लिए ठिकाना ही कहाँ है? जा ही कहाँ सकते हैं? तब से उन्होंने मेरे पास कितने पत्र लिखे हैं। दो दिन को भी बाहर जाते हैं, तो जरूर एक पत्र भेजते हैं, और जब दस-पाँच दिन को जाते हैं, तो नित्य प्रति एक पत्र आता है। पत्रों में प्रेम के चुने हुए शब्द, चुने हुए वाक्य, चुने हुए सम्बोधन भरे होते हैं। मैं उन्हें पढ़ती हूँ और एक ठंडी साँस लेकर रख देती हूँ। हाय! वह हृदय कहाँ गया? प्रेम के इन निर्जीव भावशून्य कृत्रिम शब्दों में वह अभिन्नता कहाँ है, वह रस कहाँ है, वह उन्माद कहाँ है, वह क्रोध कहाँ है? वह झुंझलाहट कहाँ है? उनमें मेरा मन कोई वस्तु खोजता है—कोई अज्ञात, अव्यक्त, अलक्षित वस्तु—पर वह नहीं मिलती। उनमें सुगन्ध भरी होती है, पत्रों के काग़ज़ आर्ट-पेपर को मात करते हैं; पर उनका यह सारा बनाव-सँवार किसी गत-यौवना नायिका के बनाव-सिंगार के सदृश ही लगता है, कभी-कभी तो मैं पत्रों को खोलती भी नहीं। मैं जानती हूँ, उनमें क्या लिखा होगा।

उन्हीं दिनों की बात है, मैंने तीजे का व्रत किया था। मैंने देवी के सम्मुख सिर झुकाकर वन्दना की थी—देवि, मैं तुमसे केवल एक वरदान माँगती हूँ। हम दोनों प्राणियों में कभी विच्छेद न हो, और मुझे कोई अभिलाषा नहीं, मैं संसार की और कोई वस्तु नहीं चाहती। तब से चार साल हो गए हैं और हममें एक दिन के लिए भी विच्छेद नहीं हुआ। मैंने तो केवल एक वरदान माँगा था। देवी ने वरदानों का भंडार ही मुझे सौंप दिया। पर आज मुझे देवी के दर्शन हों, तो मैं कहूँ, तुम अपने सारे वरदान ले लो; मैं इनमें से एक भी नहीं चाहती। मैं फिर वही दिन देखना चाहती हूँ, जब हृदय में प्रेम की अभिलाषा थी। तुमने सब कुछ देकर मुझे उस अतुल सुख से वंचित कर दिया, जो अभिलाषा में था। मैं अबकी देवी से वह दिन दिखाने की प्रार्थना करूँ, जब मैं किसी निर्जन जल तट और सघन वन में अपने प्रियतम को ढूँढ़ती फिरूँ। नदी की लहरों से कहूँ, मेरे प्रियतम को तुमने देखा है? वृक्षों से पूछूँ, मेरे प्रियतम कहाँ गए? क्या वह सुख मुझे कभी प्राप्त न होगा? उसी समय मन्द, शीतल पवन चलने लगी। मैं खिड़की के बाहर सिर निकाले खड़ी थी। पवन के झोंके से मेरे केश की लटें बिखरने लगीं। मुझे ऐसा आभास हुआ, मानो मेरे प्रियतम वायु के इन उच्छ्‌वासों में हैं। फिर मैंने आकाश की ओर देखा। चाँद की किरणें चाँदी के जगमगाते तारों की भाँति आँखों से आँखमिचौनी-सी खेल रही थीं। आँखें बन्द करते समय सामने आ जातीं; पर आँखें खोलते ही अदृश्य हो जाती थीं। मुझे उस समय ऐसा आभास हुआ कि मेरे प्रियतम उन्हीं जगमगाते तारों पर बैठे आकाश से उतर रहे हैं। उसी समय किसी ने गाया—

अनोखे-से नेही के त्याग,
निराले पीड़ा के संसार!
कहाँ होते हो अन्तर्धान,
लुटा करके सोने-सा प्यार!

'लुटा करके सोने-सा प्यार', यह पद मेरे मर्मस्थल को तीर की भाँति छेदता हुआ कहाँ चला गया, नहीं जानती। मेरे रोयें खड़े हो गए। आँखों से आँसुओं की झड़ी लग गई। ऐसा मालूम हुआ, जैसे कोई मेरे

प्रियतम को मेरे हृदय से निकाले लिये जाता है। मैं जोर से चिल्ला पड़ी। उसी समय पतिदेव की नींद टूट गई। वह मेरे पास आकर बोले—क्या अभी तुम चिल्लाई थीं? अरे! तुम रो रही हो? क्या बात है? कोई स्वप्न तो नहीं देखा?

मैंने सिसकते हुए कहा—'रोऊँ न, तो क्या हँसूँ?'

स्वामी ने मेरा हाथ पकड़कर कहा—'क्यों, रोने को कोई कारण है, या यों ही रोना चाहती हो?'

'क्या मेरे रोने का कारण तुम नहीं जानते?'

'मैं तुम्हारे दिल की बात कैसे जान सकता हूँ?'

'तुमने जानने की चेष्टा कभी की है?'

'मुझे इसका सान-गुमान भी न था कि तुम्हारे रोने का कोई कारण हो सकता है।'

'तुमने तो बहुत कुछ पढ़ा है, क्या तुम भी ऐसी बात कह सकते हो?'

स्वामी ने विस्मय में पड़कर कहा—'तुम तो पहेलियाँ बुझवाती हो?'

'क्यों, क्या तुम कभी नहीं रोते?'

'मैं क्यों रोने लगा।'

'तुम्हें अब कोई अभिलाषा नहीं है?

'मेरी सबसे बड़ी अभिलाषा पूरी हो गई। अब मैं और कुछ नहीं चाहता।'

यह कहते हुए पतिदेव मुस्कराये और मुझे गले से लिपटा लेने को बढ़े। उनकी यह हृदयहीनता इस समय मुझे बहुत बुरी लगी। मैंने उन्हें हाथों से पीछे हटाकर कहा—मैं इस स्वाँग को प्रेम नहीं समझती। जो कभी रो नहीं सकता वह प्रेम नहीं कर सकता। रुदन और प्रेम, दोनों एक ही स्रोत से निकलते हैं।

उसी समय फिर उसी गाने की ध्वनि सुनाई दी—

अनोखे-से नेही के त्याग,
निराले पीड़ा के संसार!

कहाँ होते हो अन्तर्धान,
लुटा करके सोने-सा प्यार!

पतिदेव की वह मुस्कराहट लुप्त हो गई। मैंने उन्हें एक बार काँपते देखा। ऐसा जान पड़ा, उन्हें रोमांच हो रहा है। सहसा उनका दहिना हाथ उठकर उनकी छाती तक गया। उन्होंने लम्बी साँस ली और उनकी आँखों से आँसू की बूँदें निकलकर गालों पर आ गईं। तुरन्त मैंने रोते हुए उनकी छाती पर सिर रख दिया और उस परम सुख का अनुभव किया, जिसके लिए कितने दिनों से मेरा हृदय तड़प रहा था। आज फिर मुझे पतिदेव का हृदय धड़कता हुआ सुनाई दिया, आज उनके स्पर्श में फिर स्फूर्ति का ज्ञान हुआ।

अभी तक उस पद के शब्द मेरे हृदय में गूँज रहे थे—

कहाँ होते हो अन्तर्धान
लुटा करके सोने-सा प्यार!

(श्रीमती महादेवी वर्मा की कविता का एक पद।)

लांछन

अगर संसार में ऐसा प्राणी होता, जिसकी आँखें लोगों के हृदयों के भीतर घुस सकतीं, तो ऐसे बहुत कम स्त्री-पुरुष होंगे, जो उसके सामने सीधी आँखें करके ताक सकते! महिला-आश्रम की जुगनूबाई के विषय में लोगों की धारणा कुछ ऐसी ही हो गयी थी। वह बेपढ़ी-लिखी, गरीब, बूढ़ी औरत थी, देखने में बड़ी सरल, बड़ी हँसमुख; लेकिन जैसे किसी चतुर प्रूफरीडर की निगाह गलतियों ही पर जा पड़ती है; उसी तरह उसकी आँखें भी बुराइयों ही पर पहुँच जाती थीं। शहर में ऐसी कोई महिला न थी; जिसके विषय में दो-चार लुकी-छिपी बातें उसे न मालूम हों। उसका ठिगना स्थूल शरीर, सिर के खिचड़ी बाल, गोल मुँह, फूले-फूले गाल, छोटी-छोटी आँखें उसके स्वभाव की प्रखरता और तेजी पर परदा-सा डाले रहती थीं; लेकिन जब वह किसी की कुत्सा करने लगती, तो उसकी आकृति कठोर हो जाती, आँखें फैल जातीं और कंठ-स्वर कर्कश हो जाता। उसकी चाल में बिल्लियों का-सा संयम था; दबे पाँव धीरे-धीरे चलती, पर शिकार की आहट पाते ही, जस्त मारने को तैयार हो जाती थी। उसका काम था, महिला-आश्रम में महिलाओं की सेवा-टहल करना; पर महिलाएँ उसकी सूरत से काँपती थीं। उसका आतंक था, कि ज्योंही वह कमरे में कदम रखती, ओठों पर खेलती हुई हँसी, जैसे रो पड़ती थी। चहकने वाली आवाज़ें जैसे बुझ जाती थीं, मानो उनके मुख पर लोगों को अपने पिछले रहस्य अंकित नजर आते हों। पिछले रहस्य! कौन है, जो अपने अतीत को किसी भयंकर जन्तु के समान कटघरों में बन्द करके न रखना चाहता हो। धनियों को चोरों के भय से निद्रा नहीं आती, मानियों को उसी भाँति मान

की रक्षा करनी पड़ती है। वह जन्तु, जो पहले कीट के समान अल्पाकार रहा होगा, दिनों के साथ दीर्घ और सबल होता जाता है, यहाँ तक हम उसकी याद ही से काँप उठते हैं; और अपने ही कारनामों की बात होती, तो अधिकांश देवियाँ जुगनू को दुत्कारतीं; पर यहाँ तो मैके और ससुराल, ननियाल, ददियाल, फुफियाल और मौसियाल, चारों ओर की रक्षा करनी थी और जिस किले में इतने द्वार हों, उसकी रक्षा कौन कर सकता है। वहाँ तो हमला करने वाले के सामने मस्तक झुकाने में ही कुशल है। जुगनू के दिल में हजारों मुरदे गड़े पड़े थे और वह जरूरत पड़ने पर उन्हें उखाड़ दिया करती थी। जहाँ किसी महिला ने दून की ली, या शान दिखायी, वहाँ जुगनू की त्योरियाँ बदलीं। उसकी एक कड़ी निगाह अच्छे-अच्छे को दहला देती थी; मगर यह बात न थी कि स्त्रियाँ उससे घृणा करती हों। नहीं, सभी बड़े चाव से उससे मिलतीं और उसका आदर-सत्कार करतीं। अपने पड़ोसियों की निन्दा सनातन से मनुष्य के लिए मनोरंजन का विषय रही है और जुगनू के पास इसका काफी सामान था।

2

नगर में इन्दुमती-महिला-पाठशाला नाम का एक लड़कियों का हाईस्कूल था। हाल में मिस खुरशेद उसकी हेड मिस्ट्रेस होकर आयी थीं। शहर में महिलाओं का दूसरा क्लब न था। मिस खुरशेद एक दिन आश्रम में आयीं। ऐसी ऊँचे दर्जे की शिक्षा पायी हुई आश्रम में कोई देवी न थी। उनकी बड़ी आवभगत हुई। पहले ही दिन मालूम हो गया, मिस खुरशेद के आने से आश्रम में एक नये जीवन का संचार होगा। कुछ इस तरह दिल खोलकर हरेक से मिलीं, कुछ ऐसी दिलचस्प बातें की, कि सभी देवियाँ मुग्ध हो गयीं। गाने में चतुर थीं। व्याख्यान भी खूब देती थीं और अभिनय-कला में तो उन्होंने लन्दन में नाम कमा लिया था। ऐसी सर्वगुण-सम्पन्न देवी का आना आश्रम का सौभाग्य था। गुलाबी गोरा रंग, कोमल गाल, मदभरी आँखें, नये फैशन के कटे हुए केश, एक-एक अंग साँचे में ढला हुआ; मादकता की इससे अच्छी प्रतिमा न बन सकती थी।

चलते समय मिस खुरशेद ने मिसेज़ टंडन को, जो आश्रम की प्रधान थी, एकान्त में बुलाकर पूछा—वह बुढ़िया कौन है?

जुगनू कई बार कमरे में आकर मिस खुरशेद को अन्वेषण की आँखों से देख चुकी थी, मानो कोई शहसवार किसी नयी घोड़ी को देख रहा हो।

मिसेज़ टंडन ने मुस्कराकर कहा—यहाँ ऊपर का काम करने के लिए नौकर है। कोई काम हो, तो बुलाऊँ? मिस खुरशेद ने धन्यवाद देकर कहा—जी नहीं, कोई विशेष काम नहीं है। मुझे चालबाज मालूम होती है। यह भी देख रही हूँ, कि वह सेविका नहीं स्वामिनी है। मिसेज़ टंडन तो जुगनू से जली बैठी ही थीं, इनके वैधव्य को लांछित करने के लिए, वह उन्हें सदा-सोहागिन कहा करती थी। मिस खुरशेद से उसकी जितनी बुराई हो सकी, वह की और उससे सचेत रहने का आदेश दिया।

मिस खुरशेद ने गम्भीर होकर कहा—तब तो भयंकर स्त्री है। तभी सब देवियाँ इससे काँपती हैं। आप इसे निकाल क्यों नहीं देतीं? ऐसी चुड़ैल को एक दिन न रखना चाहिए।

मिसेज़ टंडन ने अपनी मजबूरी बताई—निकाल कैसे दूँ; जिन्दा रहना मुश्किल हो जाय। हमारा भाग्य उसकी मुट्ठी में है। आपको दो-चार दिन में उसके जौहर खुलेंगे। मैं तो डरती हूँ, कहीं आप भी उसके पंजे में न फँस जायँ! उसके सामने भूलकर भी किसी पुरुष से बातें न कीजिएगा। इसके गोयन्दे न जाने कहाँ-कहाँ लगे हुए हैं। नौकर से मिलकर भेद यह ले, डाकिये से मिलकर चिट्ठियाँ यह देखे, लड़कों को फुसलाकर घर का हाल यह पूछे। इस राँड को खुफिया पुलिस में जाना चाहिए था! यहाँ न जाने क्यों आ मरी।

मिस खुरशेद चिन्तित हो गयीं, मानो इस समस्या को हल करने की फ़िक्र में हों। एक क्षण बाद बोलीं—अच्छा मैं इसे ठीक करूँगी; अगर न निकाल दूँ, तो कहना।

मिसेज़ टंडन—निकाल देने ही से क्या होगा। उसकी जबान तो न बन्द होगी। तब तो वह और भी निडर होकर कीचड़ फेंकेगी।

मिस खुरशेद ने निश्चिन्त स्वर में कहा—मैं उसकी जबान भी बन्द कर दूँगी बहन। आप देख लीजिएगा। टके की औरत, यहाँ बादशाहत कर रही है। मैं यह बर्दाश्त नहीं कर सकती।

वह चली गयी, तो मिसेज़ टंडन ने जुगनू को बुलाकर कहा—इस

नयी मिस साहब को देख। यहाँ प्रिन्सिपल हैं।

जुगनू ने द्वेष भरे हुए स्वर में कहा—आप देखें। मैं ऐसी सैकड़ों छोकरियाँ देख चुकी हूँ। आँखों का पानी जैसे मर गया हो।

मिसेज़ टंडन धीरे से बोलीं—तुम्हें कच्चा ही खा जायेंगी। उनसे डरती रहना। कह गयी हैं, मैं इसे ठीक करके छोड़ूगी। मैंने सोचा, तुम्हें चेता दूँ। ऐसा न हो, उसके सामने कुछ ऐसी-वैसी बातें कह बैठो।

जुगनू ने मानो तलवार खींचकर कहा—मुझे चेताने का काम नहीं; उन्हें चेता दीजिएगा। यहाँ का आना न बन्द कर दूँ, तो अपने बाप की नहीं। वह घूमकर दुनिया देख आयी हैं, तो यहाँ घर बैठे दुनिया देख चुकी हूँ।

मिसेज़ टंडन ने पीठ ठोंकी—मैंने समझा दिया भाई, आगे तुम जानो तुम्हारा काम जाने।

जुगनू—आप चुपचाप देखती जाइए। कैसा तिगनी का नाच नचाती हूँ। इसने अब तक ब्याह क्यों नहीं किया? उमिर तो तीस के लगभग होगी?

मिसेज़ टंडन ने रद्दा जमाया—कहती है, मैं शादी करना ही नहीं चाहती। किसी पुरुष के हाथ क्यों अपनी आज़ादी बेचूँ?

जुगनू ने आँखें नचाकर कहा—कोई पूछता ही न होगा। ऐसी बहुत-सी क्वाँरियाँ देख चुकी हूँ। सत्तर चूहे खाकर, बिल्ली चली हज्ज को!

और कई लेडियाँ आ गयीं और बात का सिलसिला बन्द हो गया।

3

दूसरे दिन सबेरे जुगनू मिस खुरशेद के बँगले पर पहुँची। मिस खुरशेद हवा खाने गयी हुई थीं। खानसामा ने पूछा—कहाँ से आती हो?

जुगनू—यहीं रहती हूँ बेटा। मेम साहब कहाँ से आयी हैं, तुम तो इनके पुराने नौकर होगे?

खानसामा—नागपुर से आयी हैं! मेरा घर भी वहीं है। दस साल से इनके साथ हूँ।

जुगनू—किसी ऊँचे खानदान की होंगी? वह तो रंग-ढंग से ही

मालूम होता है।

खानसामा—खानदान तो कुछ ऐसा ऊँचा नहीं, हाँ तकदीर की अच्छी हैं। इनकी माँ अभी तक मिशन में 30 रु० पाती हैं। यह पढ़ने में तेज थीं वजीफा मिल गया, विलायत चली गयीं, बस तकदीर खुल गयी। अब तो अपनी माँ को बुलानेवाली हैं, लेकिन वह बुढ़िया शायद ही आये। यह गिरजे-विरजे नहीं जातीं, इससे दोनों में पटती नहीं।

जुगनू—मिजाज की तेज मालूम होती है।

खानसामा—नहीं; यों तो बहुत नेक हैं, गिरजे नहीं जातीं। तुम क्या नौकरी की तलाश में हो? करना चाहो, तो कर लो, एक आया रखना चाहती हैं।

जुगनू—नहीं बेटा, मैं अब क्या नौकरी करूँगी। इस बँगले में पहले जो मेम साहब रहती थीं, वह मुझ पर बड़ी निगाह रखती थीं। मैंने समझा, चलूँ नयी मेम साहब को आसीरबाद दे आऊँ।

खानसामा—यह आसीरबाद लेनेवाली मेम साहब नहीं हैं। ऐसों से बहुत चिढ़ती हैं। कोई मँगता आया और उसे डाँट बताई। कहती हैं, बिना काम किये किसी को जिन्दा रहने का हक नहीं है। भला चाहती हो, तो चुपके से राह लो।

जुगनू—तो यह कहो, इनका कोई धरम-करम नहीं। फिर भला गरीबों पर क्यों दया करने लगीं।

जुगनू को अपनी दीवार खड़ी करने के लिए काफी सामान मिल गया—नीच खानदान की है, माँ से नहीं पटती; धर्म से विमुख है। पहले धावे में इतनी सफलता कुछ कम न थी। चलते-चलते खानसामा से इतना और पूछा—इनके साहब क्या करते हैं? खानसामा ने मुस्कराकर कहा—इनकी तो अभी शादी ही नहीं हुई। साहब कहाँ से होंगे।

जुगनू ने बनावटी आश्चर्य से कहा—अरे, अब तक ब्याह ही नहीं हुआ। हमारे यहाँ तो दुनिया हँसने लगे।

खानसामा—अपना-अपना रिवाज है। इनके यहाँ तो कितनी ही औरतें उम्र भर ब्याह नहीं करतीं!

जुगनू ने मार्मिक-भाव से कहा—ऐसी क्वाँरियों को मैं बहुत देख चुकी। हमारी बिरादरी में कोई इस तनो रहे, तो थुड़ी-थुड़ी हो जाय। मुदा

इनके यहाँ जो जी में आवे करो, कोई नहीं पूछता।

इतने में मिस खुरशेद आ पहुँची। गुलाबी जाड़ा पड़ने लगा था। मिस साहब साड़ी के ऊपर ओवरकोट पहने हुए थीं। एक हाथ में छतरी थी, दूसरे में छोटे कुत्ते की जंजीर। प्रभात की शीतल वायु में व्यायाम ने कपोलों को ताजा और सुर्ख कर दिया था। जुगनू ने झुककर सलाम किया, पर उन्होंने उसे देखकर भी न देखा। अन्दर जाते ही खानसामा को बुलाकर पूछा—यह औरत क्या करने आयी है।

खानसामा ने जूते का फीता खोलते हुए कहा—भिखारिन है हुजूर! पर औरत समझदार है। मैंने कहा, यहाँ नौकरी करेगी, तो राजी नहीं हुई। पूछने लगी, इनके साहब क्या करते हैं। जब मैंने बता दिया, तो इसे बड़ा ताज्जुब हुआ और होना ही चाहे। हिन्दुओं में तो दुधमुँहे बालकों तक का विवाह हो जाता है।

खुरशेद ने जाँच की—और क्या कहती थी?

'और तो कोई बात नहीं हुजूर!'

'अच्छा, उसे मेरे पास भेज दो!'

4

जुगनू ने ज्योंही कमरे में कदम रक्खा, मिस खुरशेद ने कुरसी से उठकर स्वागत किया—आइए माँजी! मैं जरा सैर करने चली गई थी। आपके आश्रम में तो सब कुशल है?

जुगनू एक कुरसी का तकिया पकड़कर खड़ी-खड़ी बोली—कुशल है मिस साहब! मैंने कहा, आपको आसीरबाद दे आऊँ। मैं आपकी चेरी हूँ। जब कोई काम पड़े मुझे याद कीजिएगा। यहाँ अकेले तो हुजूर को अच्छा न लगता होगा।

मिस०—मुझे अपने स्कूल की लड़कियों के साथ बड़ा आनन्द मिलता है, वह सब मेरी ही लड़कियाँ हैं।

जुगनू ने मातृ-भाव से सिर हिलाकर कहा—यह ठीक है मिस साहब, पर अपना, अपना ही है। दूसरा अपना हो जाय, तो अपनों के लिए कोई क्यों रोये!

सहसा एक सुन्दर सजीला युवक रेशमी सूट धारण किये जूते चरमर करता हुआ अन्दर आया। मिस खुरशेद ने इस तरह दौड़कर प्रेम से उनका अभिवादन किया, मानो जामे में फूली न समाती हों। जुगनू उसे देखकर कोने में दुबक गयी!

खुरशेद ने युवक से गले मिलकर कहा—प्यारे! मैं कब से तुम्हारी राह देख रही हूँ। (जुगनू से) माँजी, आप जायें फिर कभी आना। यह हमारे परम मित्र विलियम किंग हैं। हम और यह बहुत दिनों तक साथ-साथ पढ़े हैं।

जुगनू चुपके से निकलकर बाहर आयी। खानसामा खड़ा था। पूछा—यह लौंडा कौन है?

खानसामा ने सिर हिलाया—मैंने इसे आज ही देखा है। शायद अब क्वाँरपन से जी ऊबा! अच्छा तरहदार जवान है।

जुगनू—दोनों इस तरह टूटकर गले मिले हैं कि मैं तो लाज के मारे गड़ गयी। ऐसा चूमा-चाटी तो जोरू-खसम में नहीं होती। दोनों लिपट गए। लौंडा तो मुझे देखकर कुछ झिझकता था; पर तुम्हारी मिस साहब तो जैसे मतवाली हो गई थीं।

खानसामा ने मानो अमंगल के आभास से कहा—मुझे तो कुछ बेढब मुआमला नजर आता है।

जुगनू तो यहाँ से सीधे मिसेज़ टंडन के घर पहुँची। इधर मिस खुरशेद और युवक में बातें होने लगीं।

मिस खुरशेद ने कहकहा मारकर कहा—तुमने अपना पार्ट खूब खेला लीला, बुढ़िया सचमुच चौंधिया गयी!

लीला—मैं तो डर रही थी, कि कहीं बुढ़िया भाँप न जाय।

मिस खुरशेद—मुझे विश्वास था, वह आज जरूर आयेगी। मैंने दूर ही से उसे बरामदे में देखा और तुम्हें सूचना दी। आज आश्रम में बड़े मजे रहेंगे। जी चाहता है, महिलाओं की कनफुसकियाँ सुनती! देख लेना, सभी उसकी बातों पर विश्वास करेंगी।

लीला—तुम भी तो जान-बूझकर दलदल में पाँव रख रही हो।

मिस खुरशेद—मुझे अभिनय में मजा आता है। दिल्लगी रहेगी।

बुढ़िया ने बड़ा जुल्म कर रखा है। जरा उसे सबक देना चाहती हूँ। कल तुम इसी वक्त इसी ठाट से फिर आ जाना। बुढ़िया कल फिर आयेगी। उसके पेट में पानी न हजम होगा। नहीं, ऐसा क्यों? जिस वक्त वह आयेगी, मैं तुम्हें ख़बर दूँगी। बस, तुम छैला बनी हुई पहुँच जाना।

5

आश्रम में उस दिन जुगनू को दम मारने की फुर्सत न मिली। उसने सारा वृत्तान्त मिसेज़ टंडन से कहा। मिसेज़ टंडन दौड़ी हुई आश्रम पहुँचीं और अन्य महिलाओं को खबर सुनायी। जुगनू उसकी तसदीक करने के लिए बुलायी गयी। जो महिला आती, वह जुगनू के मुँह से यह कथा सुनती। हर एक रिहर्सल में कुछ-कुछ रंग और चढ़ जाता। यहाँ तक कि दोपहर होते-होते सारे शहर के सभ्य-समाज में वह ख़बर गूँज उठी।

एक देवी ने पूछा—यह युवक है कौन!

मिसेज़ टंडन—सुना तो, उनके साथ का पढ़ा हुआ है। दोनों में पहले से कुछ बातचीत रही होगी। वही तो मैं कहती थी कि इतनी उम्र हो गयी, यह क्वाँरी कैसे बैठी है? अब कलई खुली।

जुगनू—और कुछ हो या न हो, जवान तो बाँका है।

टंडन—यह हमारी विद्वान बहनों का हाल है।

जुगनू—मैं तो उसकी सूरत देखते ही ताड़ गयी थी। धूप में बाल नहीं सुफेद किये हैं।

टंडन—कल फिर जाना।

जुगनू—कल नहीं, मैं आज रात ही को जाऊँगी। लेकिन रात को जाने के लिए कोई बहाना जरूरी था। मिसेज़ टंडन ने आश्रम के लिए एक किताब मँगवा भेजी। रात को नौ बजे जुगनू मिस खुरशेद के बँगले पर जा पहुँची। संयोग से लीलावती उस वक्त मौजूद थी; बोली—बुढ़िया तो बेहतर पीछे पड़ गयी।

मिस खुरशेद—मैंने तुमसे कहा था, उसके पेट में पानी न पचेगा। तुम जाकर रूप भर जाओ। तब तक मैं बातों में लगाती हूँ। शराबियों की तरह अंट-संट बकना शुरू करना। मुझे भगा ले जाने के प्रस्ताव भी करना,

बस यों बन जाना जैसे अपने होश में नहीं हो।

लीला मिशन में डाक्टर थी। उसका बँगला भी पास ही था। वह चली गयी, तो मिस खुरशेद ने जुगनू को बुलाया।

जुगनू ने एक पुरजा उसको देकर कहा—मिसेज़ टंडन ने यह किताब माँगी है। मुझे आने में देर हो गयी। मैं इस वक्त आपको कष्ट न देती; पर सबेरे ही वह मुझसे माँगेंगी। हजारों रुपये महीने की आमदनी है मिस साहब, मगर एक-एक कौड़ी दाँत से पकड़ती है। इनके द्वारे पर भिखारी को भीख तक नहीं मिलती।

मिस खुरशेद ने पुरजा देखकर कहा—इस वक्त तो यह किताब नहीं मिल सकती, सुबह ले जाना। तुमसे कुछ बातें करनी हैं। बैठो, मैं अभी आती हूँ।

वह परदा उठाकर पीछे के कमरे में चली गयी और वहाँ से कोई पन्द्रह मिनट में एक सुन्दर रेशमी साड़ी पहने, इत्र में बसी हुई, मुँह पर पाउडर लगाये निकली। जुगनू ने उसे आँखें फाड़कर देखा। ओ हो! यह श्रृंगार! शायद इस समय वह लौंडा आने वाला होगा। तभी यह तैयारियाँ हैं। नहीं, सोने के समय क्वाँरियों को बनाव-सँवार की क्या जरूरत? जुगनू की नीति में स्त्रियों के श्रृंगार का केवल एक उद्देश्य था, पति को लुभाना। इसलिए सोहागिनों के सिवा श्रृंगार और सभी के लिए वर्जित था! अभी खुरशेद कुरसी पर बैठने भी न पायी थी कि जूतों का चरमर सुनाई दिया और एक क्षण में विलियम किंग ने कमरे में कदम रक्खा। उसकी आँखें चढ़ी हुई मालूम होती थीं, और कपड़ों से शराब की गन्ध आ रही थी। उसने बेधड़क मिस खुरशेद को छाती से लगा लिया और बार-बार उसके कपोलों के चुम्बन लेने लगा।

मिस खुरशेद ने अपने को उसके कर-पाश से छुड़ाने की चेष्टा करके कहा—चलो हटो, शराब पीकर आये हो।

किंग ने उसे और चिमटाकर कहा—आज तुम्हें भी पिलाऊँगा प्रिये! तुमको पीना होगा। फिर हम दोनों लिपटकर सोवेंगे। नशे में प्रेम कितना सजीव हो जाता है, इसकी परीक्षा कर लो।

मिस खुरशेद ने इस तरह जुगनू की उपस्थिति का उसे संकेत किया कि जुगनू पर नज़र पड़ जाय। पर किंग नशे में मस्त था, जुगनू की तरफ

देखा ही नहीं।

मिस खुरशेद ने रोष के साथ अपने को अलग करके कहा—तुम इस वक्त आपे में नहीं हो। इतने उतावले क्यों हुए जाते हो? क्या मैं कहीं भागी जा रही हूँ?

किंग—इतने दिनों से चोरों की तरह आया हूँ, आज से मैं खुले खजाने आऊँगा।

खुरशेद—तुम तो पागल हो रहे हो। देखते नहीं हो, कमरे में कौन बैठा हुआ है?

किंग ने हकबकाकर जुगनू की तरफ देखा और झिझककर बोला—यह बुढ़िया यहाँ कब आयी? तू यहाँ क्यों आयी बुड्ढी! शैतान की बच्ची! यहाँ भेद लेने आती है? हमको बदनाम करना चाहती है? मैं तेरा गला घोंट दूँगा। ठहर भागती कहाँ है? मैं तुझे जिन्दा न छोड़ूगा!

जुगनू बिल्ली की तरह कमरे से निकली और सिर पर पाँव रखकर भागी। उधर कमरे से कहकहे उठ-उठकर छत को हिलाने लगे।

जुगनू उसी वक्त मिसेज़ टंडन के घर पहुँची, उसके पेट में बुलबुले उठ रहे थे; पर मिसेज़ टंडन सो गयी थीं। वहाँ से निराश होकर उसने कई दूसरे घरों की कुण्डी खटखटाई; पर कोई द्वार न खुला और दुखिया को सारी रात इसी तरह काटनी पड़ी, मानो कोई रोता हुआ बच्चा गोद में हो। प्रातःकाल वह आश्रम में जा कूदी।

कोई आध घण्टे में मिसेज़ टंडन भी आयीं। उन्हें देखकर उसने मुँह फेर लिया।

मिसेज़ टंडन ने पूछा—रात क्या तुम मेरे घर आयी थीं? इस वक्त मुझसे महाराज ने कहा।

जुगनू ने विरक्त भाव से कहा—प्यासा ही तो कुएँ के पास जाता है। कुआँ थोड़े ही प्यासे के पास आता है। मुझे आग में झोंककर आप दूर हट गयीं। भगवान् ने मेरी रक्षा की, नहीं कल जान ही गयी थी।

मिसेज़ टंडन ने उत्सुकता से कहा—क्या, हुआ क्या, कुछ कहो तो? मुझे तुमने जगा क्यों न लिया। तुम तो जानती हो, मेरी आदत सबेरे सो जाने की है।

'महाराज ने घर में घुसने ही न दिया। जगा कैसे लेती। आपको इतना तो सोचना चाहिये था, कि वह वहाँ गयी है, तो आती होगी? घड़ी भर बाद ही सोतीं, तो क्या बिगड़ जाता; पर आपको किसी की क्या परवाह!'

'तो क्या हुआ, मिस खुरशेद मारने दौड़ीं?'

'वह नहीं मारने दौड़ीं, उनका वह खसम है, वह मारने दौड़ा। लाल आँखें निकाले आया और मुझसे कहा—निकल जा। जब तक मैं निकलूँ, तब तक हंटर खींचकर दौड़ ही तो पड़ा। मैं सिर पर पाँव रखकर न भागती तो चमड़ा उधेड़ डालता। और वह रांड़ बैठी तमाशा देखती रही। दोनों में पहले से सधी-बदी थी। ऐसी कुलटाओं का मुँह देखना पाप है। बेसवा भी इतनी निर्लज्ज न होगी।'

जरा देर में और देवियाँ आ पहुँचीं। यह वृत्तान्त सुनने के लिए सभी उत्सुक हो रही थीं। जुगनू की कैंची अविश्रान्त रूप से चलती रही। महिलाओं को इस वृत्तान्त में इतना आनन्द आ रहा था कि कुछ न पूछो। एक-एक बात को खोद-खोदकर पूछती थीं। घर के काम-धन्धे भूल गए, खाने-पीने की सुधि भी न रही; और एक बार सुनकर उनकी तृप्ति न होती थी, बार-बार वही कथा नये आनन्द से सुनती थीं।

मिसेज़ टंडन ने अन्त में कहा—हमें आश्रम में ऐसी महिलाओं को लाना अनुचित है। आप लोग इस प्रश्न पर विचार करें।

मिसेज़ पाण्डया ने समर्थन किया—हम आश्रम को आदर्श से गिराना नहीं चाहते। मैं तो कहती हूँ, ऐसी औरत किसी संस्था की प्रिन्सिपल बनने के योग्य नहीं।

मिसेज़ बाँगड़ा ने फरमाया—जुगनूबाई ने ठीक कहा था, ऐसी औरत का मुँह देखना भी पाप है। उससे साफ़ कह देना चाहिये, आप यहाँ तशरीफ़ न लावें।

अभी यह खिचड़ी पक रही थी कि आश्रम के सामने एक मोटर आकर रुकी। महिलाओं ने सिर उठा-उठाकर देखा, गाड़ी में मिस खुरशेद और विलियम किंग बैठे हुए थे।

जुगनू ने मुँह फैलाकर हाथ से इशारा किया, वही लौंडा है! महिलाओं का सम्पूर्ण समूह चिक के सामने आने के लिए विकल हो गया।

मिस खुरशेद ने मोटर से उतरकर हुड बन्द कर दिया और आश्रम के द्वार की ओर चलीं। महिलाएँ भाग-भागकर अपनी-अपनी जगह आ बैठीं।

मिस खुरशेद ने कमरे में कदम रक्खा। किसी ने स्वागत न किया। मिस खुरशेद ने जुगनू की ओर नि:संकोच आँखों से देखकर मुस्कराते हुए कहा—कहिए बाईजी, रात आपको चोट तो नहीं आयी?

जुगनू ने बहुतेरी दीदा-दिलेर स्त्रियाँ देखी थीं; पर इस ढिठाई ने उसे चकित कर दिया। चोर हाथ में चोरी का माल लिये, साह को ललकार रहा था।

जुगनू ने ऐंठकर कहा—जी न भरा हो, तो अब पिटवा दो। सामने ही तो है।

खुरशेद—वह इस वक्त तुमसे अपना अपराध क्षमा कराने आये हैं। रात वह नशे में थे।

जुगनू ने मिसेज़ टण्डन की ओर देखकर कहा—और आप भी तो कुछ कम नशे में नहीं थीं।

खुरशेद ने व्यंग्य समझकर कहा—मैंने आज तक कभी नहीं पी, मुझ पर झूठा इलजाम मत लगाओ।

जुगनू ने लाठी मारी—शराब से भी बड़ी नशे की चीज है कोई; वह उसी का नशा होगा। उन महाशय को परदे में क्यों ढक दिया। देवियाँ भी तो उनकी सूरत देखतीं।

मिस खुरशेद ने शरारत की—सूरत तो उनकी लाख-दो-लाख में एक है।

मिसेज़ टंडन ने आशंकित होकर कहा—नहीं, उन्हें यहाँ लाने की जरूरत नहीं! आश्रम को हम बदनाम नहीं करना चाहते।

मिस खुरशेद ने आग्रह किया—मुआमले को साफ़ करने के लिए उनका आप लोगों के सामने आना जरूरी है। एकतरफ़ा फैसला आप क्यों करती हैं?

मिसेज़ टंडन ने टालने के लिए कहा—यहाँ कोई मुकदमा थोड़े ही पेश है!

मिस खुरशेद—वाह! मेरी इज्जत में बट्टा लगा जा रहा है, और आप कहती हैं, कोई मुकदमा नहीं है? मिस्टर किंग आयेंगे और आपको उनका बयान सुनना होगा।

मिसेज़ टंडन को छोड़कर और सभी महिलाएँ किंग को देखने के लिए उत्सुक थीं। किसी ने विरोध न किया।

खुरशेद ने द्वार पर आकर ऊँची आवाज से कहा—तुम जरा यहाँ चले आओ!

हुड खुला और मिस लीलावती रेशमी साड़ी पहने मुस्कराती हुई निकल आयीं।

आश्रम में सन्नाटा छा गया। देवियाँ विस्मित आँखों से लीलावती को देखने लगीं।

जुगनू ने आँखें चमकाकर कहा—उन्हें कहाँ छिपा दिया आपने?

खुरशेद—छूमन्तर से उड़ गए। जाकर गाड़ी देख लो।

जुगनू लपककर गाड़ी के पास गयी और खूब देख-भालकर मुँह लटकाये हुए लौटी।

मिस खुरशेद ने पूछा—क्या हुआ, मिला कोई?

जुगनू—मैं यह तिरिया-चरित्तर क्या जानूँ। (लीलावती को गौर से देखकर) और मरदों को साड़ी पहनाकर आँखों में धूल झोंक रही हो। यही तो हैं, वह रात वाले साहब!

खुरशेद—खूब पहचानती हो?

जुगनू—हाँ-हाँ, क्या अँधी हूँ?

मिसेज़ टंडन—क्या पागलों-सी बातें करती हो जुगनू, यह तो डाक्टर लीलावती हैं।

जुगनू—(उँगली चमकाकर) चलिए-चलिए, लीलावती हैं। साड़ी पहनकर औरत बनते लाज भी नहीं आती! तुम रात को इनके घर नहीं थे?

लीलावती ने विनोद-भाव से कहा—मैं कब इनकार कर रही हूँ। इस वक्त लीलावती हूँ। रात को विलियम किंग बन जाती हूँ। इसमें बात ही क्या है!

देवियों को अब यथार्थ की लालिमा दिखाई दी। चारों तरह कहकहे

पड़ने लगे। कोई तालियाँ बजाती थीं, कोई डाक्टर लीलावती की गरदन से लिपट जाती थीं; कोई मिस खुरशेद की पीठ पर थपकियाँ देती थीं। कई मिनट तक हू-हक मचता रहा। जुगनू का मुँह उस लालिम में बिलकुल जरा-सा निकल आया। जबान बन्द हो गयी। ऐसा चरका उसने कभी न खाया था। इतनी जलील कभी न हुई थी।

मिसेज़ मेहरा ने डाँट बताई—अब बोलो दाई, लगी मुँह में कालिख कि नहीं?

मिसेज़ बाँगड़ा—इसी तरह सब को बदनाम करती है।

लीलावती—आप लोग भी तो जो यह कहती है, उस पर विश्वास कर लेती हैं।

इस हरबोंग में जुगनू को किसी ने जाते न देखा। अपने सिर पर यह तूफ़ान उठते देखकर उसे चुपके से सरक जाने में ही अपनी कुशल मालूम हुई। पीछे के द्वार से निकली और गलियों-गलियों भागी।

मिस खुरशेद ने कहा—जरा उससे पूछो; मेरे पीछे क्यों पड़ गयी थी?

मिसेज़ टंडन ने पुकारा, पर जुगनू कहाँ! तलाश होने लगी। जुगनू गायब!

उस दिन से शहर में फिर किसी ने जुगनू की सूरत नहीं देखी। आश्रम के इतिहास में यह मुआमला आज भी उल्लेख और मनोरंजन का विषय बना हुआ है।

आखिरी हीला

यद्यपि मेरी स्मरण-शक्ति पृथ्वी के इतिहास की सारी स्मरणीय तारीख़ें भूल गयीं, वह तारीख़ें जिन्हें रातों को जागकर और मस्तिष्क को खपाकर याद किया था; मगर विवाह की तिथि समतल भूमि में एक स्तम्भ की भाँति अटल है। न भूलता हूँ, न भूल सकता हूँ। उससे पहले और पीछे की सारी घटनाएँ दिल में मिट गयीं, उनका निशान तक बाकी नहीं। वह सारी अनेकता एक एकता में मिश्रित हो गयी है और वह मेरे विवाह की तिथि है। चाहता हूँ, उसे भूल जाऊँ; मगर जिस तिथि का नित्य-प्रति सुमिरन किया जाता हो, वह कैसे भूल जाय; नित्य-प्रति सुमिरन क्यों करता हूँ, यह उस विपत्ति-मारे से पूछिए जिसे भगवद्-भजन के सिवा जीवन के उद्धार का कोई आधार न रहा हो।

लेकिन क्या मैं वैवाहिक जीवन से इसलिए भागता हूँ कि मुझमें रसिकता का अभाव है और मैं कोमल वर्ग की मोहनी शक्ति से निर्लिप्त हूँ और अनासक्ति का पद प्राप्त कर चुका हूँ। क्या मैं नहीं चाहता हूँ कि जब मैं सैर करने निकलूँ, तो हृदयेश्वरी भी मेरे साथ विराजमान हो। विलास-वस्तुओं की दूकानों पर उनके साथ जाकर थोड़ी देर के लिए रसमय आग्रह का आनन्द उठाऊँ। मैं उस गर्व और आनन्द और महत्व का अनुभव कर सकता हूँ, जो मेरे अन्य भाइयों की भाँति मेरे हृदय में भी आन्दोलित होगा, लेकिन मेरे भाग्य में वह खुशियाँ—वह रंगरेलियाँ नहीं हैं।

क्योंकि चित्र का दूसरा पक्ष भी तो देखता हूँ। एक पक्ष जितना ही

मोहक और आकर्षक है, दूसरा उतना ही हृदय विदारक और भयंकर। शाम हुई और आप बदनसीब बच्चे को गोद में लिये तेल या ईंधन की दूकान पर खड़े हैं। अँधेरा हुआ और आप आटे की पोटली बगल में दबाये गलियों में यों कदम बढ़ाये हुए निकल जाते हैं, मानो चोरी की है। सूर्य निकला और बालकों को गोद में लिये होमियोपैथ डाक्टर की दूकान में टूटी कुर्सी पर आरूढ़ हैं। किसी खोंचेवाले की रसीली आवाज सुनकर बालक ने गगन-भेदी विलाप आरम्भ किया और आपके प्राण सूखे। ऐसे बापों को भी देखा है, जो दफ़्तर से लौटते हुए पैसे दो पैसे की मूँगफली या रेवड़ियाँ लेकर लज्जास्पद शीघ्रता के साथ मुँह में रखते चले जाते हैं कि घर पहुँचते-पहुँचते बालकों के आक्रमण से पहले ही यह पदार्थ समाप्त हो जाय। कितना निराशाजनक होता है यह दृश्य, जब देखता हूँ कि मेले में बच्चा किसी खिलौने की दूकान के सामने मचल रहा है और पिता महोदय ऋषियों की-सी विद्वता के साथ उनकी क्षणभंगुरता का राग अलाप रहे हैं।

चित्र का पहला रुख तो मेरे लिए एक मदन-स्वप्न है, दूसरा रुख एक भयंकर सत्य। इस सत्य के सामने मेरी सारी रसिकता अन्तर्धान हो जाती है। मेरी सारी मौलिकता, सारी रचनाशीलता इसी दाम्पत्य के फन्दों से बचने में प्रयुक्त हुई है। जानता हूँ कि जाल के नीचे जाना है, मगर जाल जितना ही रंगीन और ग्राहक है, दाना उतना ही घातक और विषैला। इस जाल में पक्षियों को तड़पते और फड़फड़ाते देखता हूँ और फिर भी जाल पर जा बैठता हूँ।

लेकिन इधर कुछ दिनों से श्रीमतीजी ने अविश्रान्त रूप से आग्रह करना शुरू किया है कि मुझे बुला लो। पहले जब छुट्टियों में जाता था, तो मेरा केवल 'कहाँ चलोगी' कह देना उनकी चित्त-शान्ति के लिए काफी होता था, फिर मैंने 'झंझट है' कहकर उन्हें तसल्ली देनी शुरू की। इसके बाद गृहस्थ-जीवन की असुविधाओं से डराया; किन्तु अब कुछ दिनों से उनका अविश्वास बढ़ता जाता है। अब मैंने छुट्टियों में भी उनके आग्रह के भय से घर जाना बन्द कर दिया है कि कहीं वह मेरे साथ न चल खड़ी हों और नाना प्रकार के बहानों से उन्हें आशंकित करता रहता हूँ।

मेरा पहला बहाना पत्र-सम्पादकों के जीवन की कहानियों के विषय में था। कभी बारह बजे रात को सोना नसीब होता है, कभी रतजगा करना पड़ जाता है। सारे दिन गली-गली ठोकरें खानी पड़ती हैं। इस पर तुर्रा

यह है कि हमेशा सिर पर नंगी तलवार लटकती रहती है। न जाने कब गिरफ़्तार हो जाऊँ, कब जमानत तलब हो जाय। खुफिया पुलिस की एक फौज हमेशा पीछे पड़ी रहती है। कभी बाजार में निकल जाता हूँ, तो लोग उँगलियाँ उठा कर कहते हैं—वह जा रहा है अख़बार वाला। मानो संसार में जितनी दैविक, आधिदैविक, भौतिक, आधिभौतिक बाधाएँ हैं, उनका उत्तरदायी मैं हूँ। मानो मेरा मस्तिष्क झूठी ख़बरें गढ़ने का कार्यालय है। सारा दिन अफ़सरों की सलामी और पुलिस की खुशामद में गुजर जाता है। कान्सटेबिलों को देखा और प्राण-पीड़ा होने लगी। मेरी तो यह हालत है और हुक्काम हैं कि मेरी सूरत से काँपते हैं। एक दिन दुर्भाग्यवश एक अंगरेज़ के बँगले की तरफ जा निकला। साहब ने पूछा—क्या काम करता है? मैंने गर्व के साथ कहा—पत्र का सम्पादक हूँ। साहब तुरन्त अन्दर घुस गए और कपाट मुन्द्रित कर लिये। फिर मैंने मेम साहब और बाबा लोगों को खिड़कियों से झाँकते देखा; मानो कोई भयंकर जन्तु है। एकबार रेलगाड़ी में सफ़र कर रहा था, साथ और भी कई मित्र थे, इसलिए अपने पद का सम्मान निभाने के लिए सेकेण्ड क्लास का टिकट लेना पड़ा। गाड़ी में बैठा तो एक साहब ने मेरे सूटकेस पर मेरा नाम और पेशा देखते ही तुरन्त अपना सन्दूक खोला और रिवाल्वर निकालकर मेरे सामने गोलियाँ भरीं, जिसमें मुझे मालूम हो जाय कि वह मुझसे सचेत है। मैंने देवीजी से अपनी आर्थिक कठिनाइयों की कभी चर्चा नहीं की, क्योंकि मैं रमणियों के सामने यह जिक्र करना अपनी मर्यादा के विरुद्ध समझता हूँ। हालाँकि मैं वह चर्चा करता, तो देवीजी की दया का अवश्य पात्र बन जाता।

मुझे विश्वास था कि श्रीमतीजी फिर यहाँ आने का नाम न लेंगी। मगर यह मेरा भ्रम था। उनके आग्रह पूर्ववत् होते रहे।

तब मैंने दूसरा बहाना सोचा। शहर बीमारियों के अड्डे हैं। हर एक खाने-पीने की चीज में विष की शंका। दूध में विष, घी में विष, फलों में विष, शाक-भाजी में विष, हवा में विष, पानी में विष। यह मनुष्य का जीवन पानी की लकीर है! जिसे आज देखो वह कल गायब। अच्छे-खासे बैठे हैं, हृदय की गति बन्द हो गयी। घर से सैर को निकले, मोटर से टकराकर सुरपुर की राह ली। अगर कोई शाम को सांगोपांग घर आ जाय, तो उसे भाग्यवान् समझो। मच्छर की आवाज कान में आयी, दिल बैठा,

मक्खी नजर आयी और हाथ-पाँव फूले। चूहा बिल से निकला और जान निकल गयी। जिधर देखिए यमराज की अमलदारी है। अगर मोटर और ट्राम से बचकर आ गए। तब मच्छर और मक्खी के शिकार हुए। बस यही समझ लो कि मौत हरदम सिर पर खेलती रहती है। रात-भर मच्छरों से लड़ता हूँ, दिन-भर मक्खियों से। नन्हीं-सी जान को किन-किन दुश्मनों से बचाऊँ। साँस भी मुश्किल से लेता हूँ कि कहीं क्षय के कीटाणु फेफड़े में न पहुँच जायँ।

देवीजी को फिर भी मुझ पर विश्वास न आया। दूसरे पत्र में भी वही आरजू थी। लिखा था, तुम्हारे पत्र ने एक और चिन्ता बढ़ा दी अब। अब प्रतिदिन पत्र लिखा करना, नहीं मैं एक न सुनूँगी और सीधे चली आऊँगी। मैंने दिल में कहा—चलो, सस्ते छूटे।

मगर यह खटका लगा हुआ था कि न जाने कब उन्हें शहर आने की सनक सवार हो जाय। इसलिए मैंने तीसरा बहाना सोच निकाला। यहाँ मित्रों के मारे नाकोदम रहता है, आकर बैठ जाते हैं तो उठने का नाम भी नहीं लेते मानो अपना घर बेच आये हैं। अगर घर से टल जाओ, तो आकर बेधड़क कमरे में बैठ जाते हैं और नौकर से जो चीज चाहते हैं, उधार मँगवा लेते हैं। देना मुझे पड़ता है। कुछ लोग तो हफ़्तों पड़े रहते हैं, टलने का नाम ही नहीं लेते। रोज उनकी सेवा-सत्कार करो, रात को थिएटर या सिनेमा दिखाओ। फिर सबेरे तक ताश या शतरंज खेलो। अधिकांश तो ऐसे हैं, जो शराब के बगैर जिन्दा ही नहीं रह सकते। अक्सर तो बीमार होकर आते हैं। बल्कि अधिकतर बीमार ही आते हैं। अब रोज डाक्टर को बुलाओ, सेवा-सुश्रूषा करो, रात भर सिरहाने बैठे पंखा झलते रहो, उस पर यह शिकायत भी सुनते रहो कि यहाँ कोई हमारी बात भी नहीं पूछता! मेरी घड़ी महीनों से मेरी कलाई पर नहीं आयी। दोस्तों के साथ जलसों में शरीक हो रही है। अचकन है, वह एक साहब के पास है, कोट और दूसरे साहब ले गए। जूते और एक बाबू ले उड़े। मैं वही रद्दी कोट और वह चमरौधा जूता पहनकर दफ़्तर जाता हूँ। मित्र वृन्द ताड़ते रहते हैं कि कौन-सी नई वस्तु लाया। कोई चीज लाता हूँ, तो मारे डर के सन्दूक में बन्द कर देता हूँ। किसी की निगाह पड़ जाय, तो कहीं-न-कहीं न्योता खाने की धुन सवार हो जाय। पहली तारीख़ को वेतन मिलता है, तो चोरों की तरह दबे पाँव घर आता हूँ कि कहीं कोई महाशय रुपयों की प्रतीक्षा में

द्वार पर धरना जमाये न बैठे हों! मालूम नहीं, उनकी सारी आवश्यकताएँ पहली ही तारीख़ की बाट क्यों जोहती रहती हैं। एक दिन वेतन लेकर बारह बजे रात को लौटा; मगर देखा तो आधे दर्जन मित्र उस वक्त भी डटे हुए थे। माथा ठोंक लिया। कितने ही बहाने करूँ, उनके सामने एक नहीं चलती। मैं कहता हूँ, घर से पत्र आया है, माताजी बहुत बीमार हैं। जवाब देते हैं, अजी बूढ़े इतनी जल्द नहीं मरते। मरना ही होता, तो इतने दिन जीवित क्यों रहतीं। देख लेना दो-चार दिन में अच्छी हो जायेंगी, और अगर मर भी जायँ, तो वृद्ध जनों की मृत्यु का शोक ही क्या, वह तो और खुशी की बात है। कहता हूँ, लगान का बड़ा तकाजा हो रहा है! जवाब मिलता है, आजकल लगान तो बन्द हो ही रहा है। लगान देने की जरूरत ही नहीं रही। अगर किसी संस्कार का बहाना करता हूँ, तो फरमाते हैं, तुम भी विचित्र जीव हो। इन कुप्रथाओं की लकीर पीटना तुम्हारी शान के ख़िलाफ़ है। अगर तुम उनका मूलोच्छेदन करोगे, तो वह लोग क्या आकाश से आवेंगे? गरज यह किसी तरह प्राण नहीं बचते।

मैंने समझा था कि हमारा यह बहाना निशाने पर बैठेगा। ऐसे घर में कौन रमणी रहना पसन्द करेगी; जो मित्रों पर ही अर्पित हो गया हो! किन्तु मुझे फिर भ्रम हुआ। उत्तर में फिर वही आग्रह था।

तब मैंने चौथा हीला सोचा। यहाँ के मकान हैं कि चिड़ियों के पिंजरे, न हवा, न रोशनी। वह दुर्गन्ध उड़ती है कि खोपड़ी भन्ना जाती है। कितने ही के तो इसी दुर्गन्ध के कारण विसूचिका, टाइफाइड, यक्ष्मा आदि रोग हो जाते हैं। वर्षा हुई और मकान टपकने लगा। पानी चाहे घण्टे भर बरसे, मकान रात भर बरसता रहता है। ऐसे बहुत कम घर होंगे, जिनमें प्रेत-बाधाएँ न हों, लोगों को डरावने स्वप्न दिखाई देते हैं। कितनों ही को उन्माद रोग हो जाता है। आज नये घर में आये, कल ही उसे बदलने की चिन्ता सवार हो गई। कोई ठेला असबाब से लदा हुआ जा रहा है, कोई आ रहा है। जिधर देखिये ठेले-ही-ठेले नजर आते हैं। चोरियाँ तो इस कसरत से होती हैं कि अगर कोई रात कुशल से बीत जाय, तो देवताओं की मनौती की जाती है। आधी रात हुई और चोर-चोर! लेना-लेना! की आवाजें आने लगीं। लोग दरवाजों पर मोटे-मोटे लकड़ी के फट्टे या जूते या चिमटे लिये खड़े रहते हैं; फिर भी चोर इतने कुशल हैं कि आँख बचाकर अन्दर पहुँच ही जाते हैं। एक मेरे बेतकल्लुफ दोस्त हैं, स्नेहवश मेरे पास बहुत

देर तक बैठे रहते हैं। रात अँधेरे में बर्तन खड़के, तो मैंने बिजली की बत्ती जलाई! देखा, तो वही महाशय बर्तन समेट रहे हैं। मेरी आवाज सुनकर जोर से कहकहा मारा और बोले, मैं तुम्हें चकमा देना चाहता था। मैंने दिल में समझ लिया, अगर निकल जाते, तो बर्तन आपके थे, जब जाग पड़ा तो चकमा हो गया। घर में आये कैसे थे, यह रहस्य है। कदाचित् रात को ताश खेलकर चले, तो बाहर जाने के बदले नीचे अँधेरी कोठरी में छिप गए। एक दिन एक महाशय मुझसे पत्र लिखाने आये, कमरे में कलम दवात न थी। ऊपर के कमरे से लाने गया। लौट कर आया तो देखा आप गायब हैं और उनके साथ फाउन्टेनपेन भी गायब है। सारांश यह कि नगर-जीवन नरक-जीवन से कम दुःखदायी नहीं है।

मगर पत्नीजी पर नागरिक जीवन का ऐसा जादू चढ़ा हुआ है कि मेरा कोई बहाना उन पर असर नहीं करता। इस पत्र के जवाब में उन्होंने लिखा—मुझसे बहाना करते हो, मैं हर्गिज न मानूँगी, तुम आकर मुझे ले जाओ।

आखिर मुझे पाँचवाँ बहाना करना पड़ा। यह खोंचेवालों के विषय में था।

अभी बिस्तर से उठने की नौबत नहीं आयी कि कानों में विचित्र आवाजें आने लगीं। बाबुल के मीनार के निर्माण के साथ ऐसी निरर्थक आवाजें न आयी होंगी। वह खोंचेवालों की शब्द-क्रीड़ा है। उचित तो यह था, यह खोंचेवाले ढोल-मँजीरे के साथ लोगों को अपनी चीजों की ओर आकर्षित करते; मगर इन औंधी अक्लवालों को यह कहाँ सूझती है। ऐसे पैशाचिक स्वर निकालते हैं कि सुनने वालों के रोएँ खड़े हो जाते हैं। बच्चे माँ की गोद में चिमट जाते हैं। मैं भी रात को अक्सर चौंक पड़ता हूँ। एक दिन तो मेरे पड़ोस में एक दुर्घटना हो गई। ग्यारह बजे थे। कोई महिला बच्चे को दूध पिलाने उठी थी। एकाएक जो किसी खोंचेवाले की भयंकर ध्वनि कानों में आयी, तो चीख मारकर चिल्ला उठी और फिर बेहोश हो गई। महीनों की दवा-दारू के बाद अच्छी हुई। और अब रात को कानों में रुई डालकर सोती है। ऐसे कृत्य नगरों में नित्य होते रहते हैं। मेरे ही मित्रों में कई ऐसे हैं जो अपनी स्त्रियों को घर से लाये; मगर बेचारियाँ दूसरे ही दिन इन आवाजों से भयभीत होकर लौट गयीं।

श्रीमतीजी ने इसके जवाब में लिखा—तुम समझते हो, मैं खोंचेवालों की आवाजों से डर जाऊँगी। यहाँ गीदड़ों का हौवाना और उल्लुओं का चीखना सुनकर तो डरती नहीं खोंचेवालों से क्या डरूँगी!

अन्त में मुझे एक ऐसा बहाना सूझा, जिसकी सफलता का मुझे पूरा विश्वास था। यद्यपि इसमें कुछ बदनामी थी; लेकिन बदनामी से मैं इतना नहीं डरता, जितना उस विपत्ति से।

फिर मैंने लिखा—शहर शरीफजादियों के रहने की जगह नहीं। यहाँ की महरियाँ इतनी कटुभाषिणी हैं कि बातों का जवाब गालियों से देती हैं, और उनके बनाव सँवार का क्या पूछना। भले घर की स्त्रियाँ तो उनके ठाट-देखकर ही शर्म से पानी-पानी हो जाती हैं। सिर से पाँव तक सोने से लदी हुई, सामने से निकल जाती हैं, तो ऐसा मालूम होता है कि सुगन्धि की लपट निकल गयी। गृहणियाँ ये ठाट कहाँ से लायें? उन्हें तो और भी सैकड़ों चिन्ताएँ हैं। इन महरियों को तो बनाव-सिंगार के सिवा दूसरा काम ही नहीं। नित्य नयी सज-धज, नित्य नयी अदा और चंचल तो इस गजब की हैं; मानो अंगों में रक्त की जगह पारा भर दिया हो। उनका चमकना और मटकना और मुस्कराना देखकर गृहणियाँ लज्जित हो जाती हैं और ऐसी दीदा-दिलेर हैं कि जबरदस्ती घरों में घुस पड़ती हैं। जिधर देखो इनका मेला-सा लगा हुआ है। इनके मारे भले आदमियों का घर में बैठना मुश्किल है! कोई ख़त लिखाने के बहाने से आ जाती है; कोई ख़त पढ़ाने के बहाने से। असली बात तो यह है कि गृहदेवियों का रंग फीका करने में इन्हें आनन्द आता है। इसलिए शरीफजादियाँ बहुत कम शहरों में आती हैं।

मालूम नहीं इस पत्र में मुझसे क्या गलती हुई कि तीसरे दिन पत्नी जी एक बूढ़े कहार के साथ मेरा पता पूछती हुई अपने तीनों बच्चों को लिये एक असाध्य रोग की भाँति आ डटीं।

मैंने बदहवास होकर पूछा—क्यों कुशल तो है?

पत्नीजी ने चादर उतारते हुए कहा—घर में कोई चुड़ैल बैठी तो नहीं है? यहाँ किसी ने कदम रखा तो नाक काट लूँगी। हाँ, जो तुम्हारी शह न हो!

अच्छा, तो अब रहस्य खुला। मैंने सिर पीट लिया। क्या जानता था, अपना तमाचा अपने ही मुँह पर पड़ेगा।

आगा-पीछा

रूप और यौवन के चंचल विलास के बाद कोकिला अब उस कलुषित जीवन के चित्र को आँसुओं से धो रही थी। विगत जीवन की याद आते ही उसका दिल बेचैन हो जाता और वह विषाद और निराशा से विकल होकर पुकार उठती—हाय! मैंने संसार में जन्म ही क्यों लिया? उसने दान और व्रत से उन कालिमाओं को धोने का प्रयत्न किया और जीवन के बसन्त की सारी विभूति इस निष्फल प्रयास में लुटा दी। पर यह जागृति क्या किसी महात्मा का वरदान या किसी अनुष्ठान का फल था? नहीं, यह उस नवजात शिशु के प्रथम दर्शन का प्रसाद था, जिसके जन्म ने आज पन्द्रह साल से उसकी सूनी गोद को प्रदीप्त कर दिया था। शिशु का मुख देखते ही उसके नीले होंठों पर एक क्षीण, करुण, उदास मुस्कराहट झलक गई—पर केवल एक क्षण के लिए। एक क्षण के बाद वह मुस्कराहट एक लम्बी साँस में विलीन हो गयी। उस अशक्त, क्षीण, कोमल रुदन ने कोकिला के जीवन का रुख फेर दिया। वात्सल्य की वह ज्योति उसके लिए जीवन-सन्देश और मूक उपदेश थी।

कोकिला ने उस नवजात बालिका का नाम रखा—श्रद्धा। उसी के जन्म ने तो उसमें श्रद्धा उत्पन्न की थी। वह श्रद्धा को अपनी लड़की नहीं, किसी देवी का अवतार समझती थी। उसकी सहेलियाँ उसे बधाई देने आतीं; पर कोकिला बालिका को उनकी नजरों से छिपाती। उसे यह भी मंजूर न था कि उनकी पापमयी दृष्टि भी उस पर पड़े। श्रद्धा ही अब उसकी विभूति, उसकी आत्मा, उसका जीवन-दीपक थी। वह कभी-कभी उसे गोद में लेकर साध से छलकती हुई आँखों से देखती और सोचती—

क्या यह पावन ज्योति भी वासना के प्रचंड आघातों का शिकार होगी? मेरे प्रयत्न निष्फल हो जायेंगे? आह! क्या कोई ऐसी औषधि नहीं है, जो जन्म के संस्कारों को मिटा दे? भगवान से वह सदैव प्रार्थना करती कि मेरी श्रद्धा किन्ही काँटों में न उलझे। वह वचन और कर्म से, विचार और व्यवहार से उसके सम्मुख नारी-जीवन का ऊँचा आदर्श रखेगी। श्रद्धा इतनी सरल, इतनी प्रगल्भ, इतनी चतुर थी कि कभी-कभी कोकिला वात्सल्य से गद्गद् होकर उसके तलवों को अपने मस्तक से रगड़ती और पश्चात्ताप तथा हर्ष के आँसू बहाती।

2

सोलह वर्ष बीत गए। पहले की भोली-भाली श्रद्धा अब एक सगर्व, शान्त, लज्जाशील नवयौवना थी, जिसे देखकर आँखें तृप्त हो जाती थीं। विद्या की उपासिका थी, पर सारे संसार से विमुख। जिनके साथ वह पढ़ती थी वे उससे बात भी न करना चाहती थी। मातृ-स्नेह के वायुमंडल में पड़कर वह घोर अभिमानिनी हो गई थी। वात्सल्य के वायुमंडल, सखी-सहेलियों के परित्याग, रात-दिन की घोर पढ़ाई और पुस्तकों के एकान्तवास से अगर श्रद्धा को अहंभाव हो आया, तो आश्चर्य की कौन-सी बात है। उसे किसी से भी बोलने का अधिकार न था। विद्यालय में भले घर की लड़कियाँ उसके सहवास में अपना अपमान समझती थीं। रास्ते में लोग उँगली उठाकर कहते—'कोकिला रंडी की लड़की है।' उसका सिर झुक जाता, कपोल क्षण भर के लिए लाल होकर दूसरे ही क्षण फिर चूने की तरह सफेद हो जाते।

श्रद्धा को एकान्त से प्रेम था। विवाह को ईश्वरीय कोप समझती थी। यदि कोकिला ने कभी उसकी बात चला दी, तो उसके माथे पर बल पड़ जाते, चमकते हुए लाल चेहरे पर कालिमा छा जाती, आँखों से झर-झर आँसू बहने लगते; कोकिला चुप हो जाती। दोनों के जीवन-आदर्शों में विरोध था। कोकिला समाज के देवता की पुजारिन, श्रद्धा को समाज से, ईश्वर से और मनुष्य से घृणा। यदि संसार में उसे कोई वस्तु प्यारी थी, तो वह थी उसकी पुस्तकें। श्रद्धा उन्हीं विद्वानों के संसर्ग में अपना जीवन व्यतीत करती, जहाँ ऊँच-नीच का भेद नहीं, जाति-पाँति का स्थान नहीं—

सबके अधिकार समान हैं। श्रद्धा की पूर्ण प्रकृति का परिचय महाकवि रहीम के एक दोहे के पद से मिल जाता है—

'प्रेम सहित मरिबो भलो, जो विष देय बुलाय।'

अगर कोई सप्रेम बुलाकर उसे विष दे देता, तो वह नतजानु हो अपने मस्तक से लगा लेती—किन्तु अनादर से दिये हुए अमृत की भी उसकी नजरों में कोई हकीकत न थी।

एक दिन कोकिला ने आँखों में आँसू भर कर श्रद्धा से कहा—क्यों मन्नी, सच बताना, तुझे यह लज्जा तो लगती ही होगी कि मैं क्यों इसकी बेटी हुई। यदि तू किसी ऊँचे कुल में पैदा हुई होती, तो क्या तब भी तेरे दिल में ऐसे विचार आते? तू मन-ही-मन मुझे जरूर कोसती होगी।

श्रद्धा माँ का मुँह देखने लगी। माता से इतनी श्रद्धा कभी उसके दिल में पैदा नहीं हुई थी। काँपते हुए स्वर में बोली—अम्माँजी, आप मुझसे ऐसा प्रश्न क्यों करती हैं? क्या मैंने कभी आपका अपमान किया है?

कोकिला ने गद्गद् होकर कहा—नहीं बेटी, उस परम दयालु भगवान् से यही प्रार्थना है कि तुम्हारी जैसी सुशील लड़की सबको दे। पर कभी-कभी यह विचार आता है कि तू अवश्य ही मेरी बेटी होकर पछताती होगी।

श्रद्धा ने धीर कंठ से कहा—अम्माँ; आपकी यह भावना निर्मूल है। मैं आपसे सच कहती हूँ, मुझे जितनी श्रद्धा और भक्ति आपके प्रति है, उतनी किसी के प्रति नहीं। आपकी बेटी कहलाना मेरे लिए लज्जा की बात नहीं, गौरव की बात है। मनुष्य परिस्थितियों का दास होता है। आप जिस वायु-मंडल में पलीं, उसका असर तो पड़ना ही था; किन्तु पाप के दलदल में फँसकर फिर निकल आना अवश्य गौरव की बात है। बहाव की ओर से नाव खे ले जाना तो बहुत सरल है; किन्तु जो नाविक बहाव के प्रतिकूल खे ले जाता है, वही सच्चा नाविक है।

कोकिला ने मुस्कराते हुए पूछा—तो फिर विवाह के नाम से क्यों चिढ़ती है? श्रद्धा ने आँखें नीची करके उत्तर दिया—बिना विवाह के जीवन व्यतीत नहीं हो सकता? मैं कुमारी ही रहकर जीवन बिताना चाहती हूँ। विद्यालय से निकलकर कालेज में प्रवेश करूँगी, और दो-तीन वर्ष बाद हम दोनों स्वतंत्र रूप से रह सकती हैं। डाक्टर बन सकती हूँ, वकालत

कर सकती हूँ; औरतों के लिए सब मार्ग खुल गए हैं।

कोकिला ने डरते-डरते पूछा—क्यों, क्या तुम्हारे हृदय में कोई दूसरी इच्छा नहीं होती? किसी से प्रेम करने की अभिलाषा तेरे मन में नहीं पैदा होती? श्रद्धा ने एक लम्बी साँस लेकर कहा—अम्माँजी, प्रेम-विहीन संसार में कौन है? प्रेम मानव-जीवन का श्रेष्ठ अंग है। यदि ईश्वर की ईश्वरता कहीं देखने में आती है, तो वह केवल प्रेम में। जब कोई ऐसा व्यक्ति मिलेगा; जो मुझे वरने में अपनी मानहानि न समझेगा, तो मैं तन-मन-धन से उसकी पूजा करूँगी, पर किसके सामने हाथ पसारकर प्रेम की भिक्षा माँगूँ? यदि किसी ने सुधार के क्षणिक आवेश में विवाह कर भी लिया, तो मैं प्रसन्न न हो सकूँगी। इससे तो कहीं अच्छा है कि मैं विवाह का विचार ही छोड़ दूँ।

3

इन्हीं दिनों महिला-मंडल का एक उत्सव हुआ। कालेज के रसिक विद्यार्थी काफी संख्या में सम्मिलित हुए। हॉल में तिल-भर भी जगह खाली न थी। श्रद्धा भी आकर स्त्रियों की सबसे अन्त की पंक्ति में खड़ी हो गयी। उसे यह सब स्वांग मालूम होता था। आज प्रथम ही बार वह ऐसी सभा में सम्मिलित हुई थी।

सभा की कार्रवाई शुरू हुई। प्रधान महोदय की वक्तृता के पश्चात् प्रस्ताव पेश होने लगे और उनके समर्थन के लिए वक्तृताएँ होने लगीं; किन्तु महिलाएँ या तो अपनी वक्तृताएँ भूल गयीं, या उन पर सभा का रोब ऐसा छा गया कि उनकी वक्तृता-शक्ति लोप हो गयी। वे कुछ टूटे-फूटे जुमले बोलकर बैठने लगीं। सभा का रंग बिगड़ने लगा। कई लेडियाँ बड़ी शान से प्लेटफार्म पर आयीं; किन्तु दो-तीन शब्दों से अधिक न बोल सकीं। नवयुवकों को मजाक उड़ाने का अवसर मिला। कहकहे पड़ने लगे; तालियाँ बजने लगीं। श्रद्धा उनकी यह दुर्जनता देखकर तिलमिला उठी, उसका अंग-प्रत्यंग फड़कने लगा। प्लेटफार्म पर जाकर वह कुछ इस शान से बोली कि सभा पर आतंक छा गया। कोलाहल शान्त हो गया। लोग टकटकी बाँधकर उसे देखने लगे। श्रद्धा स्वर्गीय बाला की भाँति धारावाहिक रूप में बोल रही थी। उसके प्रत्येक शब्द से नवीनता,

सजीवता और दृढ़ता प्रतीत होती थी। उसके नवयौवन की सुरभि भी चारों ओर फैलकर सभा मंडप को अवाक् कर रही थी।

सभा समाप्त हुई। लोग टीका-टिप्पणी करने लगे।

एक ने पूछा—यह स्त्री कौन थी भई!

दूसरे ने उत्तर दिया—उसी कोकिला रंडी की लड़की।

तीसरे व्यक्ति ने कहा—तभी यह आवाज और सफाई है। तभी तो जादू है। जादू है जनाब—मुजस्सिम जादू! क्यों न हो, माँ भी तो सितम ढाती थी। जब से उसने अपना पेशा छोड़ा, शहर बे-जान हो गया। अब मालूम होता है कि यह अपनी माँ की जगह लेगी।

इस पर एक खद्दरधारी काला नवयुवक बोला—क्या खूब कदरदानी फरमाई है जनाब ने, वाह!

उसी व्यक्ति ने उत्तर दिया—आपको बुरा क्यों लगा? क्या कुछ साँठ-गाँठ तो नहीं है?

काले नवयुवक ने कुछ तेज होकर कहा—आपको ऐसी बातें मुँह से निकालते लज्जा भी नहीं आती।

दूसरे व्यक्ति ने कहा—लज्जा की कौन बात है जनाब? वेश्या की लड़की अगर वेश्या हो, तो आश्चर्य की क्या बात है?

नवयुवक ने घृणापूर्ण स्वर में कहा—ठीक होगा, आप जैसे बुद्धिमान व्यक्तियों की समझ में! जिस रमणी के मुख से ऐसे विचार निकल सकते हैं, वह देवी है, रूप को बेचनेवाली नहीं।

श्रद्धा उसी समय सभा से जा रही थी। यह अन्तिम शब्द उसके कानों में पड़ गए। वह विस्मित और पुलकित होकर वहीं ठिठक गयी। काले नवयुवक की ओर कृतज्ञता-पूर्ण दृष्टि से निहारा और फिर बड़ी तेजी से आगे बढ़ गयी; लेकिन रास्ते-भर उसके कानों में उन्ही शब्दों की प्रतिध्वनि गूँजती रही।

अब तक श्रद्धा की प्रशंसा करने वाली, उसे उत्साहित करने वाली केवल उसी की माँ कोकिला थी और चारों ओर वही उपेक्षा थी; वही तिरस्कार! आज एक अपरिचित, काले किन्तु गौर हृदयवाले खद्दरधारी नवयुवक व्यक्ति के मुख का चित्र बराबर उसकी आँखों के सामने नाचा

करता। मन में प्रश्न उठता—वह कौन है? क्या फिर कभी उसके दर्शन होंगे?

कालेज जाते समय श्रद्धा उस नवयुवक को खोई हुई आँखों से खोजती। घर पर रोज चिक की आड़ से, रास्ते के आते-जाते लोगों को देखती; लेकिन वह नवयुवक नजर न आता।

कुछ दिनों बाद महिला-मंडल की दूसरी सभा का विज्ञापन निकला। अभी सभा होने को चार दिन बाकी थे। वह चारों दिन श्रद्धा ने अपना भाषण तैयार करने में बिताये। एक-एक शब्द की खोज में घंटों सिर मारती। एक-एक वाक्य को बार-बार पढ़ती। बड़े-बड़े नेताओं की स्पीचें पढ़ती और उसी तरह लिखने की कोशिश करती। जब सारी स्पीच पूरी हो गयी, तो श्रद्धा अपने कमरे में जाकर कुर्सियों और मेजों को सम्बोधित करके जोर-जोर से पढ़ने लगी। भाषण-कला के सभी लक्षण जमा हो गए थे। उपसंहार तो इतना सुन्दर था कि उसे अपने ही मुख से सुनकर वह मुग्ध हो गयी। इसमें कितना संगीत था, कितना आकर्षण, कितनी क्रान्ति!

सभा का दिन आ पहुँचा। श्रद्धा मन-ही-मन भयभीत होती हुई सभा-मंडप में घुसी। हॉल भरा हुआ था और पहले दिन से भी अधिक भीड़ थी। श्रद्धा को देखते ही जनता ने तालियाँ पीटकर उसका स्वागत किया। कोलाहल होने लगा और सभी एक स्वर से चिल्ला उठे—आप अपनी वक्तृता शुरू करें।

श्रद्धा ने मंच पर आकर एक उड़ती हुई निगाह से जनता की ओर देखा। वह काला नवयुवक जगह न मिलने के कारण अन्तिम पंक्ति में खड़ा हुआ था। श्रद्धा के दिल में गुदगुदी-सी होने लगी। उसने काँपते स्वर में अपनी वक्तृता शुरू की। उसकी नजरों में सारा हॉल पुतलियों से भरा हुआ था; अगर कोई जीवित मनुष्य था, तो वही सबसे पीछे खड़ा हुआ काला नवयुवक। उसका मुख उसी की ओर था। वह उसी से अपने भाषण की दाद माँग रही थी। हीरा परखने की आशा जौहरी से ही की जाती है।

आध घंटे तक श्रद्धा के मुख से फूलों की वर्षा होती रही। लोगों को बहुत कम ऐसी वक्तृता सुनने को मिली थीं।

4

श्रद्धा जब सभा समाप्त होने पर घर चली तो देखा, वही काला नवयुवक उसके पीछे तेजी से चला आ रहा है। श्रद्धा को यह मालूम था कि लोगों ने उसका भाषण बहुत पसन्द किया है; लेकिन इस नवयुवक की राय सुनने का अवसर उसे नहीं मिला था। उसने अपनी चाल धीमी कर दी। दूसरे ही क्षण वह नवयुवक उसके पास पहुँच गया! दोनों कई कदम चुपचाप चलते रहे।

अन्त में नवयुवक ने झिझकते हुए कहा—आज तो आपने कमाल कर दिया।

श्रद्धा ने प्रफुल्लता के स्रोत को दबाते हुए कहा—धन्यवाद! यह आपकी कृपा है।

नवयुवक ने कहा—मैं किस लायक हूँ। मैं ही नहीं, सारी सभा सिर धुन रही थी।

श्रद्धा—क्या आपका शुभ-स्थान यहीं है?

नवयुवक—जी हाँ, यहाँ मैं एम० ए० में पढ़ रहा हूँ। यह ऊँच-नीच का भूत न जाने कब तक हमारे सिर पर सवार रहेगा। अभाग्य से मैं भी उन लोगों में हूँ, जिन्हें संसार नीच समझता है। मैं जाति का चमार हूँ। मेरे पिता स्कूल के इंस्पेक्टर के यहाँ अर्दली थे। उनकी सिफारिश से स्कूल में भरती हो गया। तब से भाग्य से लड़ता-भिड़ता चला आ रहा हूँ। पहले तो स्कूल के मास्टर मुझे छूते ही न थे। वह हालत तो अब नहीं रही किन्तु लड़के अब भी मुझसे खिंचे रहते हैं।

श्रद्धा—मैं तो कुलीनता को जन्म से नहीं, धर्म से मानती हूँ।

नवयुवक—यह तो आपकी वक्तृता ही से सिद्ध हो गया है। और इसी से आपसे बातें करने का साहस भी हुआ, नहीं तो कहाँ आप और कहाँ मैं!

श्रद्धा ने अपनी आँखें नीची करके कहा—शायद आपको मेरा हाल मालूम नहीं।

नवयुवक—बहुत अच्छी तरह से मालूम है। यदि आप अपनी माताजी के दर्शन करवा सकें, तो आपका बड़ा आभारी होऊँगा।

वह आपसे मिलकर बड़ी प्रसन्न होंगी! शुभ नाम!

'मुझे भगतराम कहते हैं।'

यह परिचय धीरे-धीरे स्थिर और दृढ़ होता गया; मैत्री प्रगाढ़ होती गयी। श्रद्धा की नजरों में भगतराम एक देवता थे और भगतराम के समक्ष श्रद्धा मानवी रूप में देवी थी।

5

एक साल बीत गया। भगतराम रोज देवी के दर्शन को जाता। दोनों घंटों बैठे बातें किया करते। श्रद्धा कुछ भाषण करती, तो भगतराम सब काम छोड़कर सुनने जाता। उनके मनसूबे एक थे; जीवन के आदर्श एक; रुचि एक, विचार एक। भगतराम अब प्रेम और उसके रहस्यों की मार्मिक विवेचना करता। उसकी बातों में 'रस' और 'अलंकार' का कभी इतना संयोग न हुआ था। भावों को इंगित करने में उसे कमाल हो गया था। लेकिन ठीक उन अवसरों पर, जब श्रद्धा के हृदय में गुदगुदी होने लगती, उसके कपोल उल्लास से रंजित हो जाते, भगतराम विषय पलट देता और जल्दी ही कोई बहाना बनाकर वहाँ से खिसक जाता। उसके चले जाने पर श्रद्धा हसरत के आँसू बहाती और सोचती—क्या इन्हें दिल से मेरा प्रेम नहीं?

एक दिन कोकिला ने भगतराम को एकान्त में बुलाकर कहा—बेटा! अब तो मुन्नी से तुम्हारा विवाह हो जाय, तो अच्छा। जीवन का क्या भरोसा। कहीं मर जाऊँ तो यह साध मन ही में रह जाय।

भगतराम ने सिर हिलाकर कहा—अम्माँ, जरा इस परीक्षा में पास हो जाने दो। जीविका का प्रश्न हल हो जाने के बाद ही विवाह शोभा देता है।

'यह सब तुम्हारा ही है; क्या मैं साथ बाँध ले जाऊँगी?'

'यह आपकी कृपा है, अम्माँजी; पर इतना निर्लज्ज न बनाइये। मैं तो आपका हो चुका, अब तो आप दुत्कारें भी तो इस द्वार से नहीं टल सकता। मुझ जैसा भाग्यवान संसार में और कौन है। लेकिन देवी के मन्दिर में जाने से पहले कुछ पान-फूल तो होना ही चाहिए।'

साल-भर और गुजर गया। भगतराम ने एम० ए० की उपाधि ली

और अपने ही विद्यालय में अर्थशास्त्र का अध्यापक हो गया। उस दिन कोकिला ने खूब दान-पुण्य किया। जब भगतराम ने आकर उसके पैरों पर सिर झुकाया तो उसने उसे छाती से लगा लिया। उसे विश्वास था कि आज भगतराम विवाह के प्रश्न को जरूर छेड़ेगा। श्रद्धा प्रतीक्षा की मूर्ति बनी हुई थी। उसका एक-एक अंग मानों सौ-सौ तार होकर प्रतिध्वनित हो रहा था। दिल पर एक नशा छाया हुआ था, पाँव जमीन पर न पड़ते थे। भगतराम को देखते ही माँ से बोली—अम्माँ, अब हमको एक हल्की-सी मोटर ले दीजिएगा।

कोकिला ने मुस्कराकर कहा—हल्की-सी क्यों? भारी-सी ले लेना। पहले कोई अच्छा-सा मकान तो ठीक कर लो।

श्रद्धा भगतराम को अपने कमरे में बुला ले गयी। दोनों बैठकर नये मकान की सजावट के मनसूबे बाँधने लगे। परदे, फर्श, तसवीरें सबकी व्यवस्था की गयी। श्रद्धा ने कहा—रुपये भी अम्माँजी से ले लेंगे।

भगतराम बोला—उनसे रुपये लेते मुझे शर्म आयेगी।

श्रद्धा ने मुस्कराकर कहा—आखिर मेरे दहेज के रुपये तो देंगी।

दोनों घंटे-भर बातें करते रहे। मगर वह मार्मिक शब्द, जिसे सुनने के लिए श्रद्धा का मन आतुर हो रहा था, आज भी भगतराम के मुँह से न निकला और वह विदा हो गया।

उसके जाने पर कोकिला ने डरते-डरते पूछा—आज क्या बातें हुई?

श्रद्धा ने उसका आशय समझकर कहा—अगर मैं ऐसी भारी हो रही हूँ, तो कुएँ में क्यों नहीं डाल देतीं?

यह कहते-कहते उसके धैर्य की दीवार टूट गयी। वह आवेश और वह वेदना, जो भीतर-ही-भीतर अब तक टीस रही थी, निकल पड़ी। वह फूट-फूट कर रोने लगी!

कोकिला ने झुँझलाकर कहा—जब कुछ बातचीत ही नहीं करना है, तो रोज आते ही क्यों हैं? कोई ऐसा घराना भी तो नहीं है, और न ऐसे धन्ना सेठ ही हैं।

श्रद्धा ने आँखें पोंछकर कहा—अम्माँजी, मेरे सामने उन्हें कुछ न कहिए। उनके दिल में जो कुछ है, वह मैं जानती हूँ। वह मुँह से चाहे कुछ न कहें; मगर दिल से कह चुके। और मैं चाहे कानों से कुछ न सुनूँ पर

दिल से सब कुछ सुन चुकी।

कोकिला ने श्रद्धा से कुछ भी न कहा; लेकिन दूसरे दिन भगतराम से बोली—अब किस विचार में हो, बेटा?

भगतराम ने सिर खुजलाते हुए कहा—अम्माँजी; मैं तो हाजिर हूँ; लेकिन घर वाले किसी तरह राजी नहीं होते। जरा फुरसत मिले, तो घर जाकर राजी कर लूँ। माँ-बाप को नाराज करना भी तो अच्छा नहीं!

कोकिला कुछ जवाब न दे सकी।

6

भगतराम के माँ-बाप शहर से दूर रहते थे। यही एक उनका लड़का था। उनकी सारी उमंगें उसी के विवाह पर अवलम्बित थीं। उन्होंने कई बार उसकी शादी तय की। पर भगतराम बार-बार यही कहकर निकल जाता कि जब तक नौकर न हो जाऊँगा, विवाह न करूँगा। अब वह नौकर हो गया था, इसलिए दोनों माघ के एक ठण्डे प्रात:काल में लदे-फँदे भगतराम के मकान पर आ पहुँचे। भगतराम ने दौड़कर उनकी पद-धूलि ली और कुशल आदि पूछने के बाद कहा—आप लोगों ने इस जाड़े-पाले में क्यों तकलीफ की? मुझे बुला लिया होता।

चौधरी ने अपनी पत्नी की ओर देखकर कहा—सुनती हो बच्चा की अम्माँ! जब बुलाते हैं, तो कहते हैं कि इम्तिहान है, यह है, वह है। जब आ गए, तो कहता है, बुलाया क्यों नहीं! तुम्हारा विवाह ठीक हो गया है। अब एक महीने की छुट्टी लेकर हमारे साथ चलना होगा। इसीलिए दोनों आये हैं।

चौधराइन—हमने कहा कि बिना गए काम नहीं चलेगा। तो आज ही दरखास दे दो। लड़की बड़ी सुन्दर, पढ़ी-लिखी, अच्छे कुल की है।

भगतराम ने लजाते हुए कहा—मेरा विवाह तो यहीं एक जगह लगा हुआ है, अगर आप राजी हों, तो कर लूँ।

चौधरी—इस शहर में हमारी बिरादरी का कौन है, क्यों बच्चा की अम्माँ?

चौधराइन—यहाँ हमारी बिरादरी का तो कोई नहीं है।

भगतराम—माँ-बेटी हैं। घर में रुपया भी है। लड़की ऐसी है कि तुम लोग देखकर खुश हो जाओगे। मुफ्त में शादी हो जायगी।

चौधरी—क्या लड़की का बाप मर गया है? उसका क्या नाम था? कहाँ का रहनेवाला है। कुल-मरजाद कैसा है—जब तक यह सारी बातें मालूम न हो जायँ, तब तक ब्याह कैसे हो सकता है!—क्यों बच्चा की अम्माँ?

चौधराइन—हाँ, बिना इन बातों का पता लगाये कैसे हो सकता है?

भगतराम ने कोई जवाब नहीं दिया।

चौधरी—यहाँ किस मुहल्ले में रहती हैं माँ-बेटी? सारा शहर हमारा छाना पड़ा है, हम यहाँ कोई बीस साल रहे होंगे, क्यों बच्चा की अम्माँ?

चौधराइन—बीस साल से ज़्यादा रहे हैं।

भगतराम—उनका घर नखास पर है।

चौधरी—नखास से किस तरफ?

भगतराम—नखास की सामनेवाली गली में पहला मकान उन्हीं का है। सड़क से दिखाई देता है।

चौधरी—पहला मकान तो कोकिला रण्डी का है। गुलाबी रंग से पुता हुआ है न?

भगतराम ने झेंपते हुए कहा—जी हाँ, वही मकान है!

चौधरी—तो उसमें कोकिला रण्डी नहीं रहती क्या?

भगतराम—क्यों नहीं। माँ बेटी, दोनों ही तो रहती हैं।

चौधरी—तो क्या कोकिला रण्डी की लड़की से ब्याह करना चाहते हो? नाक कटवाने पर लगे हो क्या? बिरादरी में तो कोई पानी पियेगा नहीं।

चौधराइन—लूका लगा दूँगी मुँह में राँड़ के! रूप-रंग देख के लुभा गए क्या?

भगतराम—मैं तो इसे अपना भाग्य समझता हूँ कि वह अपनी लड़की की शादी मेरे साथ करने को राजी है। अगर वह आज चाहे, तो किसी बड़े-से-बड़े रईस के घर में शादी कर सकती है।

चौधरी—रईस उससे ब्याह न करेगा—रख लेगा। तुम्हें भगवान समाई दे तो एक नहीं चार रखो। मरदों के लिए कौन रोक है! लेकिन जो

ब्याह के लिये कहो तो ब्याह वही है, जो बिरादरी में हो।

चौधराइन—बहुत पढ़ने से आदमी बौरा जाता है।

चौधरी—हम तो गँवार आदमी हैं, पर समझ में नहीं आता कि तुम्हारी यह नियत कैसे हुई। रण्डी की बेटी चाहे इन्नर की परी हो, तो भी रण्डी की बेटी है। हम तुम्हारा विवाह वहाँ न होने देंगे। अगर तुमने विवाह किया, तो हम दोनों तुम्हारे ऊपर जान दे देंगे। इतना अच्छी तरह से समझ लेना—क्यों बच्चा की अम्माँ?

चौधराइन—ब्याह कर लेंगे, जैसे, हँसी-ठहाका है! झाड़ू मार के भगा दूँगी राँड़ को! अपनी बेटी अपने घर में रखे।

भगतराम—अगर आप लोगों की आज्ञा नहीं है, तो मैं विवाह नहीं करूँगा; मगर मैं किसी दूसरी औरत से भी विवाह न करूँगा।

चौधराइन—हाँ, तुम कुवाँरे रहो, यह हमें मंजूर है। पतुरिया के घर में ब्याह न करेंगे।

भगतराम ने अबकी झुँझलाकर कहा—आप उसे बार-बार पतुरिया क्यों कहती हैं। किसी जमाने में यह उसका पेशा रहा होगा। आज दिन वह जितने आचार-विचार से रहती है, शायद ही कोई और रहती हो। ऐसा पवित्र आचरण तो मैंने आज तक देखा ही नहीं।

भगतराम का सारा यत्न विफल हो गया। चौधराइन ने ऐसी जिद पकड़ी कि जौ भर अपनी जगह से न टली।

रात को जब भगतराम अपने प्रेम-मन्दिर में पहुँचा, तो उसका चेहरा उतरा हुआ था। एक-एक अंग से निराशा टपक रही थी। श्रद्धा रास्ता देखती हुई घबरा रही थी कि आज इतनी रात तक आये क्यों नहीं। उन्हें क्या मालूम कि मेरे दिल की क्या हालत हो रही है। यार-दोस्तों से छुट्टी मिलेगी, तो भूलकर इधर भी आ जायँगे।

कोकिला ने कहा—मैं तो तुझसे कह चुकी कि उनका अब वह मिजाज नहीं रहा। फिर भी तो तू नहीं मानती। आखिर इस टालमटोल की कोई हद भी है।

श्रद्धा ने दुखित होकर कहा—अम्माँजी, मैं आपसे हजार बार विनय कर चुकी हूँ कि चाहे लौकिक रूप में कुमारी ही क्यों न रहूँ; लेकिन हृदय से उनकी ब्याहता हो चुकी। अगर ऐसा आदमी विश्वास करने के काबिल

नहीं है, तो फिर नहीं जानती कि किस पर विश्वास किया जा सकता है।

इसी समय भगतराम निराशा की मूर्ति बने हुए कमरे के भीतर आये। दोनों स्त्रियों ने उनकी ओर देखा। कोकिला की आँखों में शिकायत थी और श्रद्धा की आँखों में वेदना। कोकिला की आँखें कह रही थीं, यह क्या तुम्हारे रंग-ढंग हैं? श्रद्धा की आँखें कह रही थीं—इतनी निर्दयता!

भगतराम ने धीमे, वेदनापूर्ण स्वर में कहा—आप लोगों को आज बहुत देर तक मेरी राह देखनी पड़ी; मगर मैं मजबूर था; घर से अम्माँ और दादा आये हुए हैं; उन्हीं से बातें कर रहा था।

कोकिला बोली—घर पर तो सब कुशल है न?

भगतराम ने सिर झुकाये हुए कहा—जी हाँ, सब कुशल है। मेरे विवाह का मसला पेश था। पुराने ख्याल के आदमी हैं, किसी तरह भी राजी नहीं होते।

कोकिला का मुख तमतमा उठा। बोली—हाँ, क्यों राजी होंगे? हम लोग उनसे भी नीच हैं न; लेकिन जब तुम उनकी इच्छा के दास थे, तो तुम्हें उनसे पूछकर यहाँ आना-जाना चाहिए था। इस तरह हमारा अपमान करके तुम्हें क्या मिला? यदि मुझे मालूम होता कि तुम अपने माँ-बाप के इतने गुलाम हो, तो यह नौबत ही काहे को आती?

श्रद्धा ने देखा कि भगतराम की आँखों से आँसू गिर रहे हैं।

विनीत भाव से बोली—अम्माँजी, माँ-बाप की मरजी का गुलाम होना कोई पाप नहीं है। अगर मैं आपकी उपेक्षा करूँ, तो क्या आपको दु:ख न होगा? यही हाल उन लोगों का भी तो होगा।

श्रद्धा यह कहती हुई अपने कमरे की ओर चली और इशारे से भगतराम को भी बुलाया। कमरे में बैठकर दोनों कई मिनट तक पृथ्वी की ओर ताकते रहे। किसी में भी साहस न था कि उस सन्नाटे को तोड़े।

अन्त में भगतराम ने पुरुषोचित वीरता से काम लिया और कहा—श्रद्धा, इस समय मेरे हृदय के भीतर तुमुल युद्ध हो रहा है। मैं शब्दों में अपनी दशा बयान नहीं कर सकता। जी चाहता है कि विष खाकर जान दे दूँ। तुमसे अलग रहकर जीवित नहीं रह सकता; केवल तड़प सकता हूँ। मैंने न-जाने उनकी कितनी खुशामद की, कितना रोया, कितना गिड़गिड़ाया; लेकिन दोनों अपनी बातों पर अड़े रहे। बार-बार यही कहते

रहे कि अगर यह ब्याह होगा, तो हम दोनों तुम पर अपनी जान दे देंगे। उन्हें मेरी मौत मंजूर है; लेकिन तुम मेरे हृदय की रानी बनो; यह मंजूर नहीं।

श्रद्धा ने सान्त्वना देते हुए कहा—'प्यारे, मुझसे उनका घृणा करना उचित है। पढ़े-लिखे आदमियों में ही ऐसे कितने निकलेंगे। इसमें उनका कोई दोष नहीं। मैं सबेरे उनके दर्शन करने जाऊँगी, शायद मुझे देखकर उनका दिल पिघल जाय। मैं हर तरह से उनकी सेवा करूँगी, उनकी धोतियाँ धोऊँगी, उनके पैर दाबा करूँगी, मैं वह सब करूँगी, जो उनकी मनचाही बहू करती। इसमें लज्जा की कौन-सी बात। उनके तलवे सहलाऊँगी—भजन गाकर सुनाऊँगी—मुझे बहुत से दिहाती गीत आते हैं। अम्माँजी के सिर के सफेद बाल चुनूँगी। मैं दया नहीं चाहती, मैं तो प्रेम की चेरी हूँ। तुम्हारे लिए मैं सब कुछ करूँगी—सब कुछ।'

भगतराम को ऐसा मालूम हुआ, मानो उसकी आँखों की ज्योति बढ़ गयी है, अथवा शरीर में कोई दूसरी ज्योतिर्मय आत्मा आ गयी है। उसके हृदय का सारा अनुराग, सारा विश्वास, सारी भक्ति आँखों से उमड़कर श्रद्धा के पैरों की ओर जाती हुई मालूम हुई, मानो किसी घर से नन्हें-नन्हें लाल कपोलवाले, रेशमी कपड़ोंवाले, घुँघराले बालोंवाले बच्चे हँसते हुए निकलकर खेलने जा रहे हों।

7

चौधरी और चौधराइन को शहर आये हुए दो सप्ताह बीत गए। वे रोज जाने के लिए कमर कसते; लेकिन फिर रह जाते। श्रद्धा उन्हें जाने न देती। सबेरे जब उनकी आँखें खुलती, तो श्रद्धा उनके स्नान के लिए पानी तपाती हुई होती, चौधरी को अपना हुक्का भरा हुआ मिलता। वे लोग ज्योंही नहाकर उठते, श्रद्धा उनकी धोती छाँटने लगती। दोनों उसकी सेवा और अविरत परिश्रम देखकर दंग रह जाते। ऐसी सुन्दर, ऐसी मधुभाषिणी, ऐसी हँसमुख और चतुर रमणी चौधरी ने इन्स्पेक्टर साहब के घर में भी न देखी थी। चौधरी को वह देवी मालूम होती—और चौधराइन को लक्ष्मी। दोनों श्रद्धा की सेवा और टहल प्रेम पर आश्चर्य करते थे; किन्तु तो भी कलंक और बिरादरी का प्रश्न उनके मुँह पर मुहर लगाये हुए था। पन्द्रहवें दिन

जब श्रद्धा दस बजे रात को अपने घर चली गयी; तो चौधरी ने चौधराइन से कहा—लड़की तो साक्षात् लक्ष्मी है।

चौधराइन—जब मेरी धोती छाँटने लगती है, तो मैं मारे लाज के कट जाती हूँ। हमारी तरह तो इसकी लौंडी होगी।

चौधरी—फिर क्या सलाह देती हो—अपनी बिरादरी में तो ऐसी सुघर लड़की मिलने की नहीं।

चौधराइन—राम का नाम लेकर ब्याह करो। बहुत होगा रोटी पड़ जायगी। पाँच बीसी में तो रोटी होती है, कौन छप्पन टके लगते हैं पहले हमे शंका होती थी कि पतुरिया की लड़की न जाने कैसी हो, कैसी न हो, पर अब सारी शंका मिट गई।

चौधरी—जब बातें करती है, तो मालूम होता है, मुँह से फूल झड़ते हैं।

चौधराइन—मैं तो उसकी माँ को बखानती हूँ, जिसकी कोख में ऐसी लक्ष्मी जनमी।

चौधरी—कल चलो, कोकिला से मिलकर सब ठीक-ठाक कर आयें।

चौधराइन—मुझे तो उसके घर जाते सरम लगती है। वह रानी बनी बैठी होगी; मैं तो उसकी लौंडी मालूम होऊँगी।

चौधरी—तो फिर पाउडर मँगाकर मुँह में पोत लो—गोरी हो जाओगी। इंस्पेक्टर साहब की मेम भी तो रोज पाउडर लगाती थी। रंग तो साँवला था; पर जब पाउडर लगा लेतीं तो मुँह चमकने लगता था।

चौधराइन—हँसी करोगे तो गाली दूँगी, हाँ। काली चमड़ी पर कोई रंग चढ़ता है, जो पाउडर चढ़ जायगा? तुम तो सचमुच उसके चौकीदार से लगोगे।

चौधरी—तो कल मुँह-अँधेरे चल दें। अगर कहीं श्रद्धा आ गयी तो फिर गला न छोड़ेगी। बच्चा से कह देंगे कि पंडित से सायत-मिती सब ठीक कर लो। फिर हँसकर कहा—उन्हें तो आप ही जल्दी होगी।

चौधराइन भी पुराने दिन याद करके मुसकराने लगीं।

8

चौधरी और चौधराइन का मत पाकर कोकिला विवाह का आयोजन करने लगी। कपड़े बनवाये जाने लगे। बरतनों की दूकानें छानी जाने लगीं और गहनों के लिए सुनार के पास 'आर्डर' जाने लगे। लेकिन न मालूम क्यों भगतराम के मुख पर प्रसन्नता का चित्र तक न था। श्रद्धा के यहाँ नित्य की भाँति जाता; किन्तु उदास, कुछ भूला हुआ-सा बैठा रहता था। घंटों आत्मविस्मृति की अवस्था में, शून्य दृष्टि से आकाश अथवा पृथ्वी की ओर देखा करता। श्रद्धा उसे अपने कीमती कपड़े और जड़ाऊ गहने दिखलाती। उसके अंग-प्रत्यंग से आशाओं की स्फूर्ति छलकी पड़ती थी। इस नशे में वह भगतराम की आँखों में छिपे हुए आँसुओं को न देख पाती थी।

इधर चौधरी भी तैयारियाँ कर रहे थे। बार-बार शहर आते और विवाह के सामान मोल ले जाते। भगतराम के स्वतंत्र विचारवाले मित्र उसके भाग्य पर ईर्ष्या करते थे। अप्सरा-जैसी सुन्दर स्त्री, कारूँ के खजाने-जैसी दौलत, दोनों साथ ही किसे मयस्सर होते हैं? किन्तु वह, जो मित्रों की ईर्ष्या, कोकिला की प्रसन्नता, श्रद्धा की मनोकामना और चौधरी और चौधराइन के आनन्द का कारण था, छिप-छिपकर रोता था, अपने जीवन से दु:खी था। चिराग तले अँधेरा छाया हुआ था। इस छिपे हुए तूफान की किसी को भी खबर न थी; जो उसके हृदय में हाहाकार मचा रहा था।

ज्यों-ज्यों विवाह का दिन समीप आता था, भगतराम की बनावटी उमंग भी ठण्डी पड़ती थी। जब चार दिन रह गए, तो उसे हल्का-सा ज्वर आ गया। वह श्रद्धा के घर भी न जा सका। चौधरी और चौधराइन तथा अन्य बिरादरी के लोग भी आ पहुँचे थे; किन्तु सब-के-सब विवाह की धुन में इतने मस्त थे कि किसी का भी ध्यान उसकी ओर न गया।

दूसरे दिन भी वह घर से न निकल सका। श्रद्धा ने समझा कि विवाह की रीतियों से छुट्टी न मिली होगी। तीसरे दिन चौधराइन भगतराम को बुलाने गई, तो देखा कि वह सहमी हुई विस्फारित आँखों से कमरे के एक कोने की ओर देखता हुआ दोनों हाथ सामने किये, पीछे हट रहा है, मानो अपने को किसी के वार से बचा रहा हो। चौधराइन ने घबराकर पूछा—बच्चा, कैसा जी है? पीछे इस तरह क्यों चले जा रहे हो? यहाँ तो

कोई नहीं है।

भगतराम के मुख पर पागलों-जैसी अचेतना थी। आँखों में भय छाया हुआ था। भीत स्वर में बोला—नहीं अम्माँजी, देखो, वह श्रद्धा चली आ रही है! देखो, उसके दोनों हाथों में दो काली नागिनें हैं। वह मुझे उन नागिनों से डसवाना चाहती है ! अरे अम्माँ! वह नजदीक आ गयी। श्रद्धा? श्रद्धा!! तुम मेरी जान की क्यों बैरिन हो गयी? क्या मेरे असीम प्रेम का यही परिणाम है? मैं तो तुम्हारे चरणों पर बलि होने के लिये सदैव तत्पर था। इस जीवन का मूल्य ही क्या है! तुम इन नागिनों को दूर फेंक दो। मैं यहाँ तुम्हारे चरणों पर लेटकर यह जान तुम पर न्योछावर कर दूँगा। —हैं, हैं, तुम न मानोगी!

यह कहकर वह चित गिर पड़ा। चौधराइन ने लपक कर चौधरी को बुलाया। दोनों ने भगतराम को उठा कर चारपाई पर लिटा दिया। चौधरी का ध्यान किसी आसेब की ओर गया। वह तुरन्त ही लौंग और राख लेकर आसेब उतारने का आयोजन करने लगे! स्वयं मंत्र-तंत्र में निपुण थे। भगतराम का सारा शरीर ठण्डा था; किन्तु सिर तवे की तरह तप रहा था।

रात को भगतराम कई बार चौंककर उठा। चौधरी ने हर बार मंत्र फूँककर अपने ख्याल से आसेब को भगाया।

चौधराइन ने कहा—कोई डाक्टर क्यों नहीं बुलाते? शायद दवा से कुछ फायदा हो। कल ब्याह और आज यह हाल।

चौधरी ने नि:शंक भाव से कहा—डाक्टर आकर क्या करेगा। वही पीपलवाले बाबा तो हैं। दवा-दारू करना उनसे और रार बढ़ाना है। रात जाने दो। सबेरा होते ही एक बकरा और एक बोतल दारू उनकी भेंट की जायगी। बस और कुछ करने की जरूरत नहीं। डाक्टर बीमारी की दवा करता है कि हवा-बयार की? बीमारी उन्हें कोई नहीं है, कुल के बाहर ब्याह करने ही से देवता लोग रूठ गए हैं।

सबेरे चौधरी ने एक बकरा मँगाया। स्त्रियाँ गाती-बजाती हुई देवी के चौतरे की ओर चलीं। जब लोग लौटकर आये, तो देखा कि भगतराम की हालत खराब है। उसकी नाड़ी धीरे-धीरे बन्द हो रही थी। मुख पर मृत्यु-विभीषिका की छाप थी। उसके दोनों नेत्रों से आँसू बहकर गालों पर ढुलक रहे थे, मानो अपूर्ण इच्छा का अन्तिम सन्देश निर्दय संसार को

सुना रहे हों। जीवन का कितना वेदना-पूर्ण दृश्य था—आँसू की दो बूँदें!

अब चौधरी घबराये। तुरन्त ही कोकिला को खबर दी। एक आदमी डाक्टर के पास भेजा। डाक्टर के आने में तो देर थी—वह भगतराम के मित्रों में से थे; किन्तु कोकिला और श्रद्धा आदमी के साथ ही आ पहुँचीं। श्रद्धा भगतराम के सामने आकर खड़ी हो गयी। आँखों से आँसू बहने लगे।

थोड़ी देर में भगतराम ने आँखें खोलीं और श्रद्धा की ओर देखकर बोले—तुम आ गयी श्रद्धा, मैं तुम्हारी राह देख रहा था। यह अन्तिम प्यार लो। आज ही सब 'आगा-पीछा' का अन्त हो जायगा; जो आज से तीन वर्ष पूर्व आरम्भ हुआ था। इन तीनों वर्षों में मुझे जो आत्मिक-यंत्रणा मिली है, हृदय ही जानता है। तुम वफा की देवी हो; लेकिन मुझे रह-रहकर यह भ्रम होता था, क्या तुम खून के असर का नाश कर सकती हो? क्या तुम एक ही बार अपनी परम्परा की नीति छोड़ सकोगी? क्या तुम जन्म के प्राकृतिक नियमों को तोड़ सकोगी? इन भ्रमपूर्ण विचारों के लिए शोक न करना। मैं तुम्हारे योग्य न था—किसी प्रकार भी और कभी भी तुम्हारे-जैसा महान् हृदय न बन सका। हाँ, इस भ्रम के वश में पड़ कर संसार से मैं अपनी इच्छाएँ बिना पूर्ण किये ही जा रहा हूँ। तुम्हारे अगाध, निष्कपट, निर्मल प्रेम की स्मृति सदैव ही मेरे साथ रहेगी। किन्तु हाय अफसोस...

कहते-कहते भगतराम की आँखें फिर बन्द हो गयीं। श्रद्धा के मुख पर गाढ़ी लालिमा दौड़ गयी। उसके आँसू सूख गए। झुकी हुई गरदन तन गई। माथे पर बल पड़ गए। आँखों में आत्म-अभिमान की झलक आ गयी। वह क्षण भर वहाँ खड़ी रही और दूसरे ही क्षण नीचे आकर अपनी गाड़ी में बैठ गयी। कोकिला उसके पीछे-पीछे दौड़ी हुई आयी और बोली—बेटी, यह क्रोध करने का अवसर नहीं है। लोग अपने दिल में क्या कहेंगे। उनकी दशा बराबर बिगड़ती ही जाती है! तुम्हारे रहने से बुड्ढों को ढाढ़स बँधा रहेगा।

श्रद्धा ने कुछ उत्तर न दिया। कोचवान से कहा—घर चलो। कहकर कोकिला भी गाड़ी में बैठ गयी।

असत्र शीत पड़ रहा था। आकाश में काले बादल छाये हुए थे। शीतल वायु चल रही थी। माघ के अन्तिम दिवस थे। वृक्ष, पेड़-पौधे भी शीत से अकड़े हुए थे। दिन के आठ बज गए थे, अभी तक लोग रजाई के

भीतर मुँह लपेटे हुए थे। लेकिन श्रद्धा का शरीर पसीने से भीगा हुआ था। ऐसा मालूम होता था कि सूर्य की सारी ऊष्णता उसके शरीर के रगों में घुस गयी है। उसके होंठ सूख गए थे, प्यास से नहीं, आन्तरिक धधकती हुई अग्नि की लपटों से। उसका एक-एक अंग उस अग्नि की भीषण आँच से जला जा रहा था। उसके मुख से बार-बार जलती हुई गर्म साँस निकल रही थी, मानो किसी चूल्हे की लपट हो। घर पहुँचते-पहुँचते उसका फूल-सा मुख मलिन हो गया, होंठ पीले पड़ गए, जैसे किसी काले साँप ने डस लिया हो। कोकिला बार-बार अश्रुपूर्ण नेत्रों से उसकी ओर ताकती थी; पर क्या कहे और क्या कहकर समझाये।

घर पहुँचकर श्रद्धा अपने ऊपर के कमरे की ओर चली, किन्तु उसमें इतनी शक्ति न थी कि सीढ़ियाँ चढ़ सके। रस्सी को मजबूती से पकड़ती हुई किसी तरह अपने कमरे में पहुँची। हाय, आध ही घंटे पूर्व यहाँ की एक-एक वस्तु पर प्रसन्नता, आह्लाद, आशाओं की छाप लगी हुई थी; पर अब सब-की-सब सिर धुनती हुए मालूम होती थीं। बड़े-बड़े सन्दूकों में जोड़े सजाये हुए रखे थे, उन्हें देखकर श्रद्धा के हृदय में हूक उठी और वह गिर पड़ी, जैसे विहार करता हुआ और कुलाचें भरता हुआ हिरन तीर लग जाने से गिर पड़ता है।

अचानक उसकी दृष्टि उस चित्र पर जा पड़ी, जो आज तीन वर्ष से उसके जीवन का आधार हो रही थी। उस चित्र को उसने कितनी बार चूमा था; कितनी बार गले लगाया था, कितनी बार हृदय से चिपका लिया था। वे सारी बातें एक-एक करके याद आ रही थीं; लेकिन उनके याद करने का भी अधिकार उसे न था।

हृदय के भीतर एक दर्द उठा, जो पहले से कहीं अधिक प्राणान्तकारी था—जो पहले से अधिक तूफान के समान भयंकर था। हाय! उस मरने वाले के दिल को उसने कितनी यंत्रणा पहुँचायी! भगतराम के अविश्वास का यह जवाब, यह प्रत्युत्तर कितना रोमांचकारी और हृदय-विदारक था। हाय! वह कैसे ऐसी निठुर हो गयी! उसका प्यारा उसकी नजरों के सामने दम तोड़ रहा था! उसके लिए—उसकी सान्त्वना के लिए एक शब्द भी मुँह से न निकला! यही तो खून का असर है—इसके अतिरिक्त और हो ही क्या सकता था। आज पहली बार श्रद्धा को कोकिला की बेटी होने का पछतावा हुआ। वह इतनी स्वार्थरत, इतनी हृदय-हीन है—आज ही उसे

मालूम हुआ। वह त्याग, वह सेवा, वह उच्चादर्श, जिस पर उसे घमंड था, ढहकर श्रद्धा के सामने गिर पड़ा; वह अपनी ही दृष्टि में अपने को हेय समझने लगी। उस स्वर्गीय प्रेम का ऐसा नैराश्यपूर्ण उत्तर वेश्या की पुत्री के अतिरिक्त और कौन दे सकता है।

श्रद्धा उसी समय कमरे से बाहर निकलकर, वायु-वेग से सीढ़ियाँ उतरती हुई नीचे पहुँची और भगतराम के मकान की ओर दौड़ी। वह आखिरी बार उससे गले मिलना चाहती थी अन्तिम बार उसके दर्शन करना चाहती थी। वह अनन्त प्रेम के कठिन बन्धनों को निभायेगी और अन्तिम श्वास तक उसी की ही बनकर रहेगी!

रास्ते में कोई सवारी न मिली। श्रद्धा थकी जा रही थी। सिर से पाँव तक पसीने से नहाई हुई थी! न मालूम कितनी बार वह ठोकर खाकर गिरी और फिर उठकर दौड़ने लगी! उसके घुटनों से रक्त निकल रहा था, साड़ी कई जगह से फट गई थी, मगर उस वक्त अपने तन-बदन की सुध तक न थी। उसका एक-एक रोआं सहस्त्र कंठ हो-होकर ईश्वर से प्रार्थना कर रहा था कि उस प्रात:काल के दीपक की लौ थोड़ी देर और बची रहे। उनके मुँह से एक बार 'श्रद्धा' का शब्द सुनने के लिए उसकी अन्तरात्मा कितनी व्याकुल हो रही थी। केवल यही एक शब्द सुनकर फिर उसकी कोई भी इच्छा अपूर्ण न रह जायगी, उसकी सारी आशाएँ सफल हो जायँगी, सारी साध पूर्ण हो जायगी।

श्रद्धा को देखते ही चौधराइन ने उसका हाथ पकड़ लिया और रोती हुई बोली—

बेटी, तुम कहाँ चली गई थी? दो बार तुम्हारा नाम लेकर पुकार चुके हैं।

श्रद्धा को ऐसा मालूम हुआ, मानो उसका कलेजा फटा जा रहा है। उसकी आँखें पथरा गयीं। उसे ऐसा मालूम होने लगा कि वह अगाध, अथाह समुद्र की भँवर में पड़ गयी है। उसने कमरे में जाते ही भगतराम के ठंडे पैरों पर सिर रख दिया और उसे आँखों के गरम पानी से धोकर गरम करने का उपाय करने लगी। यही उसकी सारी आशाओं और कुछ अरमानों की समाधि थी।

भगतराम ने आँख खोलकर कहा—क्या तुम हो श्रद्धा? मैं जानता

था कि तुम आओगी, इसीलिए अभी तक प्राण अवशेष थे। जरा मेरे हृदय पर अपना सिर रख दो। हाँ, मुझे अब विश्वास हो गया कि तुमने मुझे क्षमा कर दिया। जी डूब रहा है। तुमसे कुछ माँगना चाहता हूँ, पर किस मुँह से माँगूँ। जब जीते-जी न माँग सका तो अब क्या है?

हमारी अन्तिम घड़ियाँ किसी अपूर्ण साध को अपने हिय के भीतर छिपाये हुए होती हैं। मृत्यु पहले हमारी सारी ईर्ष्या, सारा भेदभाव, सारा द्वेष नष्ट करती है। जिनकी सूरत से हमें घृणा होती है, उनसे फिर वही पुराना सौहार्द, पुरानी मैत्री करने के लिए, उनको गले लगाने के लिए हम उत्सुक हो जाते हैं। जो कुछ कर सकते थे और न कर सके—उसी की एक साध रह जाती है। भगतराम ने उखड़े हुए विषादपूर्ण स्वर में अपने प्रेम की पुनरावृत्ति श्रद्धा के सामने की। उस स्वर्गीय निधि को पाकर वह प्रसन्न हो सकता था, उसका उपयोग कर सकता था; किन्तु हाय, आज वह जा रहा है, अपूर्ण साधों की स्मृति लिए हुए! हाय रे, अभागिन साध!

श्रद्धा भगतराम के वक्षस्थल पर झुकी हुई रो रही थी। भगतराम ने सिर उठाकर उसके मुरझाये हुए, आँसुओं से धोये हुए स्वच्छ कपोलों को चूम लिया; मरती हुई साध की वह अन्तिम हँसी थी।

भगतराम ने अवरुद्ध कंठ से कहा—यह हमारा और तुम्हारा विवाह है श्रद्धा—यह मेरी अन्तिम भेंट है।—यह कहते हुए उसकी आँखें हमेशा के लिए बन्द हो गयीं! साध भी मरकर गिर पड़ी।

श्रद्धा की आँखें रोते-रोते लाल हो रही थीं। उसे ऐसा मालूम हुआ मानो भगतराम उसके सामने प्रेमालिंगन का संकेत करते हुए मुस्करा रहे हैं। वह अपनी दशा, काल, स्थान, सब भूल गयी। जख्मी सिपाही अपनी जीत का समाचार पाकर अपना दर्द, अपनी पीड़ा भूल जाता है। क्षण भर के लिए मौत भी हेय हो जाती है। श्रद्धा का भी यही हाल हुआ। वह भी अपना जीवन प्रेम की निठुर वेदी पर उत्सर्ग करने के लिए तैयार हो गयी, जिस पर लैला और मजनूँ, शीरीं और फरहाद—नहीं, हजारों ने अपनी बलि चढ़ा दी।

उसने चुम्बन का उत्तर देते हुए कहा—प्यारे, मैं तुम्हारी हूँ और सदा तुम्हारी ही रहूँगी।

तावान

छकौड़ीलाल ने दूकान खोली और कपड़े के थानों को निकाल-निकाल रखने लगा कि एक महिला, दो स्वयंसेवकों के साथ उसकी दूकान छेकने आ पहुँची। छकौड़ी के प्राण निकल गए।

महिला ने तिरस्कार करके कहा—क्यों लाला तुमने सील तोड़ डाली न? अच्छी बात है, देखें तुम कैसे एक गिरह कपड़ा भी बेच लेते हो! भले आदमी, तुम्हें शर्म नहीं आती कि देश में यह संग्राम छिड़ा हुआ है और तुम विलायती कपड़ा बेच रहे हो, डूब मरना चाहिये। औरतें तक घरों से निकल पड़ी हैं, फिर भी तुम्हें लज्जा नहीं आती! तुम जैसे कायर देश में न होते तो उसकी यह अधोगति न होती!

छकौड़ी ने वास्तव में कल काँग्रेस की सील तोड़ डाली थी। यह तिरस्कार सुनकर उसने सिर नीचा कर लिया। उसके पास कोई सफाई न थी; कोई जवाब न था। उसकी दूकान बहुत छोटी थी। लेहने पर कपड़े लाकर बेचा करता था। यही जीविका थी, इसी पर वृद्धा माता, रोगिणी स्त्री और पाँच बेटे-बेटियों का निर्वाह होता था। जब स्वराज्य-संग्राम छिड़ा और सभी बजाज विलायती कपड़ों पर मुहरें लगवाने लगे, तो उसने भी मुहर लगवा ली। दस-पाँच थान स्वदेशी कपड़ों के उधार लाकर दूकान पर रख लिये; पर कपड़ों का मेल न था; इसलिए बिक्री कम होती थी। कोई भूला-भटका गाहक आ जाता, तो रुपया-आठ आने की बिक्री हो जाती। दिन भर दूकान में तपस्या-सी करके पहर रात को घर लौट जाता था। गृहस्थी का खर्च इस बिक्री में क्या चलता। कुछ दिन कर्ज-वर्ज लेकर

काम चलाया, फिर गहने बेचने की नौबत आयी। यहाँ तक कि अब घरों में कोई ऐसी चीज न बची, जिससे दो-चार महीने पेट का भूत सिर से टल जाता। उधर स्त्री का रोग असाध्य होता जाता था। बिना किसी कुशल डाक्टर को दिखाये काम न चल सकता था। इसी चिन्ता में डूब-उतरा रहा था कि विलायती कपड़े का एक गाहक मिल गया, जो एकमुश्त 10 रु० का माल लेना चाहता था। इस प्रलोभन को वह न रोक सका।

स्त्री ने सुना, तो कानों पर हाथ रखकर बोली—मैं मुहर तोड़ने को कभी न कहूँगी। डाक्टर तो कुछ अमृत पिला न देगा। तुम नक्कू क्यों बनो। बचना होगा बच जाऊँगी, मरना होगा मर जाऊँगी, बेआबरुई तो न होगी। मैं जीकर ही घर का क्या उपकार कर रही हूँ। और सबको दिक कर रही हूँ। देश को स्वराज्य मिले, लोग सुखी हों, बला से मैं मर जाऊँगी! हजारों आदमी जेल जा रहे हैं, कितने घर तबाह हो गए, तो क्या सबसे ज़्यादा प्यारी मेरी ही जान है?

पर छकौड़ी इतना पक्का न था। अपना बस चलते वह स्त्री को भाग्य के भरोसे न छोड़ सकता था। उसने चुपके से मुहर तोड़ डाली और लागत के दामों 10 रु० के कपड़े बेच लिये।

अब डाक्टर को कैसे ले जाय। स्त्री से क्या परदा रखता। उसने जाकर साफ-साफ सारा वृत्तान्त कह सुनाया और डाक्टर को बुलाने चला।

स्त्री ने उसका हाथ पकड़कर कहा—मुझे डाक्टर की जरूरत नहीं अगर तुमने जिद की, तो मैं दवा की तरफ आँख भी न उठाऊँगी।

छकौड़ी और उसकी माँ ने रोगिणी को बहुत समझाया, पर वह डाक्टर को बुलाने पर राजी न हुई। छकौड़ी ने दसों रुपये उठाकर घर-कुइयाँ में फेंक दिये और बिना कुछ खाये-पीये, किस्मत को रोता-झींकता दूकान पर चला आया। उसी वक्त पिकेट करने वाले आ पहुँचे और उसे फटकारना शुरू कर दिया। पड़ोस के दूकानदार ने कांग्रेस कमेटी में जाकर चुगली खायी थी।

2

छकौड़ी ने महिला के लिए अन्दर से लोहे की एक टूटी, बेरंग कुरसी

निकाली और लपककर उनके लिए लाया। जब वह पान खाकर कुरसी पर बैठीं, तो उसने अपने अपराध के लिए क्षमा माँगी! बोला—बहनजी, बेशक मुझसे यह अपराध हुआ है; लेकिन मैंने मजबूर होकर मुहर तोड़ी। अबकी मुझे मुआफी दीजिए। फिर ऐसी ख़ता न होगी।

देशसेविका ने थानेदारों के रोब के साथ कहा—यों अपराध क्षमा नहीं हो सकता। तुम्हें इसका तावान देना पड़ेगा। तुमने कांग्रेस के साथ विश्वासघात किया है और इसका तुम्हें दण्ड मिलेगा। आज ही बायकाट-कमेटी में यह मामला पेश होगा।

छकौड़ी बहुत ही विनीत, बहुत ही सहिष्णु था; लेकिन चिन्ताग्नि में तप कर उसका हृदय उस दशा को पहुँच गया था, जब एक चोट भी चिंगारियाँ पैदा करती हैं। तिनककर बोला—तावान तो मैं न दे सकता हूँ, न दूँगा। हाँ, दूकान भले ही बन्द कर दूँ। और दूकान भी क्यों बन्द करूँ, अपना माल है, जिस जगह चाहूँ, बेच सकता हूँ। अभी जाकर थाने में लिखा दूँ, तो बायकाट-कमेटी को भागने की राह न मिले। जितना ही दबता हूँ; उतना ही आप लोग दबाती हैं।

महिला ने सत्याग्रह-शक्ति के प्रदर्शन का अवसर पाकर कहा—हाँ, जरूर पुलिस में रपट करो। मैं तो चाहती हूँ, तुम रपट करो। तुम उन लोगों को यह धमकी दे रहे हो, जो तुम्हारे ही लिए अपने प्राणों का बलिदान कर रहे हैं। तुम इतने स्वार्थांध हो कि अपने स्वार्थ के लिए देश का अनहित करते तुम्हें लज्जा नहीं आती? उस पर मुझे पुलिस की धमकी देते हो! बायकाट-कमेटी जाय या रहे; पर तुम्हें तावान देना पड़ेगा; अन्यथा दूकान बन्द करनी पड़ेगी।

यह कहते-कहते महिला का चेहरा गर्व से तेजवान हो गया। कई आदमी जमा हो गए और सब-के-सब छकौड़ी को बुरा-भला कहने लगे। छकौड़ी को भी मालूम हो गया कि पुलिस की धमकी देकर उसने बहुत बड़ा अविवेक किया है। लज्जा और अपमान से उसकी गरदन झुक गयी और मुँह जरा-सा निकल आया। फिर उसने गरदन नहीं उठाई।

सारा दिन गुजर गया और धेले की बिक्री न हुई। आखिर हार कर उसने दूकान बन्द कर दी और घर चला आया।

दूसरे दिन प्रात:काल बायकाट-कमेटी ने एक स्वयंसेवक द्वारा उसे

सूचना दे दी कि कमेटी ने उसे 101 रु० का दण्ड दिया है।

3

छकौड़ी इतना जानता था कि कांग्रेस की शक्ति के सामने वह सर्वथा अशक्त है। उसकी जबान से जो धमकी निकल गयी, उस पर उसे घोर पश्चात्ताप हुआ; लेकिन तीर कमान से निकल चुका था। दूकान खोलना व्यर्थ था। वह जानता था, उसकी धेले की भी बिक्री न होगी। 101 रु० देना उसके बूते से बाहर की बात थी! दो-तीन दिन चुपचाप बैठा रहा। एक दिन रात को दूकान खोलकर सारी गाँठें घर उठा लाया और चुपके-चुपके बेचने लगा। पैसे की चीज धेले में लुटा रहा था और वह भी उधार! जीने के लिए कुछ आधार तो चाहिये!

मगर उसकी यह चाल भी कांग्रेस से छिपी न रही। चौथे ही दिन गोइन्दों ने कांग्रेस को खबर पहुँचा दी। उसी दिन तीसरे पहर छकौड़ी के घर की पिकेटिंग शुरू हो गई। अबकी सिर्फ पिकेटिंग शुरू न थी, स्यापा भी था। पाँच-छ: स्वयंसेविकाएँ और इतने ही स्वयंसेवक द्वार पर स्यापा करने लगे।

छकौड़ी आँगन में सिर झुकाये खड़ा था। कुछ अक्ल काम न करती थी, इस विपत्ति को कैसे टाले। रोगिणी स्त्री सायबान में लेटी हुई थी, वृद्धा माता उसके सिरहाने बैठी पंखा झल रही थी और बच्चे बाहर स्यापे का आनन्द उठा रहे थे।

स्त्री ने कहा—इन सबसे पूछते नहीं, खायें क्या?

छकौड़ी बोला—किससे पूछूँ, जब कोई सुने भी!

'जाकर कांग्रेसवालों से कहो, हमारे लिए कुछ इन्तजाम कर दें, हम अभी कपड़े को जला देंगे। ज़्यादा नहीं, 25 रु० महीना दे दें।'

'वहाँ भी कोई न सुनेगा।'

'तुम जाओगे भी, या यहीं से कानून बघारने लगे?'

'क्या जाऊँ, उलटे और लोग हँसी उड़ायेंगे। यहाँ तो जिसने दूकान खोली, उसे दुनिया लखपती ही समझने लगती है।'

'तो खड़े-खड़े ये गालियाँ सुनते रहोगे?'

'तुम्हारे कहने से चला जाऊँ; मगर वहाँ ठठोली के सिवा और कुछ न होगा।'

'हाँ, मेरे कहने से जाओ। जब कोई न सुनेगा, तो हम भी कोई और राह निकालेंगे।'

छकौड़ी ने मुँह लटकाये कुरता पहना और इस तरह काँग्रेस-दफ़्तर चला, जैसे कोई मरणासन्न रोगी को देखने के लिए वैद्य को बुलाने जाता है।

4

काँग्रेस-कमेटी के प्रधान ने परिचय के बाद पूछा—'तुम्हारे ही ऊपर तो बायकाट-कमेटी ने 101 रु० का तावान लगाया है?'

'जी हाँ!'

'तो रुपया कब दोगे?'

'मुझमें तावान देने की सामर्थ्य नहीं है। आपसे मैं सत्य कहता हूँ, मेरे घर में दो दिन से चूल्हा नहीं जला। घर की जो जमा-जथा थी, वह सब बेचकर खा गया। अब आपने तावान लगा दिया, दूकान बन्द करनी पड़ी। घर पर कुछ माल बेचने लगा। वहाँ स्यापा बैठ गया। अगर आपकी यही इच्छा हो कि हम सब दाने बगैर मर जायँ, तो मार डालिये, और मुझे कुछ नहीं कहना है।'

छकौड़ी जो बात कहने घर से चला था, वह उसके मुँह से न निकली। उसने देख लिया कि यहाँ कोई उस पर विचार करनेवाला नहीं है।

प्रधानजी ने गम्भीर भाव से कहा—तावान तो देना ही पड़ेगा। अगर तुम्हें छोड़ दूँ, तो इसी तरह और लोग भी करेंगे। फिर विलायती कपड़े की रोकथाम कैसे होगी?

'मैं आपसे जो कह रहा हूँ, उस पर आपको विश्वास नहीं आता?'

'मैं जानता हूँ, तुम मालदार आदमी हो।'

'मेरे घर की तलाशी ले लीजिए।'

'मैं इन चकमों में नहीं आता।'

छकौड़ी ने उद्दण्ड होकर कहा—तो यह कहिए कि आप देश-सेवा नहीं कर रहे हैं, गरीबों का खून चूस रहे हैं! पुलिसवाले कानूनी पहलू से लेते हैं, आप गैरकानूनी पहलू से लेते हैं। नतीजा एक है। आप भी अपमान करते हैं, वह भी अपमान करते हैं। मैं कसम खा रहा हूँ कि मेरे घर में खाने के लिए दाना नहीं है, मेरी स्त्री खाट पर पड़ी-पड़ी मर रही है। फिर भी आपको विश्वास नहीं आता। आप मुझे काँग्रेस का काम करने के लिए नौकर रख लीजिए। 25 रु० महीने दीजियेगा। इससे ज़्यादा अपनी गरीबी का और क्या प्रमाण दूँ। अगर मेरा काम सन्तोष के लायक न हो, तो एक महीने के बाद मुझे निकाल दीजियेगा। यह समझ लीजिए कि जब मैं आपकी गुलामी करने को तैयार हुआ हूँ, तो इसीलिये कि मुझे दूसरा कोई आधार नहीं है। हम व्यापारी लोग; अपना बस चलते, किसी की चाकरी नहीं करते। जमाना बिगड़ा हुआ है, नहीं 101 रु० के लिए इतना हाथ-पाँव न जोड़ता।

प्रधानजी हँसकर बोले—यह तो तुमने नयी चाल चली!

'चाल नहीं चल रहा हूँ, अपनी विपत्ति-कथा कह रहा हूँ।'

'काँग्रेस के पास इतने रुपये नहीं हैं कि वह मोटों को खिलाती फिरे।'

'अब भी आप मुझे मोटा कहे जायेंगे?'

'तुम मोटे हो ही!'

'मुझ पर जरा भी दया न कीजिएगा?'

प्रधान ज़्यादा गहराई से बोले—छकौड़ीलालजी, मुझे पहले तो इसका विश्वास नहीं आता कि आपकी हालत इतनी खराब है और अगर विश्वास आ भी जाय, तो भी मैं कुछ कर नहीं सकता। इतने महान् आन्दोलन में कितने ही घर तबाह हुए और होंगे। हम लोग सभी तबाह हो रहे हैं। आप समझते हैं; हमारे सिर कितनी बड़ी जिम्मेदारी है। आपका तावान मुआफ कर दिया जाय, तो कल ही आपके बीसियों भाई अपनी मुहरें तोड़ डालेंगे और हम उन्हें किसी तरह कायल न कर सकेंगे। आप गरीब हैं, लेकिन आपके सभी भाई तो गरीब नहीं हैं। तब तो सभी अपनी गरीबी के प्रमाण देने लगेंगे। मैं किस-किस की तलाशी लेता फिरूँगा। इसलिए जाइए, किसी तरह रुपये का प्रबन्ध कीजिए और दूकान खोलकर

कारबार कीजिए। ईश्वर चाहेगा, तो वह दिन भी आयेगा जब आपका नुकसान पूरा होगा।

5

छकौड़ी घर पहुँचा तो अँधेरा हो गया था। अभी तक उसके द्वार पर स्यापा हो रहा था। घर में जाकर स्त्री से बोला—आखिर वही हुआ, जो मैं कहता था। प्रधानजी को मेरी बातों पर विश्वास ही नहीं आया।

स्त्री का मुरझाया हुआ बदन उत्तेजित हो उठा। उठ खड़ी हुई और बोली—अच्छी बात है, हम उन्हें विश्वास दिला देंगे। मैं अब काँग्रेस दफ़्तर के सामने ही मरूँगी। मेरे बच्चे उसी दफ़्तर के सामने विकल हो-हो कर तड़पेंगे। काँग्रेस हमारे साथ सत्याग्रह करती है, तो हम भी उसके साथ सत्याग्रह करके दिखा दें। मैं इसी मरी हुई दशा में भी काँग्रेस को तोड़ डालूँगी। जो अभी इतने निर्दयी हैं, वह कुछ अधिकार हो जाने पर न्याय करेंगे? एक इक्का बुला लो, खाट की जरूरत नहीं। वहीं सड़क किनारे मेरी जान निकलेगी। जनता ही के बल पर तो वह कूद रहे हैं। मैं दिखा दूँगी, जनता तुम्हारे साथ नहीं, मेरे साथ है।

इस अग्निकुण्ड के सामने छकौड़ी की गर्मी शान्त हो गई। काँग्रेस के साथ इस रूप में सत्याग्रह करने की कल्पना ही से वह काँप उठा। सारे शहर में हलचल पड़ जायेगी। हजारों आदमी आकर यह दशा देखेंगे। सम्भव है, कोई हंगामा ही हो जाय। यह सभी बातें इतनी भयंकर थीं कि छकौड़ी का मन कातर हो गया। उसने स्त्री को शान्त करने की चेष्टा करते हुए कहा—इस तरह चलना उचित नहीं है अम्बे! मैं एक बार प्रधानजी से फिर मिलूँगा। अब रात हुई, स्यापा भी बन्द हो जायगा। कल देखी जायेगी। अभी तो तुमने पथ्य भी नहीं लिया। प्रधानजी बेचारे बड़े असमंजस में पड़े हुए हैं। कहते हैं, अगर आपके साथ रियायत करूँ, तो फिर कोई शासन ही न रह जायगा। मोटे-मोटे आदमी भी मुहरें तोड़ डालेंगे और जब कुछ कहा जायगा, तो आपकी नजीर पेश कर देंगे।

अम्बा एक क्षण अनिश्चित दशा में खड़ी छकौड़ी का मुँह देखती रही, फिर धीरे से खाट पर बैठ गयी। उसकी उत्तेजना गहरे विचार में लीन हो गयी। काँग्रेस की और अपनी जिम्मेदारी का खयाल आ गया। प्रधानजी

के कथन में कितना सत्य था; यह उससे छिपा न रहा।

उसने छकौड़ी से कहा—तुमने आकर यह बात न कही थी।

छकौड़ी बोला—उस वक्त मुझे इसकी याद न थी।

'यह प्रधानजी ने कहा है, या तुम अपनी तरफ से मिला रहे हो?'

'नहीं, उन्होंने खुद कहा, मैं अपनी तरफ से क्यों मिलाता?'

'बात तो उन्होंने ठीक ही कही!'

'हम तो मिट जायेंगे!'

'हम तो यों ही मिटे हुए हैं!'

'रुपये कहाँ से आवेंगे। भोजन के लिए तो ठिकाना ही नहीं, दंड कहाँ से दें?'

'और कुछ नहीं है; घर तो है। इसे रेहन रख दो। और अब विलायती कपड़े भूलकर भी न बेचना। सड़ जायँ, कोई परवाह नहीं। तुमने सील तोड़कर यह आफत सिर ली। मेरी दवा-दारू की चिन्ता न करो। ईश्वर की जो इच्छा होगी, वह होगा। बाल-बच्चे भूखों मरते हैं, मरने दो। देश में करोड़ों आदमी ऐसे हैं, जिनकी दशा हमारी दशा से भी खराब है। हम न रहेंगे, देश तो सुखी होगा।'

छकौड़ी जानता था, अम्बा जो कहती है, वह करके रहती है, कोई उज्र नहीं सुनती। वह सिर झुकाये, अम्बा पर झुँझलाता हुआ घर से निकलकर महाजन के घर की ओर चला।

के सामने खड़ी हो जाती है, तो जो कुछ न किया, उसका खेद और जो कुछ किया, उस पर पश्चात्ताप, मन को उदार और निष्कपट बना देता है।

सुशीला ने राजा को बुलाया और उसे छाती से लगाकर रोने लगी। वह मातृस्नेह, जो पति की कृपणता से भीतर-ही-भीतर तड़पकर रह जाता था, इस समय जैसे खौल उठा। लेकिन मोटर के लिए रुपये कहाँ थे?

सेठजी ने पूछा—मोटर लोगे बेटा; अपनी अम्माँ से रुपये लेकर भैया के साथ चले जाओ। खूब अच्छी मोटर लाना।

राजा ने माता के आँसू और पिता का यह स्नेह देखा, तो उसका बालहठ जैसे पिघल गया। बोला—अभी नहीं लूँगा।

सेठजी ने पूछा—क्यों?

'जब आप अच्छे हो जायँगे तब लूँगा।'

सेठजी फूट-फूटकर रोने लगे।

2

तीसरे दिन सेठ रामनाथ का देहान्त हो गया।

धनी के जीने से दु:ख बहुतों को होता है, सुख थोड़ों को। उनके मरने से दु:ख थोड़ों को होता है, सुख बहुतों को। महाब्राह्मणों की मण्डली अलग सुखी है, पण्डितजी अलग खुश हैं, और शायद बिरादरी के लोग भी प्रसन्न हैं; इसलिए कि एक बराबर का आदमी कम हुआ। दिल से एक काँटा दूर हुआ। और पट्टीदारों का तो पूछना ही क्या। अब वह पुरानी कसर निकालेंगे। हृदय को शीतल करने का ऐसा अवसर बहुत दिनों के बाद मिला है।

आज पाँचवाँ दिन है। वह विशाल भवन सूना पड़ा है। लड़के न रोते हैं, न हँसते हैं। मन मारे माँ के पास बैठे हैं, और विधवा भविष्य की अपार चिन्ताओं के भार से दबी हुई निर्जीव-सी पड़ी है। घर में जो रुपये बच रहे थे, वे दाह-क्रिया की भेंट हो गए और अभी सारे संस्कार बाकी पड़े हैं। भगवान्, कैसे बेड़ा पार लगेगा।

किसी ने द्वार पर आवाज दी। महरा ने आकर सेठ धनीराम के आने की सूचना दी। दोनों बालक बाहर दौड़े। सुशीला का मन भी एक क्षण

मृतक-भोज

सेठ रामनाथ ने रोग-शय्या पर पड़े-पड़े निराशा-पूर्ण दृष्टि से अपनी स्त्री सुशीला की ओर देखकर कहा—मैं बड़ा अभागा हूँ, शीला। मेरे साथ तुम्हें सदैव ही दुख भोगना पड़ा। जब घर में कुछ न था, तो रात-दिन गृहस्थी के धन्धों और बच्चों के लिए मरती थीं। जब जरा कुछ सँभला और तुम्हारे आराम करने के दिन आये, तो यों छोड़े चला जा रहा हूँ। आज तक मुझे आशा थी, पर आज वह आशा टूट गयी। देखो शीला, रोओ मत। संसार में सभी मरते हैं, कोई दो साल आगे, कोई दो साल पीछे। अब गृहस्थी का भार तुम्हारे ऊपर है। मैंने रुपये नहीं छोड़े; लेकिन जो कुछ है, उससे तुम्हारा जीवन किसी तरह कट जायगा। यह राजा क्यों रो रहा है?

सुशीला ने आँसू पोंछकर कहा—जिद्दी हो गया है, और क्या। आज सबेरे से रट लगाये हुए है कि मैं मोटर लूँगा। पाँच रुपये से कम में आयेगी मोटर?

सेठजी को इधर कुछ दिनों से दोनों बालकों पर बहुत स्नेह हो गया था। बोले—तो मँगा दो न एक। बेचारा कब से रो रहा है, क्या-क्या अरमान दिल में थे। सब धूल में मिल गए। रानी के लिए विलायती गुड़िया भी मँगा दो। दूसरों के खिलौने देखकर तरसती रहती है। जिस धन को प्राणों से भी प्रिय समझा, वह अन्त को डॉक्टरों ने खाया। बच्चे मुझे क्या याद करेंगे कि बाप था। अभागे बाप ने तो धन को लड़के-लड़की से प्रिय समझा। कभी पैसे की चीज भी लाकर नहीं दी।

अन्तिम समय जब संसार की असारता कठोर सत्य बनकर आँखों

के लिए हरा हो गया। सेठ धनीराम बिरादरी के सरपंच थे। अबला का क्षुब्ध हृदय सेठजी की इस कृपा से पुलकित हो उठा। आखिर बिरादरी के मुखिया हैं। ये लोग अनाथों की खोज-खबर न लें तो कौन ले। धन्य हैं ये पुण्यात्मा लोग जो मुसीबत में दीनों की रक्षा करते हैं।

यह सोचती हुई सुशीला घूँघट निकाले बरोठे में आकर खड़ी हो गयी। देखा तो धनीरामजी के अतिरिक्त और भी कई सज्जन खड़े हैं।

धनीराम बोले—बहूजी, भाई रामनाथ की अकाल-मृत्यु से हम लोगों को जो दु:ख हुआ है, वह हमारा दिल ही जानता है। अभी उनकी उम्र ही क्या थी; लेकिन भगवान् की इच्छा। अब तो हमारा यही धर्म है कि ईश्वर पर भरोसा रखें और आगे के लिए कोई राह निकालें। काम ऐसा करना चाहिए कि घर की आबरू भी बनी रहे और भाईजी की आत्मा सन्तुष्ट भी हो।

कुबेरदास ने सुशीला को कनखियों से देखते हुए कहा—मर्यादा बड़ी चीज है। उसकी रक्षा करना हमारा धर्म है। लेकिन कमली के बाहर पाँव निकालना भी तो उचित नहीं। कितने रुपये हैं तेरे पास बहू? क्या कहा, कुछ नहीं?

सुशीला—घर में रुपये कहाँ हैं, सेठजी। जो थोड़े-बहुत थे, वह बीमारी में उठ गए।

धनीराम—तो यह नयी समस्या खड़ी हुई। ऐसी दशा में हमें क्या करना चाहिए, कुबेरदासजी?

कुबेरदास—जैसे हो, भोज तो कराना ही पड़ेगा। हाँ, अपनी सामर्थ्य देखकर काम करना चाहिए। मैं कर्ज लेने को न कहूँगा। हाँ, घर में जितने रुपयों का प्रबन्ध हो सके, उसमें हमें कोई कसर न छोड़नी चाहिए। मृत-जीव के साथ भी तो हमारा कुछ कर्तव्य है। अब तो वह फिर कभी न आयेगा, उससे सदैव के लिए नाता टूट रहा हैं। इसलिए सब कुछ हैसियत के मुताबिक होना चाहिए। ब्राह्मणों को तो भोज देना ही पड़ेगा। जिससे कि मर्यादा का निर्वाह हो।

धनीराम—तो क्या तुम्हारे पास कुछ भी नहीं है, बहूजी? दो-चार हजार भी नही!

सुशीला—मैं आपसे सत्य कहती हूँ, मेरे पास कुछ नहीं है। ऐसे

समय झूठ बोलूँगी?

धनीराम ने कुबेरदास की ओर अर्ध-विश्वास से देखकर कहा—तब तो यह मकान बेचना पड़ेगा।

कुबेरदास—इसके सिवा और क्या हो सकता है। नाक कटाना तो अच्छा नहीं। रामनाथ का कितना नाम था, बिरादरी के स्तम्भ थे। यही इस समय एक उपाय है। 20 हजार रु० मेरे आते हैं। सूद-बट्टा लगाकर कोई 25 हजार रु० मेरे हो जायँगे। बाकी भोज में खर्च हो जायगा। अगर कुछ बच रहा, तो बाल-बच्चों के काम आ जायगा।

धनीराम—आपके यहाँ कितने पर बन्धक रखा था?

कुबेर०—20 हजार रुपये पर 1 रुपये सैकड़े सूद।

धनी०—मैंने तो कुछ कम सुना है।

कुबेर०—उसका तो रेहननामा रखा है। जबानी बातचीत थोड़े ही है। मैं दो-चार हजार के लिए झूठ नहीं बोलूँगा।

धनी०—नहीं-नहीं यह मैं कब कहता हूँ। तो तूने सुन लिया, बाई! पंचों की सलाह है कि मकान बेच दिया जाय।

सुशीला का छोटा भाई सन्तलाल भी इसी समय आ पहुँचा। यह अन्तिम वाक्य उसके कान में पड़ गया। बोल उठा—किस लिए मकान बेच दिया जाय? बिरादरी के भोज के लिए? बिरादरी तो खा-पीकर राह लेगी, इन अनाथों की रक्षा कैसे होगी? इनके भविष्य के लिए भी तो कुछ सोचना चाहिए।

धनीराम ने कोप-भरी आँखों से देखकर कहा—आपको इन मामलों में टाँग अड़ाने का कोई अधिकार नहीं। केवल भविष्य की चिन्ता करने से काम नहीं चलता। मृतक का पीछा भी किसी तरह सुधारना ही पड़ता है। आपका क्या बिगड़ेगा। हँसी तो हमारी होगी। संसार में मर्यादा से प्रिय कोई वस्तु नहीं! मर्यादा के लिए प्राण तक दे देते हैं। जब मर्यादा ही न रही, तो क्या रहा। अगर हमारी सलाह पूछोगे, तो हम यही कहेंगे। आगे बाई का अख्तियार है, जैसा चाहे करे; पर हमसे कोई सरोकर न रहेगा। चलिए कुबेरदासजी, चलें।

सुशीला ने भयभीत होकर कहा—भैया की बातों का विचार न कीजिए, इनकी तो यह आदत है। मैंने तो आपकी बात नहीं टाली; आप

मेरे बड़े हैं। घर का हाल आपको मालूम है। मैं अपने स्वामी की आत्मा को दुखी करना नहीं चाहती, लेकिन जब उनके बच्चे ठोकरें खायेंगे, तो क्या उनकी आत्मा दुखी न होगी? बेटी का ब्याह करना ही है। लड़के को पढ़ाना-लिखाना है ही। ब्राह्मणों को खिला दीजिए; लेकिन बिरादरी करने की मुझमें सामर्थ नहीं है।

दोनों महानुभावों को जैसे थप्पड़ लगी—इतना बड़ा अधर्म। भला ऐसी बात भी जबान से निकाली जाती है। पंच लोग अपने मुँह में कालिख न लगने देंगे। दुनिया विधवा को न हँसेगी, हँसी होगी पंचों की। यह जग-हँसाई वे कैसे सह सकते हैं। ऐसे घर के द्वार पर झाँकना भी पाप है।

सुशीला रोकर बोली—मैं अनाथ हूँ, नादान हूँ, मुझ पर क्रोध न कीजिए। आप लोग ही मुझे छोड़ देंगे, तो मेरा कैसे निर्वाह होगा।

इतने में दो महाशय और आ बिराजे। एक बहुत मोटे और दूसरे बहुत दुबले। नाम भी गुणों के अनुसार ही—भीमचन्द और दुर्बलदास। धनीराम ने संक्षेप में यह परिस्थिति उन्हें समझा दी। दुर्बलदास ने सहृदयता से कहा—तो ऐसा क्यों नहीं करते कि हम लोग मिलकर कुछ रुपये दे दें। जब इसका लड़का सयाना हो जायगा, तो रुपये मिल ही जायँगे। अगर न भी मिलें तो एक मित्र के लिए कुछ बल खा जाना कोई बड़ी बात नहीं।

सन्तलाल ने प्रसन्न होकर कहा—इतनी दया आप करेंगे, तो क्या पूछना।

कुबेरदास त्योरी चढ़ाकर बोले—तुम तो बेसिर-पैर की बातें करने लगे; दुर्बलदास जी। इस बखत के बाजार में किसके पास फालतू रुपये रखे हुए हैं।

भीमचन्द—सो तो ठीक है, बाजार की ऐसी मन्दी तो कभी देखी नहीं; पर निबाह तो करना चाहिए।

कुबेरदास अकड़ गए। वह सुशीला के मकान पर दाँत लगाये हुए थे। ऐसी बातों से उनके स्वार्थ में बाधा पड़ती थी। वह अपने रुपये अब वसूल करके छोड़ेंगे।

भीमचन्द ने उन्हें किसी तरह सचेत किया; लेकिन भोज तो देना ही पड़ेगा। उस कर्तव्य का पालन न करना समाज की नाक काटना है।

सुशीला ने दुर्बलदास में सहृदयता का आभास देखा। उनकी ओर

दीन नेत्रों से देखकर बोली—मैं आप लोगों से बाहर थोड़े ही हूँ। आप लोग मालिक हैं, जैसा उचित समझें वैसा करें।

दुर्बलदास—तेरे पास कुछ थोड़े बहुत गहने तो होंगे, बाई?

'हाँ गहने हैं। आधे तो बीमारी में बिक गए, आधे बचे हैं।' सुशीला ने सारे गहने लाकर पंचों के सामने रख दिये; पर यह तो मुश्किल से तीन हजार में उठेंगे।

दुर्बलदास ने पोटली को हाथ में तौलकर कहा—तीन हजार को कैसे जायँगे। मैं साढ़े तीन हजार दिला दूँगा।

भीमचन्द ने फिर पोटली को तौलकर कहा—मेरी बोली चार हजार की है।

कुबेरदास को मकान की बिक्री का प्रश्न छेड़ने का अवसर फिर मिला—चार हजार ही में क्या हुआ जाता है। बिरादरी का भोज है या दोष मिटाना है। बिरादरी में कम-से-कम दस हजार का खरचा है। मकान तो निकालना ही पड़ेगा।

सन्तलाल ने ओंठ चबाकर कहा—मैं कहता हूँ, आप लोग क्या इतने निर्दयी है! आप लोगों को अनाथ बालकों पर भी दया नहीं आती! क्या उन्हें रास्ते का भिखारी बनाकर छोड़ेंगे?

लेकिन सन्तलाल की फरियाद पर किसी ने ध्यान न दिया। मकान की बातचीत अब नहीं टाली जा सकती थी। बाजार मन्दा है। 30 हजार से बेसी नहीं मिल सकते, 25 हजार तो कुबेरदास के हैं। पाँच हजार बचेंगे। चार हजार गहनों से आ जायँगे। इस तरह 9 हजार में बड़ी किफायत से ब्राह्मण भोज और बिरादरी-भोज दोनों निपटा दिये जायँगे।

सुशीला ने दोनों बालकों को सामने करके करबद्ध होकर कहा—पंचों, मेरे बच्चों का मुँह देखिए। मेरे घर में जो कुछ है; वह आप सब ले लीजिए; लेकिन मकान छोड़ दीजिए—मुझे कहीं ठिकाना न मिलेगा। मैं आपके पैरों पड़ती हूँ मकान इस समय न बेचें।

इस मूर्खता का क्या जवाब दिया जाय। पंच लोग तो खुद चाहते थे कि मकान न बेचना पड़े। उन्हें अनाथों से कोई दुश्मनी नहीं थी; किन्तु बिरादरी का भोज और किस तरह किया जाय। अगर विधवा कम-से-कम पाँच हजार रु० का जोगाड़ और कर दे, तो मकान बच सकता है, पर वह

ऐसा नहीं कर सकती, तो मकान बेचने के सिवा और कोई उपाय नहीं।

कुबेर ने अन्त में कहा—देख बाई, बाजार की दशा इस समय खराब है। रुपये किसी से उधार नहीं मिल सकते। बाल-बच्चों के भाग में लिखा होगा, तो भगवान और किसी हीले से देगा। हीले रोजी, बहाने मौत। बाल-बच्चों की चिन्ता मत कर। भगवान जिसको जन्म देते हैं, उसकी जीविका की जुगत पहले ही से कर देते हैं। हम तुझे समझाकर हार गए। अगर तू अब भी अपना हठ न छोड़ेगी, तो हम बात भी न पूछेंगे। फिर यहाँ तेरा रहना मुश्किल हो जायगा। शहरवाले तेरे पीछे पड़ जायँगे।

विधवा सुशीला अब और क्या करती। पंचों से लड़कर वह कैसे रह सकती थी। पानी में रहकर मगर से कौन बैर कर सकता है। घर में जाने के लिए उठी पर वहीं मूर्छित होकर गिर पड़ी। अभी तक आशा सँभाले हुई थी। बच्चों के पालन-पोषण में वह अपना वैधव्य भूल सकती थी; पर अब तो अँधकार था, चारों ओर।

3

सेठ रामनाथ के मित्रों का उनके घर पर पूरा अधिकार था। मित्रों का अधिकार न हो तो किसका हो। स्त्री कौन होती है। जब वह इतनी मोटी-सी बात नहीं समझती कि बिरादरी करना और धूम-धाम से दिल खोलकर करना लाजिमी बात है, तो उससे और कुछ कहना व्यर्थ है। गहने कौन खरीदे? भीमचन्द चार हजार दाम लगा चुके थे, लेकिन अब उन्हें मालूम हुआ कि उनसे भूल हुई थी। दुर्बलदास ने तीन हजार लगाये थे। इसलिए सौदा इन्हीं के हाथ हुआ। इस बात पर दुर्बलदास और भीमचन्द्र में तकरार भी हो गयी; लेकिन भीमचन्द को मुँह की खानी पड़ी। न्याय दुर्बल के पक्ष में था।

धनीराम ने कटाक्ष किया—देखो दुर्बलदास, माल तो ले जाते हो; पर तीन हजार से बेसी का है। मैं नीति की हत्या न होने दूँगा।

कुबेरदास बोले—अजी, तो घर में ही तो है, कहीं बाहर तो नहीं गया। एक दिन मित्रों की दावत हो जायगी!

इस पर चारों महानुभाव हँसे। इस काम से फुरसत पाकर अब

मकान का प्रश्न उठा। कुबेरदास 30 हजार देने पर तैयार थे; पर कानूनी कार्रवाई किये बिना सन्देह की गुंजाइश थी। यह गुंजाइश क्यों कर रखी जाय। एक दलाल बुलाया गया। नाटा-सा आदमी था, पोपला मुँह, कोई 70 की अवस्था। नाम था चोखेलाल।

कुबेरदास ने कहा—चोखेलालजी से हमारी तीस साल की दोस्ती है। आदमी क्या रत्न हैं।

भीमचन्द—देखो चोखेलाल, हमें यह मकान बेचना है। इसके लिए कोई अच्छा ग्राहक लाओ। तुम्हारी दलाली पक्की।

कुबेरदास—बाजार का हाल अच्छा नहीं है; लेकिन फिर भी हमें यह तो देखना पड़ेगा कि रामनाथ के बाल-बच्चों को टोटा न हो। (चोखेलाल के कान में) तीस से आगे न जाना।

भीमचन्द—देखिए, कुबेरदास, यह अच्छी बात नहीं है।

कुबेरदास—तो मैं क्या कर रहा हूँ। मैं तो यही कह रहा था कि अच्छे दाम लगवाना।

चोखेलाल—आप लोगों को मुझसे यह कहने की जरूरत नहीं। मैं अपना धर्म समझता हूँ। रामनाथजी मेरे भी मित्र थे। मुझे यह भी मालूम है कि इस मकान के बनवाने में एक लाख से कम एक पाई भी नहीं लगे, लेकिन बाजार का हाल क्या आप लोगों से छिपा है। इस समय इसके 25 हजार से बेसी नहीं मिल सकते। सुभीते से तो कोई ग्राहक से दास-पाँच हजार और मिल जायँगे; लेकिन इस समय तो कोई ग्राहक भी मुश्किल से मिलेंगे। लो दही और लाव दही की बात है।

धनीराम—25 हजार रु० तो बहुत कम है भाई, और न ही सही 30 हजार रु० तो करा दो।

चोखेलाल—30 क्या मैं तो 40 करा दूँ, पर कोई ग्राहक तो मिले। आप लोग कहते हैं तो मैं 30 हजार रु० की बातचीत करूँगा।

धनीराम—जब तीस हजार में ही देना है तो कुबेरदासजी ही क्यों न ले लें। इतना सस्ता माल दूसरों को क्यों दिया जाय।

कुबेरदास—आप सब लोगों की राय हो, तो ऐसा ही कर लिया जाय।

धनीराम ने 'हाँ, हाँ' कहकर हामी भरी। भीमचन्द मन में ऐंठकर रह गए। यह सौदा भी पक्का हो गया। आज ही वकील ने बैनामा लिखा। तुरन्त रजिस्ट्री भी हो गयी। सुशीला के सामने बैनामा लाया गया, तो उसने एक ठण्डी साँस ली और सजल नेत्रों से उस पर हस्ताक्षर कर दिये। अब उसे उसके सिवा और कहीं शरण नहीं है। बेवफा मित्र की भाँति यह घर भी सुख के दिनों में साथ देकर दुःख के दिनों में उसका साथ छोड़ रहा है।

पंच लोग सुशीला के आँगन में बैठे बिरादरी के रुक्के लिख रहे हैं और अनाथ विधवा ऊपर झरोखे पर बैठी भाग्य को रो रही है। इधर रुक्का तैयार हुआ, उधर विधवा की आँखों से आँसू की बूँदें निकलकर रुक्के पर गिर पड़ीं।

धनीराम ने ऊपर देखकर कहा—पानी का छींटा कहाँ से आया?

सन्तलाल—बाई बैठी रो रही है। उसने रुक्के पर अपने रक्त के आँसुओं की मुहर लगा दी है।

धनीराम—(ऊँचे स्वर में) अरे, तो तू रो क्यों रही है, बाई? यह रोने का समय नहीं है, तुझे तो प्रसन्न होना चाहिए कि पंच लोग तेरे घर में आज यह शुभ-कार्य करने के लिए जमा हैं। जिस पता के साथ तूने इतने दिनों भोग-विलास किया, उसी का पीछा सुधारने में तू दुःख मानती है?

बिरादरी में रुक्का फिरा। इधर तीन-चार दिन पंचों ने भोज की तैयारियों में बिताये। घी धनीरामजी की आढ़त से आया। मैदा, चीनी की आढ़त भी उन्हीं की थी। पाँचवें दिन प्रातःकाल ब्राह्मण-भोज हुआ। सन्ध्या-समय बिरादरी का ज्योनार। सुशीला के द्वार पर बग्घियों और मोटरों की कतारें खड़ी थीं। भीतर मेहमानों की पंगतें थीं। आँगन, बैठक, दालान, बरोठा, ऊपर की छत नीचे-ऊपर मेहमानों से भरा हुआ था। लोग भोजन करते थे और पंचों को सराहते थे।

खर्च तो सभी करते हैं; पर इन्तजाम का सलीका चाहिए। ऐसे स्वादिष्ट पदार्थ बहुत कम खाने में आते हैं।

'सेठ चम्पाराम के भोज के बाद ऐसा भोज रामनाथजी का ही हुआ है।'

'अमृतियाँ कैसी कुरकुरी हैं!'

'रसगुल्ले मेवों से भरे हैं।'

'सारा श्रेय पंचों को है।'

धनीराम ने नम्रता से कहा—आप भाइयों की दया है जो ऐसा कहते हो। रामनाथ से भाई-चारे का व्यवहार था। हम न करते तो कौन करता। चार दिन से सोना नसीब नहीं हुआ।

'आप धन्य हैं! मित्र हों तो ऐसे हों।'

'क्या बात है! आपने रामनाथजी का नाम रख लिया। बिरादरी यही खाना-खिलाना देखती है। रोकड़ देखने नहीं जाती।'

मेहमान लोग बखान-बखान कर माल उड़ा रहे थे और उधर कोठरी में बैठी हुई सुशीला सोच रही थी—संसार में ऐसे स्वार्थी लोग हैं! सारा संसार स्वार्थमय हो गया है! सब पेटों पर हाथ फेर-फेर कर भोजन कर रहे हैं। कोई इतना भी नहीं पूछता कि अनाथों के लिए कुछ बचा या नहीं।

4

एक महीना गुजर गया। सुशीला को एक-एक पैसे की तंगी हो रही थी। नकद था ही नहीं, गहने निकल ही गए थे। अब थोड़े से बरतन बच रहे थे। उधर छोटे-छोटे बहुत से बिल चुकाने थे। कुछ रुपये डाक्टर के, कुछ दरजी के, कुछ बनियों के। सुशीला को यह रकमें घर का बचा-खुचा सामान बेचकर चुकानी पड़ीं और महीना पूरा होते-होते उसके पास कुछ न बचा। बेचारा सन्तलाल एक दूकान पर मुनीम था। कभी-कभी वह आकर एक-आध रुपये दे देता। इधर खर्च का हाथ फैला हुआ था। लड़के अवस्था को समझते थे। माँ को छेड़ते न थे, पर मकान के सामने से कोई खोंचेवाला निकल जाता और वे दूसरे लड़कों को फल या मिठाई खाते देखते, तो उनके मुँह में पानी भरकर आँखों में भर जाता था। ऐसी ललचायी हुई आँखों से ताकते थे कि दया आती। वही बच्चे, जो थोड़े दिन पहले मेवे-मिठाई की ओर ताकते न थे अब एक-एक पैसे की चीज को तरसते थे। वही सज्जन, जिन्होंने बिरादरी का भोज करवाया था; अब घर के सामने से निकल जाते; पर कोई झाँकता न था।

शाम हो गयी थी। सुशीला चूल्हा जलाये रोटियाँ सेंक रही थी और दोनों बालक चूल्हा के पास रोटियों को क्षुधित नेत्रों से देख रहे थे। चूल्हे

के दूसरे ऐले पर दाल थी। दाल के पकने का इन्तजार था। लड़की ग्यारह साल की थी, लड़का आठ साल का।

मोहन अधीर होकर बोला—अम्माँ, मुझे रूखी रोटियाँ ही दे दो। बड़ी भूख लगी है।

सुशीला—अभी दाल कच्ची है भैया।

रेवती—मेरे पास एक पैसा है। मैं उसका दही लिये आती हूँ।

सुशीला—तूने पैसा कहाँ पाया?

रेवती—मुझे कल अपनी गुड़ियों की पेटारी में मिल गया था।

सुशीला—लेकिन जल्द आइयो।

रेवती दौड़कर बाहर गयी और थोड़ी देर में एक पत्ते पर जरा-सा दही ले आयी। माँ ने रोटी-सेंककर दे दी। दही से खाने लगा। आम लड़कों की भाँति वह भी स्वार्थी था। बहन से पूछा भी नहीं।

सुशीला ने कड़ी आँखों से देखकर कहा—बहन को भी दे दे। अकेला ही खा जायगा।

मोहन लज्जित हो गया। उसकी आँखें डबडबा आयीं।

रेवती बोली—नहीं अम्माँ, कितना मिला ही है। तुम खाओ मोहन, तुम्हें जल्दी नींद आ जाती है। मैं तो दाल पक जायगी तो खाऊँगी।

उसी वक्त दो आदमियों ने आवाज दी। रेवती ने बाहर जाकर पूछा। यह सेठ कुबेरदास के आदमी थे। मकान खाली कराने आये थे। क्रोध से सुशीला की आँखें लाल हो गयीं।

बरोठे में आकर कहा—अभी मेरे पति को पीछे हुए महीना भी नहीं हुआ, मकान खाली कराने की धुन सवार हो गयी। मेरा 50 हजार का घर 30 हजार में ले लिया, पाँच हजार सूद के उड़ाये, फिर भी तस्कीन नहीं होती। कह दो, मैं अभी खाली नहीं करूँगी।

मुनीम ने नम्रता से कहा—बाई जी, मेरा क्या अख़्त्यार है। मैं तो केवल सन्देसिया हूँ। जब चीज दूसरे की हो गयी, तो आपको छोड़नी ही पड़ेगी। झंझट करने से क्या मतलब।

सुशीला भी समझ गयी, ठीक ही कहता है। गाय हत्या के बल कै दिन खेत चरेगी। नर्म होकर बोली—सेठजी से कहो, मुझे दस-पाँच दिन

की मुहलत दें। लेकिन नहीं, कुछ मत कहो। क्यों दस-पाँच दिन के लिए किसी का एहसान लूँ। मेरे भाग्य में इस घर में रहना लिखा होता, तो निकलता ही क्यों।

मुनीम ने पूछा—तो कल सबेरे तक खाली हो जायगा?

सुशीला—हाँ, हाँ, कहती तो हूँ; लेकिन सबेरे तक क्यों, मैं अभी खाली किये देती हूँ। मेरे पास कौन सा बड़ा सामान ही है। तुम्हारे सेठजी का रातभर का किराया मारा जायगा। जाकर ताला-वाला लाओ या लाये हो?

मुनीम—ऐसी क्या जल्दी है, बाई। कल सावधानी से खाली कर दीजिएगा।

सुशीला—कल का झगड़ा क्या रखूँ। मुनीमजी; आप जाइए, ताला लाकर डाल दीजिए। यह कहती हुई सुशीला अन्दर गयी, बच्चों को भोजन कराया, एक रोटी आप किसी तरह निगली, बरतन धोये, फिर एक एक्का मँगवा कर उस पर अपना मुख्तसर सामान लादा और भारी हृदय से उस घर से हमेशा के लिये विदा हो गयी।

जिस वक्त यह घर बनवाया था, मन में कितनी उमंगें थीं। इसके प्रवेश में कई हजार ब्राह्मणों का भोज हुआ था। सुशीला को इतनी दौड़-धूप करनी पड़ी थी कि वह महीने भर बीमार रही थी। इसी घर में उसके दो लड़के मरे थे। यहीं उसका पति मरा था। मरने वालों की स्मृतियों ने उसकी एक-एक ईंट को पवित्र कर दिया था। एक-एक पत्थर मानो उसके हर्ष से खुशी और उसके शोक से दुखी होता था। वह घर आज उससे छूटा जा रहा है।

उसने रात एक पड़ोसी के घर में काटी और दूसरे दिन दस रुपये महीने पर एक गली में दूसरा मकान ले लिया।

5

इस नये कमरे में इन अनाथों ने तीन महीने जिस कष्ट से काटे, वह समझने वाले ही समझ सकते हैं। भला हो बेचारे सन्तलाल का। वह दस-पाँच रुपये से मदद कर दिया करता था। अगर सुशीला दरिद्र घर की होती,

तो पिसाई करती, कपड़े सीती, किसी के घर में टहल करती; पर जिन कामों को बिरादरी नीचा समझती है, उनका सहारा कैसे लेती। नहीं तो लोग कहते, यह सेठ रामनाथ की स्त्री है! उस नाम की भी तो लाज रखनी थी। समाज के चक्रव्यूह से किसी तरह तो छुटकारा नहीं होता। लड़की के दो-एक गहने बच रहे थे। वह भी बिक गए। जब रोटियों ही के लाले थे, तो घर का किराया कहाँ से आता। तीन महीने बाद घर का मालिक, जो उसी बिरादरी का एक प्रतिष्ठित व्यक्ति था और जिसने मृतक-भोज में खूब बढ़-बढ़कर हाथ मारे थे, अधीर हो उठा। बेचारा कितना धैर्य रखता। तीस रुपये का मामला है, रुपये आठ आने की बात नहीं है। इतनी बड़ी रकम नहीं छोड़ी जाती।

आखिर एक दिन सेठजी ने आकर लाल-लाल आँखें करके कहा—अगर तू किराया नहीं दे सकती, तो घर खाली कर दे। मैंने बिरादरी के नाते इतनी मुरौवत की। अब किसी तरह काम नहीं चल सकता।

सुशीला बोली—सेठजी, मेरे पास रुपये होते, तो पहले आपका किराया देकर तब पानी पीती। आपने इतनी मुरौवत की, इसके लिए मेरा सिर आपके चरणों पर है, लेकिन अभी मैं बिल्कुल खाली-हाथ हूँ। यह समझ लीजिए कि एक भाई के बाल-बच्चों की परवरिश कर रहे हैं। और क्या कहूँ।

सेठ—चल-चल, इस तरह की बातें बहुत सुन चुका। बिरादरी का आदमी है, तो उसे चूस लो। कोई मुसलमान होता, तो उसे चुपके से महीने-महीने दे देती, नहीं तो उसने निकाल बाहर किया होता, मैं बिरादरी का हूँ, इसलिए मुझे किराया देने की दरकार नहीं। मुझे माँगना ही नहीं चाहिए। यही तो बिरादरी के साथ करना चाहिए।

इसी समय रेवती भी आकर खड़ी हो गयी। सेठजी ने उसे सिर से पाँव तक देखा और तब किसी कारण से बोले—अच्छा, यह लड़की तो सयानी हो गयी। कहीं इसकी सगाई की बातचीत नहीं की?

रेवती तुरन्त भाग गयी। सुशीला ने इन शब्दों में आत्मीयता की झलक पाकर पुलकित कंठ से कहा—अभी तो कहीं बातचीत नहीं हुई सेठजी। घर का किराया तक तो अदा नहीं कर सकती, सगाई क्या करूँगी; फिर अभी छोटी भी तो है।

सेठजी ने तुरन्त शास्त्रों का आधार दिया। कन्याओं के विवाह की यही अवस्था है। धर्म को कभी नहीं छोड़ना चाहिए। किराये की कोई बात नहीं है। हमें क्या मालूम था कि सेठ रामनाथ के परिवार की यह दशा है।

सुशीला—तो आपकी निगाह में कोई अच्छा घर है! यह तो आप जानते ही हैं, मेरे पास लेने देने को कुछ नहीं है।

झाबरमल—(इन सेठजी का यही नाम था)—लेने-देने का कोई झगड़ा नहीं होगा; बाईजी। ऐसा घर है कि लड़की आजीवन सुखी रहेगी। लड़का भी उसके साथ रह सकता है। कुल का सच्चा; हर तरह से सम्पन्न परिवार है। हाँ, वह दोहाजू (दुजवर) है।

सुशीला—उम्र अच्छी होनी चाहिए, दोहाजू होने से क्या होता है।

झाबरमल—उम्र भी कुछ ज़्यादा नहीं, अभी चालीसवाँ ही साल है उसका, पर देखने में अच्छा हृष्ट-पुष्ट है। मर्द की उम्र उसका भोजन है। बस यह समझ लो परिवार का उद्धार हो जायगा।

सुशीला ने अनिच्छा के भाव से कहा—अच्छा, मैं सोचकर जवाब दूँगी। एक बार मुझे दिखा देना।

झाबरमल—दिखाने को कहीं नहीं जाना है, बाई। वह तो तेरे सामने ही खड़ा है।

सुशीला ने घृणापूर्ण नेत्रों से उसकी ओर देखा। इस पचास साल के बुड्ढ़े की यह हबस! छाती का मांस लटककर नाभी तक आ पहुँचा है, फिर भी विवाह की धुन सवार है। यह दुष्ट समझता है कि प्रलोभनों में पड़कर मैं अपनी लड़की उसके गले बाँध दूँगी। वह अपनी बेटी को आजीवन क्वाँरी रखेगी; पर ऐसे मृतक से विवाह करके उसका जीवन नष्ट न करेगी, पर उसने अपने क्रोध को शान्त किया। समय का फेर है, नहीं तो ऐसों को उससे ऐसा प्रस्ताव करने का साहस ही क्यों होता। बोली—आपकी इस कृपा के लिए आपको धन्यवाद देती हूँ, सेठजी, पर मैं कन्या का विवाह आपसे नहीं कर सकती।

झाबरमल—तो और क्या तू समझती है कि तेरी कन्या के लिए बिरादरी में कोई कुमार मिल जायगा?

सुशीला—मेरी लड़की क्वाँरी रहेगी।

झाबरमल—और रामनाथजी के नाम को कलंकित करेगी?

सुशीला—तुम्हें मुझसे ऐसी बातें करते लाज नहीं आती। नाम के लिए घर खोया, सम्पत्ति खोयी, पर कन्या कुएँ में नहीं डुबा सकती।

झाबरमल—तो मेरा किराया दे दे।

सुशीला—अभी मेरे पास रुपये नहीं हैं।

झाबरमल ने भीतर घुसकर गृहस्थी की एक-एक वस्तु निकालकर गली में फेंक दी। घड़ा फूट गया, मटके टूट गए। सन्दूक के कपड़े बिखर गए। सुशीला तटस्थ खड़ी अपने अदिन की यह क्रूर क्रीड़ा देखती रही।

घर का यों विध्वंस करके झाबरमल ने घर में ताला डाल दिया और अदालत से रुपये वसूल करने की धमकी देकर चले गए।

6

बड़ों के पास धन होता है, छोटों के पास हृदय होता है। धन से बड़े-बड़े व्यापार होते हैं; बड़े-बड़े महल बनते हैं, नौकर-चाकर होते हैं, सवारी-शिकारी होती है; हृदय से सम्वेदना होती है, आँसू निकलते हैं।

उसी मकान से मिली हुई एक साग-भाजी बेचने वाली खटकिन की दूकान थी। वृद्धा, विधवा निपूती स्त्री थी, बाहर से आग, भीतर से पानी। झाबरमल को सैकड़ों सुनायीं और सुशीला की एक-एक चीज उठाकर अपने घर में ले गयी। मेरे घर में रहो बहू। मुरौवत में आ गयी, नहीं तो उसकी मूँछें उखाड़ लेती। मौत सिर पर नाच रही है, आगे नाथ, न पीछे पगहा! और धन के पीछे मरा जाता है। जाने छाती पर लादकर ले जायगा। तुम चलो मेरे घर में रहो। मेरे यहाँ किसी बात का खटका नहीं बस मैं अकेली हूँ। एक टुकड़ा मुझे भी दे देना।

सुशीला ने डरते-डरते कहा—माता, मेरे पास सेर-भर आटे के सिवा और कुछ नहीं है। मैं तुम्हें किराया कहाँ से दूँगी।

बुढ़िया ने कहा—मैं झाबरमल नहीं हूँ बहू, न कुबेरदास हूँ। मैं तो समझती हूँ, जिन्दगी में सुख भी है, दुख भी है। सुख में इतराओ मत, दुःख में घबड़ाओ मत। तुम्हीं से चार पैसे कमाकर अपना पेट पालती हूँ। तुम्हें उस दिन भी देखा था; जब तुम महल में रहती थीं और आज भी देख रही हूँ, जब तुम अनाथ हो। जो मिजाज तब था, वही अब है। मेरे धन्य भाग

कि तुम मेरे घर में आओ। मेरी आँखें फूटी हैं, जो तुमसे किराया माँगने जाऊँगी।

इन सान्त्वना से भरे हुए सरल शब्दों ने सुशीला के हृदय का बोझ हल्का कर दिया। उसने देखा, सच्ची सज्जनता भी दरिद्रों और नीचों ही के पास रहती है। बड़ों की दया भी होती है, अहंकार का दूसरा रूप!

इस खटकिन के साथ रहते हुए सुशीला को छ: महीने हो गए थे। सुशीला का उससे दिन-दिन स्नेह बढ़ता जाता था। वह जो कुछ पाती, लाकर सुशीला के हाथ में रख देती। दोनों बालक उसकी दो आँखें थीं। मजाल न थी कि पड़ोस का कोई आदमी उन्हें कड़ी आँखों से देख ले। बुढ़िया दुनिया सिर पर उठा लेती। सन्तलाल हर महीने कुछ-न-कुछ दे दिया करता था। इससे रोटी-दाल चल जाती थी।

कातिक का महीना था—ज्वर का प्रकोप हो रहा था। मोहन एक दिन खेलता-कूदता बीमार पड़ गया और तीन दिन तक अचेत पड़ा रहा। ज्वर इतने जोर का था कि पास खड़े रहने से लपट-सी निकलती थी। बुढ़िया ओझे-सयानों के पास दौड़ती फिरती थी; पर ज्वर उतरने का नाम न लेता था। सुशीला को भय हो रहा था, यह टाइफाइड है। इससे उसके प्राण सूख रहे थे।

चौथे दिन उसने रेवती से कहा—बेटी, तूने बड़े पंचजी का घर तो देखा है। जाकर उनसे कह भैया बीमार है, कोई डाक्टर भेज दें।

रेवती को कहने भर की देरी थी। दौड़ती हुई सेठ कुबेरदास के पास गयी।

कुबेरदास बोले—डाक्टर की फीस सोलह रुपये है। तेरी माँ दे देगी?

रेवती ने निराश होकर कहा—अम्माँ के पास रुपये कहाँ हैं?

कुबेर०—तो किस मुँह से मेरे डाक्टर को बुलाती है। तेरा मामा कहाँ है? उनसे जाकर कह, सेवा समिति से कोई डाक्टर बुला ले जायँ, नहीं तो खैरायी अस्पताल में क्यों नहीं लड़के को ले जाती? या अभी वही पुरानी बू समायी हुई है। कैसी मूर्ख स्त्री है, घर में टका नहीं और डाक्टर का हुकुम लगा दिया। समझती होगी, फीस पंचजी दे देंगे। पंचजी क्यों फीस दें? बिरादरी का धन धर्म-कार्य के लिए है, यों उड़ाने के लिए नहीं है।

रेवती माँ के पास लौटी; पर जो कुछ सुना था, वह उससे न कह सकी। घाव पर नमक क्यों छिड़के। बहाना कर दिया, बड़े पंचजी कहीं गए हैं।

सुशीला—तो मुनीम से क्यों नहीं कहा? यहाँ क्या मिठाई खाये जाता था, जो दौड़ी चली आयी?

इसी वक्त सन्तलाल एक वैद्य जी को लेकर आ पहुँचा।

7

वैद्य भी एक दिन आकर दूसरे दिन न लौटे। सेवा-समिति के डाक्टर भी दो दिन बड़ी मिन्नतों से आये। फिर उन्हें भी अवकाश न रहा और मोहन की दशा दिनों-दिन बिगड़ती जाती थी। महीना बीत गया; पर ज्वर ऐसा चढ़ा कि एक क्षण के लिये भी न उतरा। उसका चेहरा इतना सूख गया था कि देख कर दया आती थी। न कुछ बोलता, न कहता, यहाँ तक कि करवट भी न बदल सकता था। पड़े-पड़े देह की खाल फट गयी, सिर के बाल गिर गए। हाथ-पाँव लकड़ी हो गए। सन्तलाल काम से छुट्टी पाता तो आ जाता पर इससे क्या होता; तीमारदारी दवा तो नहीं है।

एक दिन सन्ध्या समय उसके हाथ ठण्डे हो गए। माता के प्राण पहले ही से सूखे हुए थे। यह हाल देखकर रोने-पीटने लगी। मन्नतें तो बहुतेरी हो चुकी थीं। रोती हुई मोहन की खाट के सात फेरे करके हाथ बाँधकर बोली—भगवान्! यही मेरे जन्म की कमाई है। अपना सर्वस्व खोकर भी मैं बालक को छाती से लगाए हुए सन्तुष्ट थी; लेकिन यह चोट न सही जायगी। तुम इसे अच्छा कर दो। इसके बदले मुझे उठा लो। बस, मैं यही दया चाहती हूँ, दयामय?

संसार के रहस्य को कौन समझ सकता है! क्या हममें से बहुतों को यह अनुभव नहीं कि जिस दिन हमने बेईमानी करके कुछ रकम उड़ायी, उसी दिन उस रकम का दुगुना नुकसान हो गया। सुशीला को उसी दिन रात को ज्वर आ गया और उसी दिन मोहन का ज्वर उतर गया। बच्चे की सेवा-शुश्रूषा में आधी तो यों ही रह गयी थी, इस बीमारी ने ऐसा पकड़ा कि फिर न छोड़ा। मालूम नहीं, देवता बैठे सुन रहे थे या क्या, उसकी याचना अक्षरशः पूरी हुई। पन्द्रहवें दिन मोहन चारपाई से उठकर माँ के

पास आया और उसकी छाती पर सिर रखकर रोने लगा। माता ने उसके गले में बाँहें डाल कर उसे छाती से लगा लिया और बोली—क्यों रोते हो बेटा! मैं अच्छी हो जाऊँगी। अब मुझे क्या चिन्ता। भगवान पालने वाले हैं। वही तुम्हारे रक्षक हैं। वही तुम्हारे पिता हैं। अब मैं सब तरफ से निश्चिन्त हूँ। जल्द अच्छी हो जाऊँगी।

मोहन बोला—जिया तो कहती है, अम्माँ अब न अच्छी होंगी।

सुशीला ने बालक का चुम्बन लेकर कहा—जिया पगली है, उसे कहने दो। मैं तुम्हें छोड़कर कहीं न जाऊँगी। मैं सदा तुम्हारे साथ रहूँगी। हाँ, जिस दिन तुम कोई अपराध करोगे, किसी की कोई चीज उठा लोगे, उसी दिन मैं मर जाऊँगी?

मोहन ने प्रसन्न होकर कहा—तो तुम मेरे पास से कभी नहीं जाओगी माँ?

सुशीला ने कहा—कभी नहीं बेटा, कभी नहीं।

उसी रात को दु:ख और विपत्ति की मारी हुई यह अनाथ विधवा दोनों अनाथ बालकों को भगवान पर छोड़कर परलोक सिधार गयी।

8

इस घटना को तीन साल हो गए हैं, मोहन और रेवती दोनों उसी वृद्धा के पास रहते हैं। बुढ़िया माँ तो नहीं है; लेकिन माँ से बढ़कर है। रोज मोहन को रात की रखी रोटियाँ खिलाकर गुरुजी की पाठशाला में पहुँचा आती है। छुट्टी के समय जाकर लिवा आती है। रेवती का अब चौदहवाँ साल है। वह घर का सारा काम—पीसना-कूटना, चौका-बरतन, झाड़ू-बहारू करती है। बुढ़िया सौदा बेचने चली जाती है, तो वह दूकान पर भी आ बैठती है।

एक दिन बड़े पंच सेठ कुबेरदास ने उसे बुला भेजा और बोले—तुझे दूकान पर बैठते शर्म नहीं आती, सारी बिरादरी की नाक कटा रही है। खबरदार, जो कल से दूकान पर बैठी। मैंने तेरे पाणिग्रहण के लिए झाबरमल जी को पक्का कर लिया है।

सेठानी ने समर्थन किया—तू अब सयानी हुई बेटी, अब तेरा इस

तरह बैठना अच्छा नहीं। लोग तरह-तरह की बातें करने लगते हैं। सेठ झाबरमल जी तो राजी ही न होते थे, हमने बहुत कह-सुनकर राजी किया है। बस, समझ ले कि रानी हो जायगी। लाखों की सम्पत्ति है, लाखों की। तेरे धन्य भाग कि ऐसा वर मिला। तेरा छोटा भाई है, उसको भी कोई दूकान करा दी जायगी।

सेठ—बिरादरी की कितनी बदनामी है!

सेठानी—है ही।

रेवती ने लज्जित होकर कहा—मैं क्या जानूँ, आप मामा से कहें।

सेठ (बिगड़कर)—वह कौन होता है! टके पर मुनीमी करता है। उससे मैं क्या पूछूँ। मैं बिरादरी का पंच हूँ। मुझे अधिकार है। जिस काम से बिरादरी का कल्याण देखूँ, वह करूँ। मैंने और पंचों से राय ले ली है। सब मुझसे सहमत हैं। अगर तू यों नहीं मानेगी, तो हम अदालती कार्रवाई करेंगे। तुझे खरच-बरच का काम होगा, यह लेती जा।

यह कहते हुए उन्होंने बीस रुपये के नोट रेवती की तरफ फेंक दिये।

रेवती ने उठाकर वहीं पुरजे-पुरजे कर डाले और तमतमाये मुख से बोली—बिरादरी ने तब हम लोगों की बात न पूछी; जब हम रोटियों को मुहताज थे। मेरी माता मर गयी; कोई झाँकने तक न आया। मेरा भाई बीमार हुआ, किसी ने खबर तक न ली। ऐसी बिरादरी की मुझे परवाह नहीं है।

रेवती चली गयी, तो झाबरमल कोठरी से निकल आये। चेहरा उदास था। सेठानी ने कहा—लड़की बड़ी घमंडिन है। आँख का पानी मर गया है।

झाबरमल—बीस रुपये खराब हो गए। ऐसा फाड़ा है कि जुड़ भी नहीं सकते।

कुबेरदास—तुम घबड़ाओ नहीं; मैं इसे अदालत से ठीक करूँगा। जाती कहाँ है।

झाबरमल—अब तो आपका ही भरोसा है।

बिरादरी के बड़े पंच की बात कहीं मिथ्या हो सकती है? रेवती नाबालिग थी। माता-पिता नहीं थे। ऐसी दशा में पंचों का उस पर पूरा

अधिकार था। वह बिरादरी के दबाव में नहीं रहना चाहती है, न चाहे। कानून बिरादरी के अधिकार की उपेक्षा नहीं कर सकता।

सन्तलाल ने यह माजरा सुना; तो दाँत पीसकर बोले—न जाने इस बिरादरी का भगवान कब अन्त करेंगे।

रेवती—क्या बिरादरी मुझे जबरदस्ती अपने अधिकार में ले सकती है?

सन्तलाल—हाँ बेटी, धनिकों के हाथ में तो कानून भी है।

रेवती—मैं कह दूँगी कि मैं उनके पास नहीं रहना चाहती।

सन्तलाल—तेरे कहने से क्या होगा। तेरे भाग्य में यही लिखा था, तो किसका बस है। मैं जाता हूँ बड़े पंच के पास।

रेवती—नहीं मामाजी, तुम कहीं न जाव। जब भाग्य ही का भरोसा है; तो जो कुछ भाग्य में लिखा होगा वह होगा।

रात तो रेवती ने घर में काटी। बार-बार निद्रा-मग्न भाई को गले लगाती। यह अनाथ अकेला कैसे रहेगा, यह सोचकर उसका मन कातर हो जाता; पर झाबरमल की सूरत याद करके उसका संकल्प दृढ़ हो जाता।

प्रात:काल रेवती गंगा-स्नान करने गयी। यह इधर कई महीनों से उसका नित्य का नियम था। आज जरा अँधेरा था; पर यह कोई सन्देह की बात न थी। सन्देह तब हुआ, जब आठ बज गए और वह लौटकर न आयी। तीसरे पहर सारी बिरादरी में खबर फैल गई—सेठ रामनाथ की कन्या गंगा में डूब गई। उसकी लाश पायी गई।

कुबेरदास ने कहा—चलो, अच्छा हुआ; बिरादरी की बदनामी तो न होगी।

झाबरमल ने दुखी मन से कहा—मेरे लिए अब कोई और उपाय कीजिये।

उधर मोहन सिर पीट-पीटकर रो रहा था और बुढ़िया उसे गोद में लिये समझा रही थी—बेटा, उस देवी के लिए क्यों रोते हो। जिन्दगी में उसके दुख-ही-दुख था। अब वह अपनी माँ की गोद में आराम कर रही है।

सती

मुलिया को देखते हुए उसका पति कल्लू कुछ भी नहीं है। फिर क्या कारण है कि मुलिया सन्तुष्ट और प्रसन्न है और कल्लू चिन्तित और सशंकित?

मुलिया को कौड़ी मिली है, उसे दूसरा कौन पूछेगा? कल्लू को रत्न मिला है, उसके सैकड़ों ग्राहक हो सकते हैं। खासकर उसे अपने चचेरे भाई राजा से बहुत खटका रहता है। राजा रूपवान है, रसिक है, बातचीत में कुशल है, स्त्रियों को रिझाना जानता है। इससे कल्लू मुलिया को बाहर नहीं निकलने देता। उस पर किसी की निगाह भी पड़ जाय, यह उसे असह्य है। वह अब रात-दिन मेहनत करता है, जिससे मुलिया को किसी बात का कष्ट न हो। उसे न जाने किस पूर्व-जन्म के संस्कार से ऐसी स्त्री मिल गयी है। उस पर प्राणों को न्योछावर कर देना चाहता है। मुलिया का कभी सिर भी दुखता है, तो उसकी जान निकल जाती है। मुलिया का भी यह हाल है कि जब तक वह घर नहीं आता, मछली की भाँति तड़पती रहती है। गाँव में कितने ही युवक हैं, जो मुलिया से छेड़छाड़ करते रहते हैं; पर उस युवती की दृष्टि में कुरूप कलुआ संसार-भर के आदमियों से अच्छा है।

एक दिन राजा ने कहा—भाभी, भैया तुम्हारे जोग न थे।

मुलिया बोली—भाग में तो वह लिखे थे; तुम कैसे मिलते?

राजा ने मन में समझा, बस, अब मार लिया है। बोला—विधि ने यही तो भूल की।

मुलिया मुस्कराकर बोली—अपनी भूल तो वही सुधारेगा। राजा

निहाल हो गया।

2

तीज के दिन कल्लू मुलिया के लिये लो की साड़ी लाया। चाहता तो था कोई अच्छी साड़ी ले; पर रुपये न थे और बजाज ने उधार न माना।

राजा भी उसी दिन अपने भाग्य की परीक्षा करना चाहता था। एक सुन्दर चुँदरी लाकर मुलिया को भेंट की।

मुलिया ने कहा—मेरे लिए तो साड़ी आ गयी है।

राजा बोला—मैंने देखी है। तभी तो मैं इसे लाया। तुम्हारे लायक नहीं है। भैया को किफायत भी सूझती है, तो ऐसी बातों में।

मुलिया कटाक्ष करके बोली—तुम समझा क्यों नहीं देते?

राजा पर एक कुल्हड़ का नशा चढ़ गया। बोला—बूढ़ा तोता नहीं पढ़ता है।

मुलिया—मुझे तो लो की साड़ी ही पसन्द है।

राजा—जरा यह चुँदरी पहनकर देखो, कैसी खिलती है।

मुलिया—जो लो पहनाकर खुश होता है, वह चुँदरी पहन लेने से खुश न होगा। उन्हें चुँदरी पसन्द होती, तो चुँदरी ही लाते।

राजा—उन्हें दिखाने का काम नहीं है?

मुलिया विस्मय से बोली—मैं क्या उनसे बिना पूछे ले लूँगी?

राजा—इसमें पूछने की कौन-सी बात है। जब वह काम पर चला जाय, पहन लेना। मैं भी देख लूँगा।

मुलिया ठट्ठा मारकर हँसती हुई बोली—यह न होगा, देवरजी। कहीं देख लें, तो मेरी सामत ही आ जाय। इसे तुम लिए जाओ।

राजा ने आग्रह करके कहा—इसे न लोगी भाभी, तो मैं जहर खा के सो रहूँगा।

मुलिया ने साड़ी उठाकर आले पर रख दी और बोली—अच्छा लो, अब तो खुश हुए।

राजा ने उँगली पकड़ी—अभी तो भैया नहीं हैं, जरा पहन लो।

मुलिया ने अन्दर जाकर चुँदरी पहन ली और फूल की तरह महकती-दमकती बाहर आयी।

राजा ने पहुँचा पकड़ने को हाथ फैलाया—बोला, ऐसा जी चाहता है कि तुम्हें लेकर भाग जाऊँ।

मुलिया उसी विनोद-भाव से बोली—जानते हो, तुम्हारे भैया का क्या हाल होगा?

यह कहते हुए उसने किवाड़ बन्द कर लिये। राजा को ऐसा मालूम हुआ कि थाली परोसकर उसके सामने से उठा ली गयी।

3

मुलिया का मन बार-बार करता था कि चुँदरी कल्लू को दिखा दे; पर नतीजा सोचकर रह जाती थी। उसने चुँदरी रख क्यों ली? उसे अपने ऊपर क्रोध आ रहा था, लेकिन राजा को कितना दुःख होता। क्या हुआ उसकी चुँदरी छन-भर पहन लेने से, उसका मन तो रह गया।

लेकिन उसके प्रशान्त मानस-सागर में यह एक कीट आकर उसे मथ रहा था। उसने क्यों चुँदरी रख ली? क्या यह कल्लू के साथ विश्वासघात नहीं है? उसका चित्त इस विचार से विकल हो गया। उसने मन को समझाया, विश्वासघात क्यों हुआ; इसमें विश्वासघात की क्या बात है। कौन वह राजा से कुछ बोली? जरा-सा हँस देने से अगर किसी का दिल खुश हो जाता है, तो इसमें क्या बुराई है?

कल्लू ने पूछा—आज रज्जू क्या करने आया था?

मुलिया की देह थर-थर काँपने लगी। बहाना कर गयी—तमाखू माँगने आये थे।

कल्लू ने भँवें सिकोड़कर कहा—उसे अन्दर मत आने दिया करो। अच्छा आदमी नहीं है।

मुलिया—मैंने कह दिया तमाखू नहीं है, तो चले गए।

कल्लू ने अबकी तेजस्विता के साथ कहा—क्यों झूठ बोलती है? वह तमाखू माँगने नहीं आया था।

मुलिया—तो और यहाँ क्या करने आते?

कल्लू—चाहे जिस काम से आया हो, तमाखू माँगने नहीं आया। वह जानता था, मेरे घर में तमाखू नहीं है। मैं तमाखू के लिए उसके घर गया था।

मुलिया की देह में काटो तो लहू नहीं। चेहरे का रंग उड़ गया।

सिर झुकाकर बोली—मैं किसी के मन का हाल क्या जानूँ?

आज तीज का रतजगा था। मुलिया पूजा का सामान कर रही थी; पर इस तरह जैसे मन में जरा भी उत्साह, जरा भी श्रद्धा नहीं है।

उसे ऐसा मालूम हो रहा है, उसके मुख में कालिमा पुत गयी है और अब वह कल्लू की आँखों से गिर गयी है। उसे अपना जीवन निराधार-सा जान पड़ता था।

सोचने लगी—भगवान् ने मुझे यह रूप क्यों दिया? यह रूप न होता तो राजा क्यों मेरे पीछे पड़ता और क्यों आज मेरी यह गत होती? मैं काली-कुरूप रहकर इससे कहीं सुखी रहती। तब तो मन इतना चंचल न होता। जिन्हें रूप की कमाई खानी हो, वह रूप पर फूलें, यहाँ तो इसने मटियामेट कर दिया।

न जाने कब उसे झपकी आ गयी, तो देखती है, कल्लू मर गया है और राजा घर में घुसकर पकड़ना चाहता है। उसी दम एक वृद्धा स्त्री न जाने किधर से आकर उसे अपनी गोद में ले लेती है। और कहती है—तुने कल्लू को क्यों मार डाला? मुलिया रोकर कहती है—माता, मैंने उन्हें नहीं मारा। वृद्धा कहती है—हाँ, तूने छूरी-कटार से नहीं मारा, उस दिन तेरा तप छीन हो गया और इसी से वह मर गया।

मुलिया ने चौकन्नी आँखें खोल दीं। सामने आँगन में कल्लू सोया हुआ था। वह दौड़ी हुई उसके पास गयी और उसकी छाती पर सिर रखकर फूट-फूटकर रोने लगी।

कल्लू ने घबड़ाकर पूछा—कौन है? मुलिया! क्यों रोती हो? क्या डर लग रहा है। मैं तो जाग ही रहा हूँ।

मुलिया ने सिसकते हुए कहा—मुझसे आज एक अपराध हुआ है। उसे क्षमा कर दो।

कल्लू उठ बैठा—क्या बात है? कहो तो, रोती क्यों हो?

मुलिया—राजा तमाखू माँगने नहीं आया था। मैंने तुमसे झूठ कहा था।

कल्लू हँसकर बोला—वह तो मैं पहले ही समझ गया था।

मुलिया—वह मेरे लिए चुँदरी लाया था।

'तुमने लौटा दी?'

मुलिया काँपती हुई बोली—मैंने ले ली। कहते थे, मैं जहर-माहुर खा लूँगा।

कल्लू निर्जीव की भाँति खाट पर गिर पड़ा और बोला—तो रूप मेरे बस का नहीं है। देव ने कुरूप बना दिया, तो सुन्दर कैसे बन जाऊँ?

कल्लू ने अगर मुलिया को खौलते हुए तेल में डाल दिया होता, तो भी उसको इतनी पीड़ा न होती।

4

कल्लू उस दिन से कुछ खोया-खोया-सा रहने लगा। जीवन में न वह उत्साह रहा, न वह आनन्द। हँसना-बोलना भूल-सा गया। मुलिया ने उसके साथ जितना विश्वासघात किया था, उससे कहीं ज़्यादा उसने समझ लिया। और यह भ्रम उसके हृदय में केवड़े के समान चिपट गया। वह घर अब उसके लिए केवल लेटने-बैठने का स्थान था और मुलिया केवल भोजन बना देने वाली मशीन। आनन्द के लिए वह कभी-कभी ताड़ीखाने चला जाता, या चरस के दम लगाता।

मुलिया उसकी दशा देख-देख अन्दर-ही-अन्दर कुढ़ती थी। वह उस बात को उसके दिल से निकाल देना चाहती थी, इसलिए उसकी सेवा और मन लगा कर करती। उसे प्रसन्न करने के लिए बार-बार प्रयत्न करती; पर वह जितना ही उसको खींचने की चेष्टा करती थी, उतना ही वह उससे विचलता था, जैसे कोई वँटिये में फँसी हुई मछली हो। कुशल यह था कि राजा जिस अंग्रेज के यहाँ खानसामा था, उसका तबादला हो गया और राजा उसके साथ चला गया था, नहीं तो दोनों भाइयों में से किसी-न-किसी का जरूर खून हो जाता। इस तरह साल-भर बीत गया।

एक दिन कल्लू रात को घर लौटा, तो उसे ज्वर था। दूसरे दिन

उसकी देह में दाने निकल आये। मुलिया ने समझा, माता है। मान-मनौती करने लगी; मगर चार-पाँच दिन में ही दाने बढ़कर आवले पड़ गए और मालूम हुआ कि यह माता नहीं हैं; उपदंश है। कल्लू के कलुषित भोग-विलास का यह फल था।

रोग इतनी भयंकरता से बढ़ने लगा कि आवलों में मवाद पड़ गया और उनमें से ऐसी दुर्गन्ध उड़ने लगी कि पास बैठते नाक फटती थी। देहात में जिस प्रकार का उपचार हो सकता था, वह मुलिया करती थी; पर कोई लाभ न होता था और कल्लू की दशा दिन-दिन बिगड़ती जाती थी। उपचार की कसर वह अबला अपनी स्नेहमय सेवा से पूरी करती थी। उस पर गृहस्थी चलाने के लिए अब मेहनत-मजूरी भी करनी पड़ती थी। कल्लू तो अपने किये का फल भोग रहा था। मुलिया अपने कर्तव्य का पालन करने में मरी जा रही थी। अगर कुछ सन्तोष था, तो यह कल्लू का भ्रम उसकी इस तपस्या से भंग होता जाता था। उसे अब विश्वास होने लगा था कि मुलिया अब भी उसी की है। वह अगर किसी तरह अच्छा हो जाता, तो फिर उसे दिल में छिपाकर रखता और उसकी पूजा करता।

प्रात:काल था। मुलिया ने कल्लू का हाथ-मुँह धुलाकर दवा पिलायी और खड़ी पंखा डुला रही थी कि कल्लू ने आँसू-भरी आँखों से देखकर कहा—मुलिया, मैंने उस जन्म में कोई भारी तप किया था कि तू मुझे मिल गयी। तुम्हारी जगह मुझे दुनिया का राज मिले तो भी न लूँ।

मुलिया ने दोनों हाथों से उसका मुँह बन्द कर दिया और बोली इस तरह की बातें करोगे, तो मैं रोने लगूँगी। मेरे धन्य भाग कि तुम-जैसा स्वामी मिला।

यह कहते हुए उसने दोनों हाथ पति के गले में डाल दिये और लिपट गयी। फिर बोली—भगवान ने मुझे मेरे पापों का दंड दिया है।

कल्लू ने उत्सुकता से पूछा—सच कह दो मूला, राजा और तुममें क्या मामला था?

मुलिया ने विस्मित होकर कहा मेरे और उसके बीच कोई और मामला हुआ हो, तो भगवान मेरी दुर्गति करें। उसने मुझे चुँदरी दी थी। वह मैंने ले ली थी! फिर मैंने उसे आग में जला दिया। तब से मैं उससे नहीं बोली।

कल्लू ने ठंढी साँस खींचकर कहा—मैंने कुछ और ही समझ रखा था। न-जाने मेरी मति कहाँ हर गयी थी। तुम्हें पाप लगाकर मैं आप पाप में फँस गया और उसका फल भोग रहा हूँ?

उसने रो-रोकर अपने दुष्कृत्यों का परदा खोलना शुरू किया और मुलिया आँसू की लड़ियाँ बहाकर सुनने लगी। अगर पति की चिन्ता न होती, तो उसने विष खा लिया होता।

5

कई महीने के बाद राजा छुट्टी लेकर घर आया और कल्लू की घातक बीमारी का हाल सुना, तो दिल में खुश हुआ; तीमारदारी के बहाने से कल्लू के घर आने-जाने लगा। कल्लू उसे देखकर मुँह फेर लेता, लेकिन वह दिन में दो-चार बार पहुँच ही जाता।

एक दिन मुलिया खाना पका रही थी कि राजा ने रसोई के द्वार पर आकर कहा—भाभी, क्यों अब भी मुझ पर दया न करोगी? कितनी बेरहम हो तुम! कै दिन से तुम्हें खोज रहा हूँ, पर तुम मुझसे भागती फिरती हो। भैया अब अच्छे न होंगे। इन्हें गर्मी हो गयी है। इनके साथ क्यों अपनी जिन्दगी खराब कर रही हो? तुम्हारी फूल-सी देह सूख गयी है। मेरे साथ चलो, कुछ जिन्दगी की बहार उड़ायें। यह जवानी बहुत दिन न रहेगी। यह देखो, तुम्हारे लिए एक करनफूल लाया हूँ, जरा पहनकर मुझे दिखा दो।

उसने करनफूल मुलिया की ओर बढ़ा दिया। मुलिया ने उसकी ओर देखा भी नहीं। चूल्हे की ओर ताकती हुई बोली—लाला, तुम्हारे पैरों पड़ती हूँ, मुझे मत छेड़ो। यह सारी विपत्ति तुम्हारी लायी हुई है। तुम्हीं मेरे शत्रु हो। फिर भी तुम्हें लाज नहीं आती। कहते हो, भैया अब किस काम के हैं? मुझे तो अब वह पहले से कहीं ज़्यादा अच्छे लगते हैं। जब मैं न होती, तो वह दूसरी सगाई कर लाते, अपने हाथों ठोक खाते। आज मैं ही उनका आधार हूँ। वह मेरे सहारे जीते हैं। अगर मैं इस संकट में उनके साथ दगा करूँ, तो मुझसे बढ़कर अधम कौन होगा। जब कि मैं जानती हूँ कि इस संकट का कारण भी मैं ही हूँ।

राजा ने हँसकर कहा—यह तो वही हुआ, जैसे किसी की दाल गिर गयी, तो उसने कहा—मुझे तो सूखी ही अच्छी लगती है।

मुलिया ने सिर उठाकर उसकी ओर सजोत नेत्रों से ताकते हुए कहा—तुम उनकी पैरों की धूल के बराबर नहीं हो लाला, क्या कहते हो तुम? उजले कपड़े और चिकने मुखड़े से कोई आदमी सुन्दर नहीं होता। मेरी आँखों में तो उनके बराबर कोई दिखायी नहीं देता।

कल्लू ने पुकारा—मूला, थोड़ा पानी दे। मुलिया पानी लेकर दौड़ी। चलते-चलते करनफूल को ऐसा ठुकराया कि आँगन में जा गिरा।

राजा ने जल्दी से करनफूल उठा लिया और क्रोध में भरा हुआ चल दिया।

6

रोग दिन-पर-दिन बढ़ता गया। ठिकाने से दवा-दारू होती, तो शायद अच्छा हो जाता; मगर अकेली मुलिया क्या-क्या करती? दरिद्रता में बीमारी कोढ़ का खाज है।

आखिर एक दिन परवाना आ पहुँचा। मुलिया घर का काम-धँधा करके आयी, तो देखा कल्लू की साँस चल रही है। घबड़ाकर बोली—कैसा जी है तुम्हारा?

कल्लू ने सजल और दीनता-भरी आँखों से देखा और हाथ जोड़कर सिर नीचा कर लिया। यही अन्तिम बिदाई थी।

मुलिया उसके सीने पर सिर रखकर रोने लगी और उन्माद की दशा में उसके आहत हृदय से रक्त की बूँदों के समान शब्द निकलने लगे—तुमसे इतना भी न देखा गया, भगवन्! उस पर न्यायी और दयालु कहलाते हो! इसीलिए तुमने जन्म दिया! यही खेल खेलने के लिए! हाय नाथ! तुम तो इतने निष्ठुर न थे! मुझे अकेली छोड़कर चले जा रहे हो! हाय! अब कौन मूला कहकर पुकारेगा! अब किसके लिए कुएँ से पानी खीचूँगी! किसे बैठाकर खिलाऊँगी, पंखा डुलाऊँगी! सब सुख हर लिया, तो मुझे भी क्यों नहीं उठा लेते!

सारा गाँव जमा हो गया। सभी समझा रहे थे। मुलिया को धैर्य न होता था। यह सब मेरे कारण हुआ; यह बात उसे नहीं भूलती। हाय! हाय! उसे भगवान ने सामर्थ्य दिया होता, तो आज उसका सिरताज यों

उठ जाता?

शव की दाह-क्रिया की तैयारियाँ होने लगीं।

7

कल्लू को मरे छः महीने हो गए। मुलिया अपना कमाती है, खाती है और अपने घर में पड़ी रहती है। दिन-भर काम-धँधे से छुट्टी नहीं मिलती। हाँ, रात को एकान्त में रो लिया करती है।

उधर राजा की स्त्री मर गयी, मगर दो-चार दिन के बाद वह फिर छैला बना घूमने लगा। और भी छूटा साँड़ हो गया। पहले स्त्री से झगड़ा हो जाने का कुछ डर था। अब वह भी न रहा। अबकी नौकरी पर से लौटा, तो सीधे मुलिया के घर पहुँचा। और इधर-उधर की बातें करने के बाद बोला—भाभी, अब तो मेरी अभिलाषा पूरी करोगी या अभी और कुछ बाकी है? अब तो भैया भी नहीं रहे। इधर मेरी घर वाली भी सिधारी! मैंने तो उसका गम भुला दिया। तुम कब तक भैया के नाम को रोती रहोगी?

मुलिया ने घृणा से उसकी ओर देखकर कहा—भैया नहीं रहे, तो क्या हुआ; भैया की याद तो है, उनका प्रेम तो है, उनकी सूरत तो दिल में है, उनकी बातें तो कानों में हैं। तुम्हारे लिए और दुनिया के लिए वह नहीं हैं, मेरे लिए वह अब भी वैसे ही जीते-जागते हैं। मैं अब भी उन्हें वैसे ही बैठे देखती हूँ। पहले तो देह का अन्तर था। अब तो वह मुझसे और भी नगीच हो गए हैं। और ज्यों-ज्यों दिन बीतेंगे और भी नगीच होते जायँगे। भरे-पूरे घर में दाने की कौन कदर करता है। जब घर खाली हो जाता है, तब मालूम होता है कि दाना क्या है। पैसेवाले पैसे की कदर क्या जानें। पैसे की कदर तब होती है, जब हाथ खाली हो जाता है। तब आदमी एक-एक कौड़ी दाँत से पकड़ता है। तुम्हें भगवान ने दिल ही नहीं दिया, तुम क्या जानो, सोहबत क्या है। घरवाली को मरे अभी छः महीने भी नहीं हुए और तुम साँड बन बैठे। तुम मर गए होते, तो इसी तरह वह भी अब तक किसी के पास चली गयी होती? मैं जानती हूँ कि मैं मर जाती, तो मेरा सिरताज 'जन्म' भर मेरे नाम को रोया करता। ऐसे ही पुरुषों की स्त्रियाँ उन पर प्राण देती हैं। तुम-जैसे सोहदों के भाग में पत्तल चाटना लिखा है; चाटो; मगर खबरदार, आज से मेरे घर में पाँव न रखना, नहीं तो जान से

हाथ धोओगे! बस, निकल जाओ।

उसके मुख पर ऐसा तेज, स्वर में इतनी कटुता थी कि राजा को जबान खोलने का भी साहस न हुआ। चुपके से निकल भागा।

प्रेम का उदय

भोंदू पसीने में तर, लकड़ी का एक गट्ठा सिर पर लिए आया और उसे जमीन पर पटककर बंटी के सामने खड़ा हो गया, मानो पूछ रहा हो—क्या अभी तेरा मिजाज ठीक नहीं हुआ?

सन्ध्या हो गयी थी, फिर भी लू चलती थी और आकाश पर गर्द छायी हुई थी। प्रकृति रक्त शून्य देह की भाँति शिथिल हो रही थी।

भोंदू प्रात:काल घर से निकला था। दोपहरी उसने एक पेड़ की छाँह में काटी थी। समझा था—इस तपस्या से देवीजी का मुँह सीधा हो जायगा; लेकिन आकर देखा, तो वह अब भी कोप भवन में थी।

भोंदू ने बातचीत छेड़ने के इरादे से कहा—लो, एक लोटा पानी दे दो, बड़ी प्यास लगी है। मर गया सारे दिन। बाजार में जाऊँगा, तो तीन आने से बेसी न मिलेंगे। दो-चार साँडे मिल जाते, तो मेहनत सुफल हो जाती।

बंटी ने सिरकी के अन्दर बैठे-बैठे कहा—धरम भी लूटोगे और पैसे भी। मुँह धो रखो।

भोंदू ने भँवें सिकोड़कर कहा—क्या धरम-धरम बकती है! धरम करना हँसी-खेल नहीं है। धरम वह करता है, जिसे भगवान ने माना हो। हम क्या खाकर धरम करें। भर-पेट चबेना तो मिलता नहीं, धरम करेंगे।

बंटी ने अपना वार ओछा पड़ता देखकर चोट पर चोट की—संसार में कुछ ऐसे भी महात्मा हैं, जो अपना पेट चाहे न भर सकें, पर पड़ोसियों को नेवता देते फिरते हैं; नहीं तो सारे दिन बन-बन लकड़ी न तोड़ते फिरते।

ऐसे धरमात्मा लोगों को मेहरिया रखने की क्यों सूझती है, यही मेरी समझ में नहीं आता। धरम की गाड़ी क्या अकेले नहीं खींचते बनती?

भोंदू इस चोट से तिलमिला गया। उसकी जिहरदार नसें तन गयीं; माथे पर बल पड़ गए। इस अबला का मुँह वह एक डपट में बन्द कर सकता था; पर डाँट-डपट उसने न सीखी थी। जिसके पराक्रम की सारे कंजड़ों में धूम थी; जो अकेला सौ-पचास जवानों का नशा उतार सकता था, वह इस अबला के सामने चूँ तक न कर सका। दबी जबान से बोला—मेहरिया धरम बेचने के लिये नहीं लायी जाती, धरम पालने के लिए लायी जाती है।

यह कंजड़-दम्पत्ति आज तीन दिन से और कई कंजड़ परिवारों के साथ इस बाग में उतरे हुए थे। सारे बाग में सिरकियाँ-ही-सिरकियाँ दिखायी देती थीं। उसी तीन हाथ चौड़ी और चार हाथ लम्बी सिरकी के अन्दर एक-एक पूरा परिवार जीवन के समस्त व्यापारों के साथ कल्पवास-सा कर रहा था। एक किनारे चक्की थी, एक किनारे रसोई का स्थान, एक किनारे दो-एक अनाज के मटके। द्वार पर एक छोटी-सी खटोली बालकों के लिए पड़ी थी। हरेक परिवार के साथ दो-दो भैंसे या गधे थे। जब डेरा कूच होता था तो सारी गृहस्थी इन जानवरों पर लाद दी जाती थी। यही इन कंजड़ों का जीवन था। सारी बस्ती एक साथ चलती थी। आपस में ही शादी-ब्याह, लेन-देन, झगड़े-टंटे होते रहते थे। इस दुनिया के बाहर वाला अखिल संसार उनके लिए केवल शिकार का मैदान था। उनके किसी इलाके में पहुँचते ही वहाँ की पुलिस तुरन्त आकर अपनी निगरानी में ले लेती थी। पड़ाव के चारों तरफ चौकीदार का पहरा हो जाता था। स्त्री या पुरुष किसी गाँव में जाते तो दो-चार चौकीदार उनके साथ हो लेते थे। रात को भी उनकी हाजिरी ली जाती थी। फिर भी आस-पास के गाँव में आतंक छाया हुआ था; क्योंकि कंजड़ लोग बहुधा घरों में घुसकर जो चीज चाहते, उठा लेते और उनके हाथ में जाकर कोई चीज लौट न सकती थी। रात में ये लोग अकसर चोरी करने निकल जाते थे। चौकीदारों को उनसे मिले रहने में ही अपनी कुशल दीखती थी। कुछ हाथ भी लगता था और जान भी बची रहती थी। सख्ती करने में प्राणों का भय था, कुछ मिलने का तो जिक्र ही क्या; क्योंकि कंजड़ लोग एक सीमा के बाहर किसी का दबाव न मानते थे। बस्ती में अकेला भोंदू अपनी मेहनत की कमाई खाता था;

मगर इसलिए नहीं कि वह पुलिस वालों की खुशामद न कर सकता था। उसकी स्वतंत्र आत्मा अपने बाहुबल से प्राप्त किसी वस्तु का हिस्सा देना स्वीकार न करती थी; इसलिए वह यह नौबत आने ही न देती थी।

बंटी को पति की यह आचार-निष्ठा एक आँख न भाती थी। उसकी और बहनें नयी-नयी साड़ियाँ और नये-नये आभूषण पहनतीं, तो बंटी उन्हें देख-देख कर पति की अकर्मण्यता पर कुढ़ती थी। इस विषय पर दोनों में कितने ही संग्राम हो चुके थे; लेकिन भोंदू अपना परलोक बिगाड़ने पर राजी न होता था। आज भी प्रात:काल यही समस्या आ खड़ी हुई थी और भोंदू लकड़ी काटने जंगलों में निकल गया था। साँडे मिल जाते, तो आँसू पुँछते, पर आज साँडे भी न मिले।

बंटी ने कहा—जिनसे कुछ नहीं हो सकता, वही धरमात्मा बन जाते हैं। राँड़ अपने माँड़ ही में खुश है?

भोंदू ने पूछा—तो मैं निखट्टू हूँ?

बंटी ने इस प्रश्न का सीधा-सादा उत्तर न देकर कहा—मैं क्या जानूँ, तुम क्या हो? मैं तो यही जानती हूँ कि यहाँ धेले-धेले की चीज के लिए तरसना पड़ता है। यहीं सबको पहनते-ओढ़ते, हँसते-खेलते देखती हूँ। क्या मुझे पहनने-ओढ़ने, हँसने-खेलने की साध नहीं है? तुम्हारे पल्ले पड़कर जिन्दगानी नष्ट हो गयी।

भोंदू ने एक क्षण विचार-मग्न रहकर कहा—जानती है, पकड़ जाऊँगा, तो तीन साल से कम की सजा न होगी।

बंटी विचलित न हुई। बोली—जब और लोग नहीं पकड़ जाते; तो तुम्हीं पकड़ जाओगे?

और लोग पुलिस को मिला लेते हैं, थानेदार के पाँव सहलाते हैं, चौकीदार की खुशामद करते हैं। तू चाहती है, मैं भी औरों की तरह सबकी चिरौरी करता फिरूँ?

बंटी ने अपना हठ न छोड़ा—मैं तुम्हारे साथ सती होने नहीं आयी। फिर तुम्हारे छूरे-गँड़ासे को कोई कहाँ तक डरे। जानवर को भी जब घास-भूसा नहीं मिलता, तो पगहा तुड़ाकर किसी के खेत में पैठ जाता है। मैं तो आदमी हूँ।

भोंदू ने इसका कुछ जवाब न दिया। उसकी स्त्री कोई दूसरा घर कर

ले, यह कल्पना उसके लिए अपमान से भरी थी। आज बंटी ने पहली बार यह धमकी दी। अब तक भोंदू इस तरफ से निश्चिन्त था। अब यह नयी सम्भावना उसके सम्मुख उपस्थित हुई। उस दुर्दिन को वह अपना काबू चलते अपने पास न आने देगा।

आज भोंदू की दृष्टि में वह इज्जत नहीं रही, वह भरोसा नहीं रहा। मजबूत दीवार को टिकौने की जरूरत नहीं। जब दीवार हिलने लगती है, तब हमें उसको सँभालने की चिन्ता होती है। आज भोंदू को अपनी दीवार हिलती हुई मालूम होती थी।

आज तक बंटी अपनी थी। वह जितना अपनी ओर से निश्चिन्त था, उतना ही उसकी ओर से भी था। वह जिस तरह खुद रहता था—उसी तरह उसको भी रखता था। जो खुद खाता था, वही उसको खिलाता था, उसके लिए कोई विशेष फिक्र न थी; पर आज उसे मालूम हुआ कि वह अपनी नहीं है, अब उसका विशेष रूप से सत्कार करना होगा, विशेष रूप से दिलजोई करनी होगी।

सूर्यास्त हो रहा था। उसने देखा, उसका गधा चरकर चुपचाप सिर झुकाये चला आ रहा है। भोंदू ने कभी उसकी खाने-पीने की चिन्ता न की थी; क्योंकि गधा किसी और को अपना स्वामी बनाने की धमकी न दे सकता था। भोंदू ने बाहर आकर आज गधे को पुचकारा, उसकी पीठ सहलायी और तुरन्त उसे पानी पिलाने के लिए डोल और रस्सी लेकर चल दिया।

2

इसके दूसरे ही दिन कस्बे में एक धनी ठाकुर के घर चोरी हो गयी। उस रात को भोंदू अपने डेरे पर न था। बंटी ने चौकीदार से कहा—वह जंगल से नहीं लौटा। प्रातःकाल भोंदू आ पहुँचा। उसकी कमर में रुपयों की एक थैली थी। कुछ सोने के गहने भी थे। बंटी ने तुरन्त गहनों को ले जाकर एक वृक्ष की जड़ में गाड़ दिया। रुपयों की क्या पहचान हो सकती थी।

भोंदू ने पूछा—अगर कोई पूछे, इतने सारे रुपये कहाँ मिले, तो क्या कहोगी?

बंटी ने आँखें नचाकर कहा—कह दूँगी, क्यों बताऊँ? दुनिया कमाती है, तो किसी को हिसाब देने जाती है? हमी क्यों अपना हिसाब दें।

भोंदू ने सन्दिग्ध भाव से गर्दन हिलाकर कहा—यह कहने से गला न छूटेगा, बंटी! तू कह देना, मैं तीन-चार मास से दो-दो, चार-चार रुपये महीना जमा करती आयी हूँ। हमारा खरच ही कौन बड़ा लम्बा है।

दोनों ने मिलकर बहुत से जवाब सोच निकाले—जड़ी-बूटियाँ बेचते हैं। एक-एक जड़ी के लिए मुट्ठी-मुट्ठी भर रुपये मिल जाते हैं। खस, साँडे, जानवरों की खालें, नख और चर्बी, सभी बेचते हैं।

इस ओर से निश्चिन्त होकर दोनों बाजार चले। बंटी ने अपने लिये तरह-तरह के कपड़े, चूड़ियाँ, टिकुलियाँ, बुँदे, सेंदुर, पान-तमाखू, तेल और मिठाई ली। फिर दोनों जने शराब की दूकान गए। खूब शराब पी। फिर दो बोतल शराब रात के लिए लेकर दोनों घूमते-घामते, गाते-बजाते घड़ी रात गए डेरे पर लौटे। बंटी के पाँव आज जमीन पर न पड़ते थे। आते ही बन-ठनकर पड़ोसियों को अपनी छवि दिखाने लगी।

जब वह लौटकर अपने घर आयी और भोजन पकाने लगी, तब पड़ोसियों ने टिप्पणियाँ करनी शुरू कीं—

'कहीं गहरा हाथ मारा है।'

'बड़ा धरमात्मा बना फिरता था।'

'बगला भगत है।'

'बंटी तो आज जैसे हवा में उड़ रही है।'

आज भोंदुआ की कितनी खातिर हो रही है। नहीं तो कभी एक लुटिया पानी देने भी न उठती थी।

रात को भोंदू को देवी की याद आयी। आज तक कभी उसने देवी की वेदी पर बकरे का बलिदान न किया था। पुलिस को मिलाने में ज़्यादा खर्च था। कुछ आत्मसम्मान भी खोना पड़ता। देवीजी केवल एक बकरे में राजी हो जाती हैं। हाँ, उससे एक गलती जरूर हुई थी। उसकी बिरादरी के और लोग साधारणतया कार्यसिद्धि के पहले ही बलिदान दिया करते थे। भोंदू ने यह ख़तरा न लिया। जब तक माल हाथ न आ जाय, उसके भरोसे पर देवी-देवताओं को खिलाना उसकी व्यावसायिक बुद्धि को न जँचा। औरों से अपने कृत्य को गुप्त रखना भी चाहता था; इसलिए किसी को

सूचना भी न दी, यहाँ तक कि बंटी से भी न कहा—बंटी तो भोजन बना रही थी, वह बकरे की तलाश में घर से निकल पड़ा।

बंटी ने पूछा—अब भोजन करने के जून कहाँ चले?

'अभी आता हूँ।'

'मत जाओ, मुझे डर लगता है।'

भोंदू स्नेह के नवीन प्रकाश से खिलकर बोला—मुझे देर न लगेगी। तू यह गँड़ासा अपने पास रख ले।

उसने गँड़ासा निकालकर बंटी के पास रख दिया और निकला। बकरे की समस्या बेढब थी। रात को बकरा कहाँ से लाता? इस समस्या को भी उसने एक नये ढंग से हल किया। पास की बस्ती में एक गड़रिये के पास कई बकरे पले थे। उसने सोचा, वहीं से एक बकरा उठा लाऊँ। देवीजी को अपने बलिदान से मतलब है, या इससे कि बकरा कैसे आया और कहाँ से आया।

मगर बस्ती के समीप पहुँचा ही था कि पुलिस के चार चौकीदारों ने उसे गिरफ़्तार कर लिया और मुश्कें बाँधकर थाने ले चले।

3

बंटी भोजन पकाकर अपना बनाव-सिंगार करने लगी। आज उसे अपना जीवन सफल जान पड़ता था। आनन्द से खिली जाती थी। आज जीवन में पहली बार उसके सिर में सुगन्धित तेल पड़ा। आईना उसके पास एक पुराना अँधा-सा पड़ा हुआ था। आज वह नया आईना लायी थी। उसके सामने बैठकर उसने अपने केश सँवारे। मुँह पर उबटन मला। साबुन लाना भूल गयी थी। साहब लोग साबुन लगाने ही से तो इतने गोरे हो जाते हैं। साबुन होता, तो उसका रंग कुछ तो निखर जाता। कल वह अवश्य साबुन की कई बट्टियाँ लायेगी और रोज लगायेगी। केश गूँथकर उसने माथे पर अलसी का लुआब लगाया, जिसमें बाल न बिखरने पायें। फिर पान लगाये, चूना ज़्यादा हो गया था। गलफड़ों में छाले पड़ गए; लेकिन उसने समझा शायद पान खाने का यही मजा है। आखिर कड़वी मिर्च भी तो लोग मजे में खाते हैं। गुलाबी साड़ी पहन और फूलों का गजरा गले

में डालकर उसने आईने में अपनी सूरत देखी, तो उसके आबनूसी रंग पर लाली दौड़ गयी। आप ही आप लज्जा से उसकी आँखें झुक गयीं। दरिद्रता की आग से नारीत्व भी भस्म हो जाता है, नारीत्व की लज्जा का क्या जिक्र। मैले-कुचैले कपड़े पहनकर लजाना ऐसा ही है, जैसे कोई चबैने में सुगन्ध लगाकर खाये।

इस तरह सजकर बंटी भोंदू की राह देखने लगी। जब अब भी वह न आया, तो उसका जी झुँझलाने लगा। रोज तो साँझ ही से द्वार पर पड़ रहते थे, आज न-जाने कहाँ जाकर बैठ रहे। शिकारी अपनी बन्दूक भर लेने के बाद इसके सिवा और क्या चाहता है कि शिकार सामने आये। बंटी के सूखे हृदय में आज पानी पड़ते ही उसका नारीत्व अंकुरित हो गया। झुँझलाहट के साथ उसे चिन्ता भी होने लगी। उसने बाहर निकलकर कई बार पुकारा। उसके कंठस्वर में इतना अनुराग कभी न था। उसे कई बार भान हुआ कि भोंदू आ रहा है, वह हर बार सिरकी के अन्दर दौड़ आयी और आईने में सूरत देखी कि कुछ बिगड़ न गया हो। ऐसी धड़कन, ऐसी उलझन, उसकी अनुभूति से बाहर थी।

बंटी सारी रात भोंदू के इन्तजार में उद्विग्न रही। ज्यों-ज्यों रात बीतती थी, उसकी शंका तीव्र होती जाती थी। आज ही उसके वास्तविक जीवन का आरम्भ हुआ था और आज ही यह हाल।

प्रात:काल वह उठी, तो अभी कुछ अँधेरा ही था। इस रतजगे से उसका चित्त खिन्न और सारी देह अलसाई हुई थी। रह-रहकर भीतर से एक लहर भी उठती थी, आँखें भर-भर आती थीं।

सहसा किसी ने कहा—अरे बंटी, भोंदू रात पकड़ गया।

4

बंटी थाने पहुँची तो पसीने में तर थी और दम फूल रहा था। उसे भोंदू पर दया न थी, क्रोध आ रहा था। सारा जमाना यही काम करता है और चैन की बंसी बजाता है। उन्होंने कहते-कहते हाथ भी लगाया, तो चूक गए। नहीं सहूर था, तो साफ कह देते, मुझसे यह काम न होगा। मैं यह थोड़े ही कहती थी कि आग में फाँद पड़ो।

उसे देखते ही थानेदार ने धौंस जमायी—यही तो है भोंदूआ की औरत, इसे भी पकड़ लो।

बंटी ने हेकड़ी जतायी—हाँ-हाँ पकड़ लो, यहाँ किसी से नहीं डरते। जब कोई काम ही नहीं करते, तो डरें क्यों।

अफसर और मातहत सभी की अनुरक्त आँखें बंटी की ओर उठने लगीं। भोंदू की तरफ से लोगों के दिल कुछ नर्म हो गए। उसे धूप से छाँह में बैठा दिया गया। उसके दोनों हाथ पीछे बँधे हुए थे और धूल-धूसरित काली देह पर भी जूतों और कोडों के रक्तमय मार साफ नजर आ रहे थे। उसने एक बार बंटी की ओर देखा, मानो कह रहा था—देखना, कहीं इन लोगों के धोखे में न आ जाना।

थानेदार ने डाँट बतायी—जरा इसकी दीदा-दिलेरी देखो, जैसे देवी ही तो है; मगर इस फेर में न रहना। यहाँ तुम लोगों की नस-नस पहचानता हूँ। इतने कोड़े लगाऊँगा कि चमड़ी उड़ जायगी। नहीं तो सीधे से कबूल दो। सारा माल लौटा दो। इसी में खैरियत है। भोंदू ने बैठे-बैठे कहा—क्या कबूल दें। जो देश को लूटते हैं, उनसे तो कोई नहीं बोलता, जो बेचारे अपनी गाढ़ी कमाई की रोटी खाते हैं, उनका गला काटने को पुलिस भी तैयार रहती है। हमारे पास किसी को नजर-भेंट देने के लिए पैसे नहीं हैं।

थानेदार नें कठोर स्वर से कहा—हाँ-हाँ; जो कुछ कोर-कसर रह गयी हो, वह पूरी कर दे। किरकिरी न होने पाये। मगर इन बैठकबाजियों से बच नहीं सकते। अगर एकबाल न किया, तो तीन साल को जाओगे। मेरा क्या बिगड़ता है। अरे छोटेसिंह, जरा लाल मिर्च की धूनी तो दो इसे। कोठरी बन्द करके पसेरी-भर मिरचे सुलगा दो, अभी माल बरामद हुआ जाता है।

भोंदू ने ढिठाई से कहा—दारोगाजी, बोटी काट डालो, लेकिन कुछ हाथ न लगेगा। तुमने मुझे रातभर पिटवाया है, मेरी एक-एक हड्डी चूर-चूर हो गयी है। कोई दूसरा होता तो अब तक सिधार गया होता। क्या तुम समझते हो, आदमी को रुपये-पैसे जान से प्यारे होते हैं? जान ही के लिए तो आदमी सब तरह के कुकरम करता है। धूनी सुलगाकर भी देख लो।

दारोगाजी को अब विश्वास आया कि इस फौलाद को झुकाना मुश्किल है। भोंदू की मुखाकृति से शहीदों का-सा आत्मसमर्पण झलक

रहा था। यद्यपि उनके हुक्म की तामील होने लगी, कांस्टेबलों ने भोंदू को एक कोठरी में बन्द कर दिया, दो आदमी मिर्चें लाने दौड़े, लेकिन दारोगा की युद्ध-नीति बदल गयी थी। बंटी का हृदय क्षोभ से फटा जाता था। वह जानती थी, चोरी करके एकबाल कर लेना कंजड़ जाति की नीति में महान् लज्जा की बात है; लेकिन क्या यह सचमुच मिर्च की धूनी सुलगा देंगे? इतना कठोर है इनका हृदय? सालन बघारने में कभी मिर्च जल जाती है, तो छींकों और खाँसियों के मारे दम निकलने लगता है। जब नाक के पास धूनी सुलगाई जायगी तब तो प्राण ही निकल जायँगे। उसने जान पर खेलकर कहा—दारोगाजी, तुम समझते होगे कि इन गरीबों की पीठ पर कोई नहीं है; लेकिन मैं कहे देती हूँ, हाकिम से रत्ती-रत्ती हाल कह दूँगी। भला चाहते हो, तो उसे छोड़ दो, नहीं तो इसका हाल बुरा होगा।

थानेदार ने मुस्कराकर कहा—तुझे क्या, वह मर जायगा, किसी और के नीचे बैठ जाना। जो कुछ जमा-जथा लाया होगा, वह तो तेरे ही हाथ में होगा। क्यों नहीं एकबाल करके उसे छुड़ा लेती। मैं वादा करता हूँ, मुकदमा न चलाऊँगा। सब माल लौटा दे। तूने ही उसे मंत्र दिया होगा। गुलाबी साड़ी, पान और खुशबूदार तेल के लिए तू ही ललच रही होगी। उसकी इतनी साँसत हो रही है और तू खड़ी देख रही है।

शायद बंटी की अन्तरात्मा को यह विश्वास न था कि ये लोग इतने अमानुषीय अत्याचार कर सकते हैं; लेकिन जब सचमुच धूनी सुलगा दी गयी। मिर्च की तीखी जहरीली झार फैली और भोंदू के खाँसने की आवाजें कानों में आयीं, तो उसकी आत्मा कातर हो उठी। उसका वह दुस्साहस झूठे रंग की भाँति उड़ गया। उसने दारोगाजी के पाँव पकड़ लिए और दीन भाव से बोली—मालिक, मुझ पर दया करो। मैं सब कुछ दे दूँगी।

धुनी उसी वक्त हटा ली गयी।

5

भोंदू ने सशंक होकर पूछा—धूनी क्यों हटाते हो?

एक चौकीदार ने कहा—तेरी औरत ने एकबाल कर लिया।

भोंदू की नाक, आँख, मुँह से पानी जारी था। सिर चक्कर खा रहा

था। गले की आवाज बन्द-सी हो गयी थी; पर वह वाक्य सुनते ही वह सचेत हो गया। उसकी दोनों मुट्ठियाँ बँध गयीं। बोला—क्या कहा?

'कहा क्या, चोरी खुल गयी। दारोगाजी माल बरामद करने गए हुए है। पहले ही एकबाल कर लिया होता, तो क्यों इतनी साँसत होती?'

भोंदू ने गरजकर कहा—वह झूठ बोलती है।

'वहाँ माल बरामद हो गया, तुम अभी अपनी ही गा रहे हो।'

परम्परा की मर्यादा को अपने हाथों भंग होने की लज्जा से भोंदू का मस्तक झुक गया। इस घोर अपमान के बाद अब उसे अपना जीवन दया, घृणा और तिरस्कार इन सभी दशाओं से निखिद जान पड़ता था। वह अपने समाज में पतित हो गया था।

सहसा बंटी आकर खड़ी हो गयी और कुछ कहना ही चाहती थी कि भोंदू की रौद्रमुद्रा देखकर उसकी जबान बन्द हो गयी। उसे देखते ही भोंदू की आहत मर्यादा किसी आहत सर्प की भाँति तड़प उठी। उसने बंटी को अंगारों-सी तपती हुई लाल आँखों से देखा। उन आँखों में हिंसा की आग जल रही थी। बंटी सिर से पाँव तक काँप उठी। वह उलटे पाँव वहाँ से भागी। किसी देवता के अग्निबाण के समान वे दोनों अंगारों-सी आँखें उसके हृदय में चुभने लगीं।

थाने से निकलकर बंटी ने सोचा, अब कहाँ जाऊँ, भोंदू उसके साथ होता तो वह पड़ोसियों के तिरस्कार को सह लेती। इस दशा में उसके लिए अपने घर जाना असम्भव था। वे दोनों अंगारे-सी आँखें उसके हृदय में चुभी जाती थीं; लेकिन कल की सौभाग्य-विभूतियों का मोह उसे डेरे की ओर खींचने लगा। शराब की बोतल अब भी भरी धरी थी। फुलौड़ियाँ छींके पर हाँड़ी में धरी थीं। वह तीव्र लालसा, जो मृत्यु को सम्मुख देखकर भी संसार के भोग्य पदार्थों की ओर मन को चलायमान कर देती है, उसे खींचकर डेरे की ओर ले चली।

दोपहर हो गया था। वह पहाड़ पर पहुँची, तो सन्नाटा छाया हुआ था। अभी कुछ देर पहले जो स्थान जीवन का क्रीड़ा-क्षेत्र बना हुआ था, बिल्कुल निर्जन हो गया था। बिरादरी वालों के तिरस्कार का सबसे भयंकर रूप था। सभी ने उसे त्याज्य समझ लिया। केवल उसकी सिरकी उस निर्जनता में रोती हुई खड़ी थी। बंटी ने उसके अन्दर पाँव रखे, तो उसके

मन की कुछ वही दशा हुई, जो अकेला घर देखकर किसी चोर की होती है। कौन-कौन सी चीज समेटे। उस कुटी में उसने रो-रोकर पाँच वर्ष काटे थे; पर आज उसे उससे वही ममता हो रही थी, जो किसी माता को अपने दुर्गुणी पुत्र को देखकर होती है, जो बरसों के बाद परदेश से लौटा हो। हवा से कुछ चीजें इधर-उधर हो गयी थीं। उसने तुरन्त उन्हें सँभालकर रखा। फुलौड़ियों की हाँड़ी छींके पर कुछ ठंडी हो गयी थी। शायद उस पर बिल्ली झपटी थी। उसने जल्दी से हाँड़ी उतारकर देखी। फुलौड़ियाँ अछूती थीं। पानी पर जो गीला कपड़ा लपेटा था, वह सूख गया था। उसने तुरन्त कपड़ा तर कर दिया।

किसी के पाँव की आहट पाकर उसका कलेजा धक्-से हो गया। भोंदू आ रहा है। उसकी वह दोनों अंगारे-सी आँखें! उसके रोयें खड़े हो गए। भोंदू के क्रोध का उसे दो-एक बार अनुभव हो चुका था, लेकिन उसने दिल को मजबूत किया। क्यों मारेगा? कुछ कहेगा, कुछ पूछेगा, कुछ सवाल-जवाब करेगा कि योंही गँड़ासा चला देगा। उसने उसके साथ कोई बुराई नहीं की। आफत से उसकी जान बचायी। मरजाद जान से प्यारी नहीं होती। भोंदू को होगी, उसे नहीं है। क्या इतनी सी बात के लिए वह उसकी जान ले लेगा।

उसने सिरकी के द्वार से झाँका। भोंदू न था, केवल उसका गधा चला आ रहा था।

बंटी आज उस अभागे-से गधे को देखकर ऐसी प्रसन्न हुई, मानो अपना भाई नैहर से बतासों की पोटली लिये थका-माँदा चला आता हो। उसने जाकर उसकी गर्दन सहलायी और उसके थूथन को अपने मुँह से लगा लिया। वह उसे फूटी आँखों न भाता था; पर आज उससे उसे कितनी आत्मीयता हो गयी थी। वह दोनों अंगारे-सी आँखें उसे घूर रही थीं। वह सिहर उठी।

उसने फिर सोचा—क्या किसी तरह न छोड़ेगा? वह रोती हुई उसके पैरों पर गिर पड़ेगी। क्या तब भी न छोड़ेगा? इन आँखों की वह कितनी सराहना किया करता था। इनमें आँसू बहते देखकर भी उसे दया न आयेगी?

बंटी ने चुक्कड़ में शराब उँड़ेलकर पी ली और छींके से फुलौड़ियाँ

उतारकर खायीं। जब उसे मरना ही है, तो साध क्यों रह जाय। वह दोनों अंगारे-सी आँखें उसके सामने चमक रही थीं। दूसरा चुक्कड़ भरा और पी गयी। जहरीला ठर्रा, जिसे दोपहर की गर्मी ने और भी घातक बना दिया था, देखते-देखते उसके मस्तिष्क को खौलाने लगा। बोतल आधी हो गयी थी।

उसने सोचा—भोंदू कहेगा, तूने इतनी दारू क्यों पी, तो वह क्या कहेगी। कह देगी—हाँ, पी; क्यों न पीये, इसी के लिये तो वह सब कुछ हुआ। वह एक बूँद भी न छोड़ेगी। जो होना हो, हो। भोंदू उसे मार नहीं सकता। इतना निर्दयी नहीं है, इतना कायर नहीं है। उसने फिर चुक्कड़ भरा और पी गयी। पाँच वर्ष के वैवाहिक जीवन की अतीत स्मृतियाँ उसकी आँखों के सामने खिंच गयीं। सैकड़ों ही बार दोनों में गृह-युद्ध हुए थे। आज बंटी को हर बार अपनी ज़्यादती मालूम हो रही थी। बेचारा जो कुछ कमाता है, उसी के हाथों पर रख देता है। अपने लिए कभी एक पैसे की तम्बाकू भी लेता है तो पैसा उसी से माँगता है। भोर से साँझ तक वन-वन फिरा ही तो करता है! जो काम उससे नहीं होता, वह कैसे करे।

यकायक एक कांस्टेबल ने आकर कहा—अरी बंटी, कहाँ है? चल देख, भोंदुआ का हाल-बे-हाल हो रहा है। अभी तक तो चुपचाप बैठा था। फिर न-जाने क्या जी में आया कि एक पत्थर पर अपना सिर पटक दिया। लहू बह रहा है। अगर हम लोग दौड़कर पकड़ न लेते, तो जान ही दे दी थी।

6

एक महीना बीत गया था। सन्ध्या का समय था। काली-काली घटाएँ छाई थीं और मूसलाधार वर्षा हो रही थी। भोंदू की सिरकी अब भी निर्जन स्थान पर खड़ी थी, भोंदू खटोली पर पड़ा हुआ था। उसका चेहरा पीला पड़ गया था और देह जैसे सूख गयी थी। वह सशंक आँखों से वर्षा की ओर देखता है, चाहता है उठकर बाहर देखूँ; पर उठा नहीं जाता।

बंटी सिर पर घास का एक बोझ लिये पानी में लथ-पथ आती दिखलायी दी। वही गुलाबी साड़ी है, तार-तार, किन्तु उसका चेहरा प्रसन्न है। विषाद और ग्लानि के बदले आँखों से अनुराग टपक रहा है। गति में

वह चपलता, अंगों में वह सजीवता है, जो चित्त की शान्ति का चित्र है। भोंदू ने क्षीण स्वर में कहा—तू इतना भीग रही है, कहीं बीमार पड़ गयी, तो कोई एक घूँट पानी देनेवाला भी न रहेगा। मैं कहता हूँ, तू क्यों इतना मरती है। दो गो तो बेच चुकी थी। तीसरा गट्ठा लाने का काम क्या था। यह हाँड़ी में क्या लायी है?

बंटी ने हाँड़ी को छिपाते हुए कहा—कुछ तो नहीं है, कैसी हाँड़ी?

भोंदू जोर लगाकर खटोली से उठा, आंचल के नीचे छिपी हुई हाँड़ी खोल दी और उसके भीतर नजर डालकर बोला—अभी लौटा, नहीं तो मैं हाँड़ी फोड़ दूँगा।

बंटी ने धोती से पानी निचोड़ते हुए कहा—जरा आईने में सूरत देखो। घी-दूध कुछ न मिलेगा, तो कैसे उठोगे?—कि सदा खाट पर सोने का ही विचार है?

भोंदू ने खटोली पर लेटते हुए कहा—अपने लिए तो एक साड़ी नहीं लायी। कितना कहके हार गया। मेरे लिए घी और दूध सब चाहिए! मैं घी न खाऊँगा।

बंटी ने मुस्कराकर कहा—इसीलिए तो घी खिलाती हूँ कि तुम जल्दी से काम-धंधा करने लगो और मेरे लिए साड़ी लाओ।

भोंदू ने मुस्कराकर कहा—तो आज जाकर कहीं सेंध मारूँ?

बंटी ने उसके गाल पर एक ठोकर देकर कहा—पहले मेरा गला काट देना, तब जाना।

घासवाली

मुलिया हरी-हरी घास का गट्ठा लेकर आयी, तो उसका गेहुँआ रंग कुछ तमतमाया हुआ था और बड़ी-बड़ी मद-भरी आँखों में शंका समाई हुई थी। महावीर ने उसका तमतमाया हुआ चेहरा देखकर पूछा—क्या है मुलिया, आज कैसा जी है।

मुलिया ने कुछ जवाब न दिया—उसकी आँखें डबडबा गयीं!

महावीर ने समीप आकर पूछा—क्या हुआ है, बताती क्यों नहीं? किसी ने कुछ कहा है, अम्माँ ने डाँटा है, क्यों इतनी उदास है?

मुलिया ने सिसककर कहा—कुछ नहीं, हुआ क्या है, अच्छी तो हूँ?

महावीर ने मुलिया को सिर से पाँव तक देखकर कहा—चुपचाप रोयेगी, बतायेगी नहीं?

मुलिया ने बात टालकर कहा—कोई बात भी हो, क्या बताऊँ।

मुलिया इस ऊसर में गुलाब का फूल थी। गेहुआँ रंग था, हिरन की-सी आँखें, नीचे खिंचा हुआ चिबुक, कपोलों पर हलकी लालिमा, बड़ी-बड़ी नुकीली पलकें, आँखों में एक विचित्र आर्द्रता, जिसमें एक स्पष्ट वेदना, एक मूक व्यथा झलकती रहती थी। मालूम नहीं, चमारों के इस घर में वह अप्सरा कहाँ से आ गयी थी। क्या उसका कोमल फूल-सा गात इस योग्य था कि सर पर घास की टोकरी रखकर बेचने जाती? उस गाँव में भी ऐसे लोग मौजूद थे, जो उसके तलवों के नीचे आँखें बिछाते थे, उसकी एक चितवन के लिए तरसते थे, जिनसे अगर वह एक शब्द भी बोलती, तो निहाल हो जाते; लेकिन उसे आये साल-भर से अधिक हो

गया, किसी ने उसे युवकों की तरफ ताकते या बातें करते नहीं देखा। वह घास लिये निकलती, तो ऐसा मालूम होता, मानो उषा का प्रकाश, सुनहरे आवरण में रंजित, अपनी छटा बिखेरता जाता हो। कोई गजलें गाता, कोई छाती पर हाथ रखता; पर मुलिया नीची आँख किये अपनी राह चली जाती। लोग हैरान होकर कहते—इतना अभिमान! महावीर में ऐसे क्या सुरखाब के पर लगे हैं, ऐसा अच्छा जवान भी तो नहीं, न जाने यह कैसे उसके साथ रहती है!

मगर आज ऐसी बात हो गयी, जो इस जाति की और युवतियों के लिए चाहे गुप्त सन्देश होती, मुलिया के लिए हृदय का शूल थी। प्रभात का समय था, पवन आम की बौर की सुगन्धि से मतवाला हो रहा था, आकाश पृथ्वी पर सोने की वर्षा कर रहा था। मुलिया सिर पर झौआ रक्खे घास छीलने चली, तो उसका गेहुआँ रंग प्रभात की सुनहरी किरणों से कुन्दन की तरह दमक उठा। एकाएक युवक चैनसिंह सामने से आता हुआ दिखाई दिया। मुलिया ने चाहा कि कतराकर निकल जाय; मगर चैनसिंह ने उसका हाथ पकड़ लिया और बोला—मुलिया, तुझे क्या मुझ पर जरा भी दया नहीं आती?

मुलिया का वह फूल-सा खिला हुआ चेहरा ज्वाला की तरह दहक उठा। वह जरा भी नहीं डरी, जरा भी न झिझकी, झौआ जमीन पर गिरा दिया, और बोली—मुझे छोड़ दो, नहीं मैं चिल्लाती हूँ।

चैनसिंह को आज जीवन में एक नया अनुभव हुआ। नीची जातों में रूप-माधुर्य का इसके सिवा और काम ही क्या है कि वह ऊँची जातिवालों का खिलौना बने। ऐसे कितने ही मार्के उसने जीते थे; पर आज मुलिया के चेहरे का वह रंग, उसका वह क्रोध, वह अभिमान देखकर उसके छक्के छूट गए। उसने लज्जित होकर उसका हाथ छोड़ दिया। मुलिया वेग से आगे बढ़ गयी। संघर्ष की गरमी में चोट की व्यथा नहीं होती, पीछे से टीस होने लगती है। मुलिया जब कुछ दूर निकल गई, तो क्रोध और भय तथा अपनी बेकसी को अनुभव करके उसकी आँखों में आँसू भर आये। उसने कुछ देर जब्त किया, फिर सिसक-सिसक कर रोने लगी। अगर वह इतनी गरीब न होती, तो किसी की मजाल थी कि इस तरह उसका अपमान करता! वह रोती जाती थी और घास छीलती जाती थी। महावीर का क्रोध वह जानती थी। अगर उससे कह दे, तो वह इस ठाकुर के खून का प्यासा

हो जायगा। फिर न जाने क्या हो! इस खयाल से उसके रोएँ खड़े हो गए। इसीलिए उसने महावीर के प्रश्नों का कोई उत्तर न दिया।

2

दूसरे दिन मुलिया घास के लिए न गई। सास ने पूछा—तू क्यों नहीं जाती? और सब तो चली गयीं?

मुलिया ने सिर झुकाकर कहा—मैं अकेली न जाऊँगी।

सास ने बिगड़कर कहा—अकेले क्या तुझे बाघ उठा ले जायगा?

मुलिया ने और भी सिर झुका लिया और दबी हुई आवाज से बोली—सब मुझे छेड़ते हैं।

सास ने डाँटा—न तू औरों के साथ जायगी, न अकेली जायगी, तो फिर जायगी कैसे! वह साफ-साफ क्यों नहीं कहती कि मैं न जाऊँगी। तो यहाँ मेरे घर में रानी बन के निबाह न होगा। किसी को चाम नहीं प्यारा होता, काम प्यारा होता है। तू बड़ी सुन्दर है, तो तेरी सुन्दरता लेकर चाटूँ? उठा झाबा और घास ला!

द्वार पर नीम के दरख्त के साये में महावीर खड़ा घोड़े को मल रहा था। उसने मुलिया को रोनी सूरत बनाये जाते देखा; पर कुछ बोल न सका। उसका बस चलता तो मुलिया को कलेजे में बिठा लेता, आँखों में छिपा लेता; लेकिन घोड़े का पेट भरना तो जरूरी था। घास मोल लेकर खिलाये, तो बारह आने रोज से कम न पड़े। ऐसी मजदूरी ही कौन होती है। मुश्किल से डेढ़-दो रुपये मिलते हैं, वह भी कभी मिले, कभी न मिले। जब से यह सत्यानाशी लारियाँ चलने लगी हैं; इक्केवालों की बधिया बैठ गई है। कोइ सेंत भी नहीं पूछता। महाजन से डेढ़-सौ रुपये उधार लेकर इक्का और घोड़ा खरीदा था; मगर लारियाँ के आगे इक्के को कौन पूछता है। महाजन का सूद भी तो न पहुँच सकता था, मूल का कहना ही क्या! ऊपर मन से बोला—न मन हो, तो रहने दो, देखी जायगी।

इस दिलजोई से मुलिया निहाल हो गई। बोली—घोड़ा खायेगा क्या?

आज उसने कल का रास्ता छोड़ दिया और खेतों की मेड़ों से होती

हुई चली। बार-बार सतर्क आँखों से इधर-उधर ताकती जाती थी। दोनों तरफ ऊख के खेत खड़े थे। जरा भी खड़खड़ाहट होती, उसका जी सन्न हो जाता—कहीं कोई ऊख में छिपा न बैठा हो। मगर कोई नई बात न हुई। ऊख के खेत निकल गए, आमों का बाग निकल गया; सिंचे हुए खेत नजर आने लगे। दूर के कुएँ पर पुर चल रहा था। खेतों की मेड़ों पर हरी-हरी घास जमी हुई थी। मुलिया का जी ललचाया। यहाँ आधे घण्टे में जितनी घास छिल सकती है, सूखे मैदान में दोपहर तक न छिल सकेगी! यहाँ देखता ही कौन है। कोई चिल्लायेगा, तो चली जाऊँगी। वह बैठकर घास छीलने लगी और एक घण्टे में उसका झाबा आधे से ज़्यादा भर गया। वह अपने काम में इतनी तन्मय थी कि उसे चैनसिंह के आने की खबर ही न हुई। एकाएक उसने आहट पाकर सिर उठाया, तो चैनसिंह को खड़ा देखा।

मुलिया की छाती धक से हो गयी। जी में आया भाग जाय, झाबा उलट दे और खाली झाबा लेकर चली जाय; पर चैनसिंह ने कई गज के फासले से ही रुककर कहा—डर मत, डर मत, भगवान जानता है! मैं तुझसे कुछ न बोलूँगा। जितनी घास चाहे छील ले, मेरा ही खेत है।

मुलिया के हाथ सुन्न हो गए, खुरपी हाथ में जम-सी गयी, घास नजर ही न आती थी। जी चाहता था; जमीन फट जाय और मैं समा जाऊँ। जमीन आँखों के सामने तैरने लगी।

चैनसिंह ने आश्वासन दिया—छीलती क्यों नहीं? मैं तुमसे कुछ कहता थोड़े ही हूँ। यहीं रोज चली आया कर, मैं छील दिया करूँगा।

मुलिया चित्रलिखित-सी बैठी रही।

चैनसिंह ने एक कदम आगे बढ़ाया और बोला—तू मुझसे इतना डरती क्यों है! क्या तू समझती है, मैं आज भी तुझे सताने आया हूँ? ईश्वर जानता है, कल भी तुझे सताने के लिए मैंने तेरा हाथ नहीं पकड़ा था। तुझे देखकर आप-ही-आप हाथ बढ़ गए। मुझे कुछ सुध ही न रही। तू चली गयी, तो मैं वहीं बैठकर घण्टों रोता रहा। जी में आता था, हाथ काट डालूँ। कभी जी चाहता था, जहर खा लूँ। तभी से तुझे ढूँढ़ रहा हूँ आज तू इस रास्ते से चली आयी। मैं सारा हार छानता हुआ यहाँ आया हूँ। अब जो सजा तेरे जी में आवे, दे दे। अगर तू मेरा सिर भी काट ले, तो गर्दन

न हिलाऊँगा। मैं शोहदा था, लुच्चा था, लेकिन जब से तुझे देखा है, मेरे मन से सारी खोट मिट गयी है। अब तो यही जी में आता है कि तेरा कुत्ता होता और तेरे पीछे-पीछे चलता, तेरा घोड़ा होता, तब तो तू अपने हाथों से मेरे सामने घास डालती। किसी तरह यह चोला तेरे काम आवे, मेरे मन की यह सबसे बड़ी लालसा है। मेरी जवानी काम न आवे, अगर मैं किसी खोट से ये बातें कर रहा हूँ। बड़ा भागवान था महावीर, जो ऐसी देवी उसे मिली।

मुलिया चुपचाप सुनती रही, फिर नीचा सिर करके भोलेपन से बोली—तो तुम मुझे क्या करने को कहते हो?

चैनसिंह और समीप आकर बोला—बस, तेरी दया चाहता हूँ।

मुलिया ने सिर उठाकर उसकी ओर देखा। उसकी लज्जा न जाने कहाँ गायब हो गयी। चुभते हुए शब्दों में बोली। तुमसे एक बात कहूँ, बुरा तो न मानोगे? तुम्हारा ब्याह हो गया है या नहीं?

चैनसिंह ने दबी जबान से कहा—ब्याह तो हो गया, लेकिन ब्याह क्या है, खिलवाड़ है।

मुलिया के होठों पर अवहेलना की मुसकिराहट झलक पड़ी, बोली—फिर भी अगर मेरा आदमी तुम्हारी औरत से इसी तरह बातें करता, तो तुम्हें कैसा लगता? तुम उसकी गर्दन काटने पर तैयार हो जाते कि नहीं? बोलो! क्या समझते हो कि महावीर चमार है तो उसकी देह में लहू नहीं है, उसे लज्जा नहीं है, अपने मर्याद का विचार नहीं है? मेरा रूप-रंग तुम्हें भाता है। क्या घाट के किनारे मुझसे कहीं सुन्दर औरतें नहीं घूमा करतीं? मैं उनके तलवों की बराबरी भी नहीं कर सकती। तुम उसमें से किसी से क्यों नहीं दया माँगते! क्या उनके पास दया नहीं है? मगर वहाँ तुम न जाओगे; क्योंकि वहाँ जाते तुम्हारी छाती दहलती है। मुझसे दया माँगते हो, इसलिए न कि मैं चमारिन हूँ, नीच जाति हूँ और नीच जाति की औरत जरा-सी घुड़की-धमकी वा जरा-सी लालच से तुम्हारी मुट्ठी में आ जायगी। कितना सस्ता सौदा है। ठाकुर हो न, ऐसा सस्ता सौदा क्यों छोड़ने लगे?

चैनसिंह लज्जित होकर बोला—मूला, यह बात नहीं। मैं सच कहता हूँ, इसमें ऊँच-नीच की बात नहीं है। सब आदमी बराबर हैं। मैं तो तेरे

चरणों पर सिर रखने को तैयार हूँ।

मुलिया—इसीलिए न कि जानते हो, मैं कुछ कर नहीं सकती। जाकर किसी खतरानी के चरणों पर सिर रक्खो, तो मालूम हो कि चरणों पर सिर रखने का क्या फल मिलता है। फिर यह सिर तुम्हारी गर्दन पर न रहेगा।

चैनसिंह मारे शर्म के जमीन में गड़ा जाता था। उसका मुँह ऐसा सूख गया था, मानो महीनों की बीमारी से उठा हो। मुँह से बात न निकलती थी। मुलिया इतनी वाक-पटु है, इसका उसे गुमान भी न था।

मुलिया फिर बोली—मैं भी रोज बाजार जाती हूँ। बड़े-बड़े घरों का हाल जानती हूँ। मुझे किसी बड़े घर का नाम बता दो, जिसमें कोई साईस, कोई कोचवान, कोई कहार, कोई पण्डा, कोई महाराज न घुसा बैठा हो? यह सब बड़े घरों की लीला है। और वह औरतें जो कुछ करती हैं, ठीक करती हैं! उनके घरवाले भी तो चमारिनों और कहारिनों पर जान देते फिरते हैं। लेना-देना बराबर हो जाता है। बेचारे गरीब आदमियों के लिए यह बातें कहाँ? मेरे आदमी के लिए संसार में जो कुछ हूँ, मैं हूँ। वह किसी दूसरी मिहरिया की ओर आँख उठाकर भी नहीं देखता। संयोग की बात है कि मैं तनिक सुन्दर हूँ, लेकिन मैं काली-कलूटी भी होती, तब भी वह मुझे इसी तरह रखता। इसका मुझे विश्वास है। मैं चमारिन होकर भी इतनी नीच नहीं हूँ कि विश्वास का बदला खोट से दूँ। हाँ, वह अपने मन की करने लगे, मेरी छाती पर मूँग दलने लगे, तो मैं भी उसकी छाती पर मूँग दलूँगी। तुम मेरे रूप ही के दीवाने हो न! आज मुझे माता निकल आयें, कानी हो जाऊँ, तो मेरी ओर ताकोगे भी नहीं। बोलो, झूठ कहती हूँ?

चैनसिंह इनकार न कर सका।

मुलिया ने उसी गर्व से भरे हुए स्वर में कहा—लेकिन मेरी एक नहीं, दोनों आँखें फूट जायँ, तब भी वह मुझे इसी तरह रक्खेगा। मुझे उठावेगा, बैठावेगा, खिलावेगा। तुम चाहते हो, मैं ऐसे आदमी के साथ कपट करूँ? जाओ, अब मुझे कभी न छेड़ना, नहीं अच्छा न होगा।

3

जवानी जोश है, बल है, दया है, साहस है, आत्मविश्वास है, गौरव है और

सब कुछ जो जीवन को पवित्र, उज्ज्वल और पूर्ण बना देता है। जवानी का नशा घमंड है, निर्दयता है, स्वार्थ है, शेखी है, विषय-वासना है, कटुता है और वह सब कुछ जो जीवन को पशुता, विकार और पतन की ओर ले जाता है। चैनसिंह पर जवानी का नशा था। मुलिया के शीतल छींटों ने नशा उतार दिया। जैसे उबलती हुई चाशनी में पानी के छींटे पड़ जाने से फेन मिट जाता है, मैल निकल जाता है और निर्मल, शुद्ध रस निकल आता है। जवानी का नशा जाता रहा, केवल जवानी रह गयी। कामिनी के शब्द जितनी आसानी से दीन और ईमान को गारत कर सकते हैं, उतनी ही आसानी से उनका उद्धार भी कर सकते हैं।

चैनसिंह उस दिन से दूसरा ही आदमी हो गया। गुस्सा उसकी नाक पर रहता था, बात-बात पर मजदूरों को गालियाँ देना, डाँटना और पीटना उसकी आदत थी। आसामी उससे थर-थर काँपते थे। मजदूर उसे आते देखकर अपने काम में चुस्त हो जाते थे; पर ज्योंही उसने इधर पीठ फेरी और उन्होंने चिलम पीना शुरू किया। सब दिल में उससे जलते थे, उसे गालियाँ देते थे। मगर उस दिन से चैनसिंह इतना दयालु, इतना गम्भीर, इतना सहनशील हो गया कि लोगों को आश्चर्य होता था।

कई दिन गुजर गए थे। एक दिन सन्ध्या समय चैनसिंह खेत देखने गया। पुर चल रहा था। उसने देखा कि एक जगह नाली टूट गयी है, और सारा पानी बहा चला जाता है। क्यारियों में पानी बिल्कुल नहीं पहुँचता, मगर क्यारी बनाने वाली बुढ़िया चुपचाप बैठी है। उसे इसकी जरा भी फिक्र नहीं है कि पानी क्यों नहीं आता। पहले यह दशा देखकर चैनसिंह आपे से बाहर हो जाता। उस औरत की उस दिन मजूरी काट लेता और पुर चलानेवालों को घुड़कियाँ जमाता, पर आज उसे क्रोध नहीं आया। उसने मिट्टी लेकर नाली बाँध दी और खेत में जाकर बुढ़िया से बोला—तू यहाँ बैठी है और पानी सब बहा जा रहा है।

बुढ़िया घबड़ाकर बोली—अभी खुल गयी होगी। राजा! मैं अभी जाकर बन्द किये देती हूँ।

यह कहती हुई वह थरथर काँपने लगी। चैनसिंह ने उसकी दिलजोई करते हुए कहा—भाग मत, भाग मत। मैंने नाली बन्द कर दी। बुढ़ऊ कई दिन से नहीं दिखाई दिये, कहीं काम पर जाते हैं कि नहीं?

बुढ़िया गद्गद् होकर बोली—आजकल तो खाली ही बैठे हैं भैया, कहीं काम नहीं लगता।

चैनसिंह ने नम्र भाव से कहा—तो हमारे यहाँ लगा दे। थोड़ा-सा सन रखा है, उसे कात दें।

यह कहता हुआ वह कुएँ की ओर चला गया। यहाँ चार पुर चल रहे थे; पर इस वक्त दो हँकेवे बेर खाने गए थे। चैनसिंह को देखते ही मजूरों के होश उड़ गए। ठाकुर ने पूछा, दो आदमी कहाँ गए, तो क्या जवाब देंगे? सब-के-सब डाँटे जायेंगे। बेचारे दिल में सहमे जा रहे थे। चैनसिंह ने पूछा—वह दोनों कहाँ चले गए?

किसी के मुँह से आवाज न निकली। सहसा सामने से दोनों मजूर धोती के एक कोने में बेर भरे आते दिखाई दिए। खुश-खुश बात करते चले आ रहे थे। चैनसिंह पर निगाह पड़ी, तो दोनों के प्राण सूख गए। पाँव मन-मन भर के हो गए। अब न आते बनता है, न जाते। दोनों समझ गए कि आज डाँट पड़ी, शायद मजूरी भी कट जाय। चाल धीमी पड़ गई। इतने में चैनसिंह ने पुकारा—बढ़ आओ, बढ़ आओ, कैसे बेर हैं, लाओ जरा मुझे भी दो, मेरे ही पेड़ के हैं न?

दोनों और भी सहम उठे। आज ठाकुर जीता न छोड़ेगा। कैसा मिठा-मिठाकर बोल रहा है। उतनी ही भिगो-भिगोकर लगायेगा। बेचारे और भी सिकुड़ गए।

चैनसिंह ने फिर कहा—जल्दी से आओ जी, पक्की-पक्की सब मैं ले लूँगा। जरा एक आदमी लपककर घर से थोड़ा-सा नमक तो ले लो! (बाकी दोनों मजूरों से) तुम भी दोनों आ जाओ, उस पेड़ के बेर मीठे होते हैं। बेर खा ले, काम तो करना ही है।

अब दोनों भगोड़ों को कुछ ढारस हुआ। सभी ने आकर सब बेर चैनसिंह के आगे डाल दिए और पक्के-पक्के छाँटकर उसे देने लगे। एक आदमी नमक लाने दौड़ा। आध घण्टे तक चारों पुर बन्द रहे। जब सब बेर उड़ गए और ठाकुर चलने लगे, तो दोनों अपराधियों ने हाथ जोड़कर कहा—भैयाजी, आज जान बकसी हो जाय, बड़ी भूख लगी थी, नहीं तो कभी न जाते।

चैनसिंह ने नम्रता से कहा—तो इसमें बुराई क्या हुई? मैंने भी तो

बेर खाए। एक-आध घण्टे का हरज हुआ यही न? तुम चाहोगे; तो घण्टे भर का काम आध घण्टे में कर दोगे। न चाहोगे, दिन-भर में घण्टे-भर का भी काम न होगा।

चैनसिंह चला गया, तो चारों बातें करने लगे।

एक ने कहा—मालिक इस तरह रहे, तो काम करने में जी लगता है। यह नहीं कि हरदम छाती पर सवार।

दूसरा—मैंने तो समझा; आज कच्चा ही खा जायेंगे!

तीसरा—कई दिन से देखता हूँ, मिजाज नरम हो गया है।

चौथा—साँझ को पूरी मजूरी मिले तो कहना।

पहला—तुम तो हो गोबर-गनेस। आदमी का रुख नहीं पहचानते।

दूसरा—अब खूब दिल लगाकर काम करेंगे।

तीसरा—और क्या! जब उन्होंने हमारे ऊपर छोड़ दिया, तो हमारा भी धरम है कि कोई कसर न छोड़ें।

चौथा—मुझे तो भैया, ठाकुर पर अब भी विश्वास नहीं आता।

4

एक दिन चैनसिंह को किसी काम से कचहरी जाना था। पाँच मील का सफर था। यों तो वह बराबर अपने घोड़े पर जाया करता था; पर आज धूप बड़ी तेज हो रही थी, सोचा इक्के पर चला चलूँ। महावीर को कहला भेजा मुझे लेते जाना। कोई नौ बजे महावीर ने पुकारा। चैनसिंह तैयार बैठा था। चटपट एक्के पर बैठ गया। मगर घोड़ा इतना दुबला हो रहा था, इक्के की गद्दी इतनी मैली और फटी हुई, सारा सामान इतना रद्दी कि चैनसिंह को उस पर बैठते शर्म आयी। पूछा—यह सामान क्यों बिगड़ा हुआ है महावीर? तुम्हारा घोड़ा तो इतना दुबला कभी न था; क्या आजकल सवारियाँ कम हैं क्या? महावीर ने कहा—नहीं मालिक, सवारियाँ काहे नहीं है; मगर लारियों के सामने इक्के को कौन पूछता है। कहाँ दो ढाई, तीन की मजूरी करके घर लौटता था, कहाँ अब बीस आने पैसे भी नहीं मिलते? क्या जानवर को खिलाऊँ क्या आप खाऊँ? बड़ी विपत्ति में पड़ा हूँ। सोचता हूँ एक्का-घोड़ा बेच-बाचकर आप लोगों की मजूरी कर लूँ,

पर कोई गाहक नहीं लगता। ज़्यादा नहीं, तो बारह आने तो घोड़े ही को चाहिये, घास ऊपर से। जब अपना ही पेट नहीं चलता, तो जानवर को कौन पूछे। चैनसिंह ने उसके फटे हुए कुरते की ओर देखकर कहा—दो-चार बीघे खेती क्यों नहीं कर लेते?

महावीर सिर झुकाकर बोला—खेती के लिए बड़ा पौरुख चाहिए मालिक! मैंने तो यही सोचा है कि कोई गाहक लग जाय, तो एक्के को औने-पौने निकाल दूँ, फिर घास छीलकर बाजार ले जाया करूँ। आजकल सास-पतोहू दोनों छीलती हैं। तब जाकर दस-बारह आने पैसे नसीब होते हैं।

चैनसिंह ने पूछा—तो बुढ़िया बाजार जाती होगी?

महावीर लजाता हुआ बोला—नहीं भैया, वह इतनी दूर कहाँ चल सकती है। घरवाली चली जाती है। दोपहर तक घास छीलती है, तीसरे पहर बाजार जाती है। वहाँ से घड़ी रात गए लौटती है। हलकान हो जाती है भैया, मगर क्या करूँ, तकदीर से क्या जोर।

चैनसिंह कचहरी पहुँच गए और महावीर सवारियों की टोह में इधर उधर इक्के को घुमाता हुआ शहर की तरफ चला गया। चैनसिंह ने उसे पाँच बजे आने को कह दिया।

कोई चार बजे चैनसिंह कचहरी से फुरसत पाकर बाहर निकले। हाते में पान की दूकान थी, जरा और आगे बढ़कर एक घना बरगद का पेड़ था उसकी छाँह में बीसों ही ताँगे; एक्के, फिटनें खड़ी थीं। घोड़े खोल दिए गए थे। वकीलों, मुख्तारों और अफसरों की सवारियाँ यहीं खड़ी रहती थीं। चैनसिंह ने पानी पिया, पान खाया और सोचने लगा कोई लारी मिल जाय, तो जरा शहर चला जाऊँ कि उसकी निगाह एक घासवाली पर पड़ गई। सिर पर घास का झाबा रक्खे साईसों से मोल-भाव कर रही थी। चैनसिंह का हृदय उछल पड़ा—यह तो मुलिया है! बनी-ठनी, एक गुलाबी साड़ी पहने कोचवानों से मोल-तोल कर रही थी। कई कोचवान जमा हो गए थे। कोई उससे दिल्लगी करता था, कोई घूरता था, कोई हँसता था।

एक काले-कलूटे कोचवान ने कहा—मूला, घास तो उड़के अधिक से अधिक छ: आने की है।

मुलिया ने उन्माद पैदा करने वाली आँखों से देखकर कहा—छ:

आने पर लेना है, तो सामने घसियारिनें बैठी हैं, चले जाओ, दो-चार पैसे कम में पा जाओगे, मेरी घास तो बारह आने में ही जायगी।

एक अधेड़ कोचवान ने फिटन के ऊपर से कहा—तेरा जमाना है, बारह आने नहीं एक रुपया माँग! लेनेवाले झख मारेंगे और लेंगे। निकलने दे वकीलों को, अब देर नहीं है।

एक ताँगेवाले ने, जो गुलाबी पगड़ी बाँधे हुए था, बोला—बुढ़ऊ के मुँह में पानी भर आया, अब मुलिया काहे को किसी की ओर देखेगी!

चैनसिंह को ऐसा क्रोध आ रहा था कि इन दुष्टों को जूते से पीटे। सब-के-सब कैसे उसकी ओर टकटकी लगाये ताक रहे हैं, आँखों से पी जायेंगे। और मुलिया भी यहाँ कितनी खुश है! न लजाती है, न झिझकती है, न दबती है। कैसा मुसकिरा-मुसकिराकर, रसीली आँखों से देख-देखकर, सिर का अंचल खिसका-खिसकाकर, मुँह मोड़-मोड़कर बातें कर रही है। वही मुलिया, जो शेरनी की तरह तड़प उठी थी।

इतने में चार बजे। अमले और वकील-मुख्तारों का एक मेला-सा निकल पड़ा। अमले लारियों पर दौड़े। वकील-मुख्तार इन सवारियों की ओर चले। कोचवानों ने भी चटपट घोड़े जोते। कई महाशयों ने मुलिया को रसिक नेत्रों से देखा और अपनी-अपनी गाड़ियों पर जा बैठे।

एकाएक मुलिया घास का झाबा लिये उस फिटन के पीछे दौड़ी। फिटन में एक अंगरेजी फैशन के जवान वकील साहब बैठे थे। उन्होंने पावदान के पास घास रखवा ली, जेब से कुछ निकालकर मुलिया को दिया। मुलिया मुस्कराई, दोनों में कुछ बातें भी हुईं, जो चैनसिंह न सुन सके।

एक क्षण में मुलिया प्रसन्न-मुख घर की ओर चली। चैनसिंह पानवाले की दूकान पर विस्मृति की दशा में खड़ा रहा। पानवाले ने दूकान बढ़ाई, कपड़े पहिने और कैबिन का द्वार बन्द करके नीचे उतरा तो चैनसिंह की समाधि टूटी। पूछा—क्या दूकान बन्द कर दी?

पानवाले ने सहानुभूति दिखाकर कहा—इसकी दवा करो ठाकुर साहब, यह बीमारी अच्छी नहीं है!

चैनसिंह ने चकित होकर पूछा—कैसी बीमारी?

पानवाला बोला—कैसी बीमारी! आध घण्टे से यहाँ खड़े हो जैसे

कोई मुरदा खड़ा हो। सारी कचहरी खाली हो गयी, सब दूकानें बन्द हो गयीं, मेहतर तक झाड़ू लगाकर चल दिये; तुम्हें कुछ खबर हुई? यह बुरी बीमारी है, जल्दी दवा कर डालो।

चैनसिंह ने छड़ी सँभाली और फाटक की ओर चला कि महावीर का एक्का सामने से आता दिखाई दिया।

5

कुछ दूर एक्का निकल गया, तो चैनसिंह ने पूछा—आज कितने पैसे कमाये महावीर?

महावीर ने हँसकर कहा—आज तो मालिक, दिन भर खड़ा ही रह गया। किसी ने बेगार में भी न पकड़ा। ऊपर से चार पैसे की बीड़ियाँ पी गया।

चैनसिंह ने जरा देर के बाद कहा—मेरी एक सलाह है। तुम मुझसे एक रुपया रोज ले लिया करो। बस, जब मैं बुलाऊँ तो एक्का लेकर चले आया करो। तब तो तुम्हारी घरवाली को घास लेकर बाजार न आना पड़ेगा। बोलो मंजूर है?

महावीर ने सजल आँखों से देखकर कहा—मालिक, आप ही का तो खाता हूँ। आपकी परजा हूँ! जब मरजी हो, पकड़ मँगवाइए। आपसे रुपये . . . . .

चैनसिंह ने बात काटकर कहा—नहीं, मैं तुमसे बेगार नहीं लेना चाहता। तुम मुझसे एक रुपया रोज ले जाया करो। घास लेकर घरवाली को बाजार मत भेजा करो। तुम्हारी आबरू मेरी आबरू है। और भी रुपये पैसे का जब काम लगे, बेखटके चले आया करो। हाँ, देखो, मुलिया से इस बात की भूलकर भी चर्चा न करना। क्या फायदा!

कई दिनों के बाद सन्ध्या समय मुलिया चैनसिंह से मिली। चैनसिंह असामियों से मालगुजारी वसूल करके घर की ओर लपका जा रहा था कि उसी जगह जहाँ उसने मुलिया की बाँह पकड़ी थी, मुलिया की आवाज कानों में आयी। उसने ठिठककर पीछे देखा, तो मुलिया दौड़ी आ रही थी। बोला—क्या है मूला! क्यों दौड़ती हो, मैं तो खड़ा हूँ?

मुलिया ने हाँफते हुए कहा—कई दिन से तुमसे मिलना चाहती थी। आज तुम्हें आते देखा, तो दौड़ी। अब मैं घास बेचने नहीं जाती।

चैनसिंह ने कहा—बहुत अच्छी बात है!

'क्या तुमने मुझे कभी घास बेचते देखा है?'

'हाँ, एक दिन देखा था। क्या महावीर ने तुझसे सब कह डाला? मैंने तो मना कर दिया था।'

'वह मुझसे कोई बात नहीं छिपाता।'

दोनों एक क्षण चुप खड़े रहे। किसी को कोई बात न सूझती थी। एकाएक मुलिया ने मुस्कराकर कहा—यहाँ तुमने मेरी बाँह पकड़ी थी।

चैनसिंह ने लज्जित होकर कहा—उसको भूल जाओ मूला। मुझ पर न जाने कौन भूत सवार था।

मुलिया गद्‌गद् कण्ठ से बोली—उसे क्यों भूल जाऊँ। उसी बाँह गहे की लाज तो निभा रहे हो। गरीबी आदमी से जो चाहे करावे। तुमने मुझे बचा लिया। फिर दोनों चुप हो गए।

जरा देर के बाद मुलिया ने फिर कहा—तुमने समझा होगा, मैं हँसने-बोलने में मगन हो रही थी?

चैनसिंह ने बलपूर्वक कहा—नहीं मुलिया, मैंने एक क्षण के लिए भी नहीं समझा।

मुलिया मुस्कराकर बोली—मुझे तुमसे यही आशा थी, और है।

पवन सिंचे हुए खेतों में विश्राम करने जा रहा था, सूर्य निशा की गोद में विश्राम करने जा रहा था, और उस मलिन प्रकाश में चैनसिंह मुलिया की विलीन होती हुई रेखा को खड़ा देख रहा था!

गिला

जीवन का बड़ा भाग इसी घर में गुजर गया, पर कभी आराम न नसीब हुआ। मेरे पति संसार की दृष्टि में बड़े सज्जन, बड़े शिष्ट, बड़े उदार, बड़े सौम्य होंगे; लेकिन जिस पर गुजरती है वही जानता है। संसार को उन लोगों की प्रशंसा करने में आनन्द आता है, जो अपने घर को भाड़ में झोंक रहे हों, गैरों के पीछे अपना सर्वनाश किये डालते हों। जो प्राणी घरवालों के लिए मरता है, उसकी प्रशंसा संसार वाले नहीं करते। वह तो उनकी दृष्टि में स्वार्थी है, कृपण है, संकीर्ण हृदय है, आचार-भ्रष्ट है। इसी तरह जो लोग बाहर वालों के लिए मरते हैं, उनकी प्रशंसा घरवाले क्यों करने लगे? अब इन्हीं को देखो, सारे दिन मुझे जलाया करते हैं। मैं परदा तो नहीं करती; लेकिन सौदे-सुलफ़ के लिए बाजार जाना बुरा मालूम होता है। और, इनका यह हाल है, कि चीज मँगवाओ, तो ऐसी दूकान से लायेंगे, जहाँ कोई ग्राहक भूलकर भी न जाता हो। ऐसी दूकान पर न तो चीज अच्छी मिलती है, न तौल ठीक होती है, न दाम ही उचित होते हैं। यह दोष न होते, तो वह दूकान बदनाम ही क्यों होती; पर इन्हें ऐसी ही गयी बीती दूकानों से चीजें लाने का मरज है। बार-बार कह दिया, साहब किसी चलती हुई दूकान से सौदे लाया करो। वहाँ माल अधिक खपता है, इसलिए ताजा माल आता रहता है; पर इनकी तो टुटपूँजिया से बनती है, और वे इन्हें उल्टे छुरे से मूँडते हैं। गेहूँ लायेंगे, तो सारे बाजार से खराब, घुना हुआ चावल, ऐसा मोटा कि बैल भी न पूछे, दाल में कराई और कंकड़ भरे हुए। मनो लकड़ी जला डालो, क्या मजाल कि गले! घी लायेंगे तो आधाआध तेल, या सोलहों आने कोकोजेम और दरअसल घी

से एक छटाँक कम! तेल लायेंगे तो मिलावट, बालों में डालो, तो चिमट जायँ; पर दाम दे आयेंगे शुद्ध आँवले के तेल का! किसी चलती हुई नामी दूकान पर जाते तो इन्हें जैसे डर लगता है। शायद ऊँची दूकान और फीके पकवान के कायल हैं। मेरा अनुभव तो यह है, कि नीची दूकान पर ही सड़े पकवान मिलते हैं।

एक दिन की बात हो, तो बरदाश्त कर ली जाय। रोज-रोज का टंटा नहीं सहा जाता। मैं पूछती हूँ; आखिर आप टुटपूँजियों की दूकान पर जाते ही क्यों हैं? क्या उनके पालन-पोषण का ठीका तुम्हीं ने लिया है? आप फरमाते हैं, मुझे देखकर सब-के-सब बुलाने लगते हैं। वाह क्या कहना है! कितनी दूर की बात कही है। ज़रा इन्हें बुला लिया और खुशामद के दो शब्द सुना दिये, थोड़ी-सी स्तुति कर दी, बस आपका मिजाज आसमान पर जा पहुँचा। फिर इन्हें सुधि नहीं रहती कि यह कूड़ा-करकट बाँध रहा है या क्या। पूछती हूँ, तुम उस रास्ते से जाते ही क्यों हो? क्यों किसी दूसरे रास्ते से नहीं जाते। ऐसे उठाईगीरों को मुँह ही क्यों लगाते हो? इसका कोई जवाब नहीं? एक चुप सौ बाधाओं को हराता है?

एक बार एक गहना बनवाने को दिया। मैं तो महाशय को जानती थी। इनसे कुछ पूछना व्यर्थ समझा। अपने पहचान के एक सोनार को बुला रही थी। संयोग से आप भी विराजमान थे। बोले—यह सम्प्रदाय विश्वास के योग्य नहीं, धोखा खाओगी। मैं एक सुनार को जानता हूँ, मेरे साथ का पढ़ा हुआ है, बरसों साथ-साथ खेले हैं, वह मेरे साथ चालबाजी नहीं कर सकता। मैंने भी समझा, जब इनका मित्र है और वह भी बचपन का, तो कहाँ तक दोस्ती का हक न निभायेगा। सोने का एक आभूषण और सौ रुपये इनके हवाले किये। इस भले मानस ने वह आभूषण और रुपये न जाने किस बेईमान को दे दिये कि बरसों के झंझट के बाद जब चीज बनकर आयी, तो आठ आने ताँबा और इतनी भद्दी कि देखकर घिन लगती थी। बरसों की अभिलाषा धूल में मिल गयी। रो-पीटकर बैठ रही। ऐसे-ऐसे वफादार तो इनके मित्र हैं; जिन्हें मित्र की गरदन पर छुरी फेरने पर भी संकोच नहीं। इनकी दोस्ती भी उन्हीं लोगों से है, जो जमाने भर के जट्टू, गिरहकट, लँगोटी में फाग खेलनेवाले, फाकेमस्त हैं, जिनका उद्यम ही इन जैसे आँख के अँधों से दोस्ती गाँठना है। नित्य ही एक-न-एक महाशय उधार माँगने के लिए सिर पर सवार रहते हैं और

बिना लिये गला नहीं छोड़ते। मगर ऐसा कभी न हुआ कि किसी ने रुपये चुकाये हों। आदमी एक बार खोकर सीखता है, दो बार खोकर सीखता है, किन्तु यह भलेमानस हजार बार खोकर भी नहीं सीखते! जब कहती हूँ, रुपये तो दे आये। अब माँग क्यों नहीं लाते! क्या मर गए तुम्हारे वह दोस्त? तो बस बगलें झाँककर रह जाते हैं। आपसे मित्रों को सूखा जवाब नहीं दिया जाता। खैर, सूखा जवाब न दो। मैं भी नहीं कहती कि दोस्तों से बेमुरौवती करो; मगर चिकनी-चुपड़ी बातें तो बना सकते हो, बहाने तो कर सकते हो। किसी मित्र ने रुपये माँगे और आपके सिर पर बोझ पड़ा। बेचारे कैसे इनकार करें! आखिर लोग जान जायेंगे कि नहीं कि यह महाशय भी खुक्खल ही हैं! इनकी हविस यह है कि दुनिया इन्हें सम्पन्न समझती रहे, चाहे मेरे गहने ही क्यों न गिरो रखने पड़ें। सच कहती हूँ, कभी-कभी तो एक-एक पैसे की तंगी हो जाती है और इन भले आदमी को रुपये जैसे घर में काटते हैं। जब तक रुपये के वारे-न्यारे न कर लें, इन्हें चैन नहीं। इनके करतूत कहाँ तक गाऊँ। मेरी तो नाक में दम आ गया। एक-न-एक मेहमान रोज यमराज की भाँति सिर पर सवार रहते हैं। न जाने कहाँ के बेफिक्रे इनके मित्र हैं। कोई कहीं से आकर मरता है, कोई कहीं से। घर क्या है, अपाहिजों का अड्डा है। जरा-सा तो घर, मुश्किल से दो पलँग, ओढ़ना-बिछौना भी फालतू नहीं, मगर आप हैं कि मित्रों को निमंत्रण देने को तैयार! आप तो अतिथि के साथ लेटेंगे, इसलिए इन्हें चारपाई भी चाहिये, ओढ़ना-बिछौना भी चाहिए, नहीं तो घर का परदा खुल जाय। जाता है मेरे बच्चों के सिर, गरमियों में तो खैर कोई मुजायका नहीं; लेकिन जाड़ों में तो ईश्वर ही याद आते हैं। गरमियों में भी खुली छत तो मेहमानों का अधिकार हो जाता है, अब मैं बच्चों को लिये पिंजड़े में पड़ी फड़फड़ाया करूँ। इन्हें इतनी समझ भी नहीं, कि जब घर की यह दशा है; तो क्यों ऐसों को मेहमान बनायें, जिनके पास कपड़े-लत्ते तक नहीं। ईश्वर की दया से इनके सभी मित्र इसी श्रेणी के हैं। एक भी ऐसा माई का लाल नहीं, जो समय पड़ने पर धेले से भी इनकी मदद कर सके। दो-एक बाद महाशय को इसका अनुभव—अत्यन्त कटु अनुभव—हो चुका है; मगर इस जड़ भरत ने जैसे आँखें न खोलने की कसम खा ली है। ऐसे ही दरिद्र भट्टाचार्यों से इनकी पटती है। शहर में इतने लक्ष्मी के पुत्र हैं, पर आपका किसी से परिचय नहीं। उनके पास जाते इनकी आत्मा

दुखती है। दोस्ती गाँठेंगे ऐसों से, जिनके घर में खाने का ठिकाना नहीं।

एक बार हमारा कहार छोड़कर चला गया और कई दिन कोई दूसरा कहार न मिला। किसी चतुर और कुशल कहार की तलाश में थी; किन्तु आपको जल्द-से-जल्द कोई आदमी रख लेने की धुन सवार हो गई। घर के सारे काम पूर्ववत् चल रहे थे, पर आपको मालूम हो रहा था कि गाड़ी रुकी हुई है। मेरा जूठे बरतन माँजना और अपना साग-भाजी के लिए बाजार जाना इनके लिए असह्य हो उठा। एक दिन जाने कहाँ से एक बाँगड़ू को पकड़ लाये। उसकी सूरत कहे देती थी कि कोई जाँगलू है; मगर आपने उसका ऐसा बखान किया, कि क्या कहूँ। बड़ा होशियार है, बड़ा आज्ञाकारी, परले सिरे का मेहनती, गजब का सलीकेदार और बहुत ही ईमानदार। खैर, मैंने उसे रख लिया। मैं बार-बार क्यों इनकी बातों में आ जाती हूँ, इसका मुझे स्वयं आश्चर्य है। यह आदमी केवल रूप से आदमी था। आदमियत के और कोई लक्षण उसमें न थे। किसी काम की तमीज नहीं। बेईमान न था; पर गधा अव्वल दरजे का। बेईमान होता, तो कम-से-कम इतनी तस्कीन तो होती कि खुद खा जाता है। अभागा दूकानदारों के हाथों लुट जाता था। दस तक की गिनती उसे न आती थी। एक रुपया देकर बाजार भेजूँ तो सन्ध्या तक हिसाब न समझा सके। क्रोध पी-पीकर रह जाती थी। रक्त खौलने लगता था कि दुष्ट के कान उखाड़ लूँ, मगर इन महाशय को उसे कभी कुछ कहते नहीं देखा, डाँटना तो दूर की बात है। आप नहा-धोकर धोती छाँट रहे हैं और वह दूर बैठा तमाशा देख रहा है। मैं तो बचा का का खून पी जाती; लेकिन इन्हें जरा भी गम नहीं। जब मेरे डाँटने पर धोती छाँटने जाता भी, तो आप उसे समीप न आने देते। बस, उसके दोषों को गुण बनाकर दिखाया करते थे; और इस प्रयास में सफल न होते, तो दोषों पर परदा डाल देते थे। मूर्ख को झाड़ू लगाने की तमीज न थी। मरदाना कमरा ही तो सारे घर में ढंग का एक कमरा है। उसमें झाड़ू लगाता, तो इधर की चीज उधर, ऊपर की नीचे; मानो कमरे में भूकम्प आ गया हो! और गर्द का यह हाल, कि साँस लेना कठिन; पर आप शान्तिपूर्वक कमरे में बैठे हैं, जैसे कोई बात ही नहीं। एक दिन मैंने उसे खूब डाँटा—कल से ठीक-ठीक झाड़ू न लगाई तो कान पकड़ कर निकाल दूँगी। सबेरे सोकर उठी, तो देखती हूँ कमरे में झाड़ू लगी हुई है और हरेक चीज करीने से रखी हुई है। गर्दगुबार का नाम नहीं। मैं चकित

होकर देखने लगी, तो आप हँसकर बोले—देखती क्या हो; आज घूरे ने बड़े सबेरे उठकर झाड़ू लगाई है। मैंने समझा दिया। तुम ढंग तो बताती नहीं, उलटे डाँटने लगती हो।

मैंने समझा। खैर, दुष्ट ने कम-से-कम एक काम तो सलीके से किया। अब रोज कमरा साफ-सुथरा मिलता। घूरे मेरी दृष्टि में विश्वासी बनने लगा। संयोग की बात एक दिन मैं जरा मामूल से सबेरे उठ बैठी और कमरे में आयी, तो क्या देखती हूँ कि घूरे द्वार पर खड़ा है, और आप तन-मन से कमरे में झाड़ू लगा रहे हैं। मेरी आँखों में खून उतर आया। उनके हाथ से झाड़ू छीन कर घूरे के सिर जमा दी। हरामखोर को उसी दम निकाल बाहर किया। आप फरमाने लगे—उसका महीना तो चुका दो। वाह री समझ। एक तो काम न करे, उस पर आँखें दिखाये। उस पर पूरी मजूरी भी चुका दूँ। मैंने एक कौड़ी भी न दी। एक कुरता दिया था, वह भी छीन लिया। इस पर जड़ भरत महाशय मुझसे कई दिन रूठे रहे। घर छोड़कर भागे जाते थे। बड़ी मुश्किलों से रुके। ऐसे-ऐसे भोंदू भी संसार में पड़े हुए हैं। मैं न होती, तो शायद अब तक इन्हें किसी ने बाजार में बेच दिया होता।

एक दिन मेहतर ने उतारे कपड़ों का सवाल किया। इस बेकारी के जमाने में फालतू कपड़े तो शायद पुलिसवालों या रईसों के घर में हो, मेरे घर में तो जरूरी कपड़े भी काफी नहीं। आपका वस्त्रालय एक बकची में आ जायगा, जो डाक के पारसल से कहीं भेजा जा सकता है। फिर इस साल जाड़ों के कपड़े बनवाने की नौबत न आयी। पैसे नजर नहीं आते, कपड़े कहाँ से बनें। मैंने मेहतर को साफ जवाब दे दिया। कड़ाके का जाड़ा पड़ रहा था; इसका अनुभव मुझे कम न था। गरीबों पर क्या बीत रही है, इसका भी मुझे ज्ञान था। लेकिन मेरे या आपके पास खेद के सिवा इसका और क्या इलाज है। जब तक समाज का यह संगठन रहेगा, ऐसी शिकायतें पैदा होती रहेंगी। जब एक-एक अमीर और रईस के पास एक-एक मालगाड़ी कपड़ों से भरी हुई है, तब फिर निर्धनों को क्यों न नग्नता का कष्ट उठाना पड़े? खैर मैंने तो मेहतर को जवाब दे दिया, आपने क्या किया कि अपना कोट उठाकर उसकी भेंट कर दिया। मेरी देह में आग लग गयी। इतनी दानशील नहीं हूँ कि दूसरों को खिलाकर आप सो रहूँ, देवता के पास यही एक कोट था। आपको इसकी जरा भी चिन्ता न हुई

कि पहनेंगे क्या? यश के लोभ ने जैसे बुद्धि ही हर ली। मेहतर ने सलाम किया, दुआएँ दीं, और अपनी राह ली। आप कई दिन सर्दी से ठिठुरते रहे। प्रात:काल घूमने जाया करते थे। वह बन्द हो गया। ईश्वर ने उन्हें हृदय भी एक विचित्र प्रकार का दिया है। फटे-पुराने कपड़े पहनते आपको जरा भी संकोच नहीं होता; मैं तो मारे लाज के गड़ जाती हूँ, पर आपको जरा फिक्र नहीं। कोई हँसता है, तो हँसे, आपकी बला से। अन्त में जब मुझसे न देखा गया, तो एक कोट बनवा दिया। जी तो जलता था कि खूब सर्दी खाने दूँ; पर डरी कि कहीं बीमार पड़ जायँ, तो और बुरा हो। आखिर काम तो उन्हीं को करना है।

महाशय अपने दिल में समझते होंगे, मैं कितना विनीत, कितना परोपकारी हूँ। शायद इन्हें इन बातों का गर्व हो। मैं इन्हें परोपकारी नहीं समझती, न विनीत ही समझती हूँ, यह जड़ता है, सीधी-सादी निरीहता। जिस मेहतर को आपने अपना कोट दिया, उसे मैंने कई बार रात को शराब के नशे में मस्त झूमता देखा है और आपको दिखा भी दिया है। फिर दूसरों की विवेकहीनता की पुरौती हम क्यों करें? अगर आप विनीत और परोपकारी होते, तो घर-वालों के प्रति भी तो आपके मन में कुछ उदारता होती। या सारी उदारता बाहरवालों ही के लिए सुरक्षित है? घरवालों को उसका अल्पांश भी न मिलना चाहिये? मेरी इतनी अवस्था बीत गयी; पर इस भले आदमी ने कभी अपने हाथों से मुझे एक उपहार भी न दिया। बेशक मैं जो चीज बाजार से मँगवाऊँ; उसे लाने में इन्हें जरा भी आपत्ति नहीं, बिलकुल उज्र नहीं, मगर रुपये मैं दे दूँ, यह शर्त है। इन्हें खुद कभी यह उमंग नहीं होती। यह मैं मानती हूँ कि बेचारे अपने लिए भी कुछ नहीं लाते। मैं जो कुछ मँगवा दूँ उसी पर सन्तुष्ट हो जाते हैं; मगर आखिर आदमी कभी-कभी शौक की चीजें चाहता ही है। अन्य पुरुषों को देखती हूँ, स्त्री के लिए तरह-तरह के गहने, भाँति-भाँति के कपड़े, शौक-सिंगार की वस्तुएँ लाते रहते हैं। यहाँ इस व्यवहार का निषेध है। बच्चों के लिए भी मिठाइयाँ, खिलौने, बाजे शायद जीवन में एक बार भी न लाये हों। शपथ भी खा ली है; इसलिए मैं तो इन्हें कृपण कहूँगी, अरसिक कहूँगी, हृदय-शून्य कहूँगी, उदार नहीं कह सकती। दूसरों के साथ इनका जो सेवा-भाव है, उसका कारण है, इनका यश-लोभ और व्यावहारिक अज्ञानता। आपके विनय का यह हाल है कि जिस दफ़्तर

में आप नौकर हैं, उसके किसी अधिकारी से आपका मेल-जोल नहीं। अफसरों को सलाम करना तो आपकी नीति के विरुद्ध है, नजर या डाली तो दूर की बात है। और तो और, कभी किसी अफसर के घर नहीं जाते। इसका खामियाजा आप न उठायें, तो कौन उठाये। औरों को रिआयती छुट्टियाँ मिलती हैं आपका वेतन कटता है; औरों की तरक्कियाँ होती हैं, आपको कोई पूछता भी नहीं, हाजिरी में पाँच मिनट की भी देर हो जाय, तो जवाब पूछा जाता है। बेचारे जी तोड़कर काम करते हैं, कोई बड़ा कठिन काम आ जाता है, तो इन्हीं के सिर मढ़ा जाता है, इन्हें जरा भी आपत्ति नहीं। दफ़्तर में इन्हें 'घिस्सू' 'पिस्सू' आदि उपाधियाँ मिली हुई हैं, मगर पड़ाव कितना ही बड़ा मारें इनके भाग्य में वही सूखी घास लिखी है। यह विनय नहीं है, स्वाधीन मनोवृत्ति भी नहीं है, मैं तो इसे समय चातुरी का अभाव कहती हूँ व्यावहारिक ज्ञान की क्षति कहती हूँ। आखिर कोई अफसर आपसे क्यों प्रसन्न हो। इसलिए कि आप बड़े मेहनती हैं? दुनिया का काम मुरौवत और रवादारी से चलता है! अगर हम किसी से खिंचे रहें; तो कोई कारण नहीं कि वह भी हमसे न खिंचा रहे। फिर जब मन में क्षोभ होता है, तो वह दफ़्तरी-व्यवहारों में भी प्रकट हो ही जाता है। जो मातहत अफसर को प्रसन्न रखने की चेष्टा करता है, जिसकी जात से अफसर का कोई व्यक्तिगत उपकार होता है, जिस पर वह विश्वास कर सकता है, उसका लिहाज वह स्वभावत: करता है। ऐसे सिरागियों से क्यों किसी को सहानुभूति होने लगी। अफसर भी तो मनुष्य है। उसके हृदय में जो सम्मान और विशिष्टता की कामना है, वह कहाँ पूरी हो। जब अधीनस्थ कर्मचारी ही उससे फिरन्ट रहें, तो क्या उसके अफसर उसे सलाम करने आयेंगे? आपने जहाँ नौकरी की, वहाँ से निकाले गए। कभी किसी दफ़्तर में दो-तीन साल से ज़्यादा न टिके। या तो अफसर से लड़ गए, या कार्याधिक्य के कारण छोड़ बैठे।

आपको कुटुम्ब-सेवा का दावा है। आपके कई भाई-भतीजे होते हैं, वह कभी इनकी बात भी नहीं पूछते; आप बराबर उनका मुँह ताकते रहते हैं।

इनके एक भाई साहब आजकल तहसीलदार हैं। घर की मिल्कियत उन्हीं की निगरानी में है। वह ठाट से रहते हैं। मोटर रख ली है; कई नौकर-चाकर हैं मगर यहाँ भूले से भी पत्र नहीं लिखते। एक बार हमें रुपये की

बड़ी तंगी हुई। मैंने कहा—अपने भ्राताजी से क्यों नहीं माँग लेते? कहने लगे—उन्हें क्यों चिन्ता में डालूँ। उन्हें भी तो अपना खर्च है। कौन-सी ऐसी बचत हो जाती होगी। जब मैंने बहुत मजबूर किया; तो आपने पत्र लिखा। मालूम नहीं पत्र में क्या लिखा, पत्र लिखा या मुझे चकमा दे दिया; रुपये न आने थे, न आये। कई दिनों के बाद मैंने पूछा—कुछ जवाब आया श्रीमान् के भाई साहब के दरबार से? आपने रुष्ट होकर कहा—अभी केवल एक सप्ताह तो ख़त पहुँचे हुए, अभी क्या जवाब आ सकता है। एक सप्ताह और गुजरा, मगर जवाब नदारद। अब आपका यह हाल है कि मुझे कुछ बातचीत करने का अवसर ही नहीं देते। इतने प्रसन्न-चित नजर आते हैं कि क्या कहूँ। बाहर से आते हैं तो खुश-खुश! कोई-न-कोई शिगूफा लिये हुए। मेरी खुशामद भी खूब हो रही है, मेरे मैके वालों की प्रशंसा भी हो रही है, मेरे गृह-प्रबन्ध का बखान भी असाधारण रीति से किया जा रहा है। मैं इस महाशय की चाल समझ रही थी। यही सारी दिलजोई केवल इसलिये थी कि श्रीमान् के भाई साहब के विषय में कुछ पूछ न बैठूँ। सारे राजनैतिक, आर्थिक, सामाजिक, आचारिक प्रश्नों की मुझसे व्याख्या की जाती थी, इतने विस्तार और गवेषणा के साथ, कि विशेषज्ञ भी लोहा मान जायँ। केवल इसलिये कि मुझे वह प्रसंग उठाने का अवसर न मिले; लेकिन मैं भला कब चूकनेवाली थी। जब पूरे दो सप्ताह गुजर गए और बीमे के रुपये भेजने की मिती, मौत की तरह सिर पर सवार हो गयी तो मैंने पूछा—क्या हुआ, तुम्हारे भाई साहब ने श्रीमुख से कुछ फरमाया या अभी तक पत्र नहीं पहुँचा? आखिर घर की जायदाद में हमारा भी कुछ हिस्सा है या नहीं? या हम किसी लौंडी-दासी की सन्तान हैं? पाँच सौ रुपये साल का नफा तो दस साल पहले था। अब तो एक हजार से कम न होगा, पर हमें कभी एक कानी कौड़ी भी नहीं मिली! मोटे हिसाब से हमें दो हजार मिलना चाहिए। दो हजार न हों, एक हजार हों, पाँच सौ हों, ढाई सौ हों, कुछ न हों, तो बीमा के प्रीमियम भर के तो हों। तहसीलदार साहब की आमदनी हमारी आमदनी की चौगुनी है, रिश्वतें भी लेते हैं; तो फिर हमारे रुपये क्यों नहीं देते? आप हें-हें, हाँ-हाँ, करने लगे। कहने लगे, वह बेचारे घर की मरम्मत करवाते हैं। बन्धु-बान्धवों का स्वागत-सत्कार करते हैं, नातेदारियों में भेंट-भाँट भेजते हैं। और कहाँ से लावें जो हमारे पास भेजें? वाह री बुद्धि! मानो जायदाद इसीलिए होती है कि उसकी कमाई उसी में

खर्च हो जाय। इस भले आदमी को बहाने गढ़ने भी नहीं आते। मुझसे पूछते मैं एक नहीं, हजार बता देती, एक-से-एक बढ़कर—कह देते घर में आग लग गई, सब कुछ स्वाहा हो गया, या चोरी हो गई, तिनका तक न बचा या दस हजार का अनाज भरा था, उसमें घाटा रहा, या किसी से फौजदारी हो गई, उसमें दिवाला पिट गया। आपको सूझी भी तो लचर-सी बात। तकदीर ठोंककर बैठ रही। पड़ोस की एक महिला से रुपये कर्ज लिए, तब जाकर काम चला। फिर भी आप भाई-भतीजों की तारीफ के पुल बाँधते हैं, तो मेरे शरीर में आग लग जाती है। ऐसे कौरवों से ईश्वर बचाये।

ईश्वर की दया से आपके दो बच्चे हैं, दो बच्चियाँ भी हैं। ईश्वर की दया कहूँ; या कोप कहूँ। सब-के-सब उधमी हो गए हैं कि खुदा की पनाह! मगर क्या मजाल है कि यह भोंदू किसी को कड़ी आँखों से देखे! रात के आठ बज गए हैं, युवराज अभी घूमकर नहीं आये। मैं घबरा रही हूँ, आप निश्चिन्त बैठे अख़बार पढ़ रहे हैं। झल्लाई हुई जाती हूँ और अख़बार छीनकर कहती हूँ, जाकर जरा देखते क्यों नहीं, लौंडा कहाँ रह गया? न जाने तुम्हारा हृदय कितना कठोर है! ईश्वर ने तुम्हें सन्तान ही न जाने क्यों दे दी। पिता का पुत्र के साथ कुछ तो धर्म है। तब आप भी गर्म हो जाते हैं। अभी तक नहीं आया? बड़ा शैतान है। आज बचा आते हैं, तो कान उखाड़ लेता हूँ। मारे हंटरों के खाल उधेड़कर रख दूँगा। यों बिगड़ कर तैश के साथ आप उसे खोजने निकलते हैं। संयोग की बात, आप उधर जाते हैं, इधर लड़का आ जाता है। मैं पूछती हूँ—तू किधर से आ गया? तुझे वह ढूँढ़ने गए हुए हैं। देखना, आज कैसी मरम्मत होती है। यह आदत ही छूट जायगी। दाँत पीस रहे थे। आते ही होंगे! छड़ी भी उनके हाथ में है। तुम इतने अपने मन के हो गए हो कि बात नहीं सुनते! आज आटे-दाल का भाव मालूम होगा। लड़का सहम जाता है और लैम्प जलाकर पढ़ने बैठ जाता है। महाशय जी दो ढाई घण्टे के बाद लौटते हैं; हैरान, परेशान और बदहवास। घर में पाँव रखते ही पूछते हैं—आया कि नहीं?

मैं उनका क्रोध उत्तेजित करने के विचार से कहती हूँ—आकर बैठा तो है, जाकर पूछते क्यों नहीं? पूछकर हार गई, कहाँ गया था, कुछ बोलता ही नहीं।

आप गरज कर कहते हैं—मन्नू, यहाँ आओ।

लड़का थरथर काँपता हुआ आकर आँगन में खड़ा हो जाता है। दोनों बच्चियाँ घर में छिप जाती हैं कि कोई बड़ा भयंकर काण्ड होनेवाला है। छोटा बच्चा खिड़की से चूहे की तरह झाँक रहा है। आप क्रोध से बौखलाये हुए हैं। हाथ में छड़ी है ही, मैं भी वह क्रोधोन्मत्त आकृति देखकर पछताने लगती हूँ, कि कहाँ से इनसे शिकायत की? आप लड़के के पास जाते हैं, मगर छड़ी जमाने के बदले आहिस्ते से उसके कन्धे पर हाथ रखकर बनावटी क्रोध से कहते हैं—तुम कहाँ गए थे जी? मना किया जाता है, मानते नहीं हो। खबरदार, जो अब कभी इतनी देर होगी। आदमी शाम को घर चला आता है, या मटरगश्ती करता है?

मैं समझ रही हूँ कि यह भूमिका है। विषय अब आयेगा। भूमिका तो बुरी नहीं; लेकिन यहाँ तो भूमिका पर इति हो जाती है। बस, आपका क्रोध शान्त हो गया। बिल्कुल जैसे क्वार की घटा—घेर-घार हुआ, काले बादल आये, गड़गड़ाहट हुई और गिरी क्या चार बूँदें! लड़का अपने कमरे में चला जाता है और शायद खुशी से नाचने लगता है।

मैं पराभूत होकर कहती हूँ—तुम तो जैसे डर गए। भला दो-चार तमाचे तो लगाये होते! इसी तरह तो लड़के शेर हो जाते हैं।

आप फरमाते हैं—तुमने सुना नहीं, मैंने कितने जोर से डाँटा! बचा की जान ही निकल गई होगी। देख लेना, जो फिर कभी देर में आए।

'तुमने डाँटा तो नहीं, हाँ, आँसू पोंछ दिये।'

'तुमने मेरी डाँट सुनी नहीं?'

'क्या कहना है, आपकी डाँट का! लोगों के कान बहरे हो गए। लाओ, तुम्हारा गला सहला दूँ।'

आपने एक नया सिद्धान्त निकाला है कि दण्ड देने से लड़के खराब हो जाते हैं। आपके विचार से लड़कों को आजाद रहना चाहिये। उन पर किसी तरह का बन्धन, शासन या दबाव न होना चाहिये। आपके मत से शासन बालकों के मानसिक विकास में बाधक होता है। इसी का यह फल है कि लड़के बे-नकेल के ऊँट बने हुए हैं। कोई एक मिनट भी किताब खोलकर नहीं बैठता। कभी गुल्ली-डंडा है, कभी गोलियाँ, कभी कनकौवे। श्रीमान भी लड़कों के साथ खेलते हैं, चालीस साल की उम्र और लड़कपन इतना। मेरे पिताजी के सामने मजाल थी कि कोई लड़का

कनकौवा उड़ा ले, या गुल्ली-डंडा खेल सके! खून पी जाते। प्रात:काल से लड़कों को लेकर बैठ जाते थे। स्कूल से ज्योंही लड़के आते, फिर ले बैठते थे। बस, सन्ध्या समय आध घण्टे की छुटटी देते थे। रात को फिर जोत देते। यह नहीं कि आप तो अख़बार पढ़ा करें और लड़के गली-गली भटकते फिरें। कभी-कभी आप सींग कटाकर बछड़े बन जाते हैं। लड़कों के साथ ताश खेलने बैठा करते हैं। ऐसे बाप का भला लड़कों पर क्या रोब हो सकता है? पिताजी के सामने मेरे भाई सीधे ताक नहीं सकते थे। उनकी आवाज सुनते ही तहलका मच जाता था। उन्होंने घर में कदम रखा और शान्ति का साम्राज्य हुआ। उसके सम्मुख जाते लड़कों के प्राण सूखते थे। उसी शासन की यह बरकत है कि सभी लड़के अच्छे-अच्छे पदों पर पहुँच गए। हाँ, स्वास्थ्य किसी का अच्छा नहीं है। तो पिताजी ही का स्वास्थ्य कौन बड़ा अच्छा था! बेचारे हमेशा किसी-न-किसी औषधि का सेवन करते रहते थे। और क्या कहूँ; एक दिन तो हद ही हो गयी। श्रीमान् जी लड़कों को कनकौवा उड़ाने की शिक्षा दे रहे थे—यों घुमाओ, यों गोता दो, यों खींचो, यों ढील दो। ऐसा तन-मन से सिखा रहे थे; मानो गुरु-मंत्र दे रहे हों। उस दिन मैंने इनकी ऐसी खबर ली कि याद करते होंगे—तुम कौन होते हो, मेरे बच्चों को बिगाड़ने वाले! तुम्हें घर से कोई मतलब नहीं है, न हो; लेकिन आप मेरे बच्चों को खराब न कीजिए। बुरी-बुरी आदतें न सिखाइए। आप उन्हें सुधार नहीं सकते, तो कम-से-कम बिगाड़िए मत। लगे बगलें झाँकने। मैं चाहती हूँ, एक बार यह भी गरम पड़ें, तो अपना चण्डी रूप दिखाऊँ, पर यह इतना जल्द दब जाते हैं कि मैं हार जाती हूँ। पिताजी किसी लड़के को मेले-तमाशे न ले जाते थे। लड़का सिर पटककर मर जाय; मगर जरा भी न पसीजते थे और इन महात्माजी का यह हाल है कि एक-एक से पूछकर मेले ले जाते हैं—चलो, चलो, वहाँ बड़ी बहार है, खूब आतिशबाजियाँ छूटेंगी, गुब्बारे उड़ेंगे, विलायती चर्खियाँ भी हैं। उन पर मजे से बैठना। और तो और, आप लड़कों को हाकी खेलने से भी नहीं रोकते। यह अंग्रेजी खेल भी कितने जानलेवा होते हैं, क्रिकेट, फुटबाल, हाकी एक-से-एक घातक। गेंद लग जाय तो जान लेकर ही छोड़े; पर आपको इन सभी खेलों से प्रेम है। कोई लड़का मैच में जीतकर आ जाता है, तो ऐसे फूल उठते हैं, मानो किला जीतकर आया हो। आपको इसकी जरा भी परवाह नहीं कि चोट-चपेट आ गयी, तो क्या

होगा। हाथ-पाँव टूट गए, तो बेचारों की जिन्दगी कैसे पार लगेगी!

पिछले साल कन्या का विवाह था। आपको जिद थी कि दहेज के नाम कानी कौड़ी भी न देंगे, चाहे कन्या आजीवन क्वाँरी बैठी रहे। यहाँ भी आपका आदर्शवाद आ कूदा। समाज के नेताओं का छल-प्रपंच आये दिन देखते रहते हैं, फिर भी आपकी आँखें नहीं खुलतीं। जब तक समाज की यह व्यवस्था कायम है और युवती कन्या का अविवाहित रहना निन्दास्पद है, तब तक यह प्रथा मिटने की नहीं। दो-चार ऐसे व्यक्ति भले ही निकल आवें जो दहेज के लिए हाथ न फैलावें; लेकिन इसका परिस्थिति पर कोई असर नहीं पड़ता और कुप्रथा ज्यों-की-त्यों बनी हुई है। पैसों की तो कमी नहीं, दहेज की बुराइयों पर लेक्चर दे सकते हैं; लेकिन मिलते हुए दहेज को छोड़ देनेवाला मैंने आज तक न देखा। जब लड़कों की तरह लड़कियों की शिक्षा और जीविका की सुविधायें निकल आयेंगी, तो यह प्रथा भी विदा हो जायगी। उसके पहले सम्भव नहीं। मैंने जहाँ-जहाँ सन्देशा भेजा दहेज का प्रश्न उठ खड़ा हुआ और आपने प्रत्येक अवसर पर टाँग अड़ाई। जब इस तरह पूरा साल गुजर गया और कन्या को सत्रहवाँ लग गया, तो मैंने एक जगह बात पक्की कर ली। आपने भी स्वीकार कर लिया, क्योंकि वर पक्ष ने लेन-देन का प्रश्न उठाया ही नहीं, हालाँकि अन्त:करण में उन लोगों को पूरा विश्वास था कि अच्छी रकम मिलेगी और मैंने भी तय कर लिया था कि यथाशक्ति कोई बात उठा न रखूँगी। विवाह के सकुशल होने में कोई सन्देह न था; लेकिन इन महाशय के आगे मेरी एक न चली—यह प्रथा निन्द्य है, यह रस्म निरर्थक है, यहाँ रुपये की क्या जरूरत? यहाँ गीतों का क्या काम? नाक में दम था। यह क्यों, वह क्यों, यह तो साफ दहेज है, तुमने मेरे मुँह में कालिख लगा दी, मेरी आबरू मिटा दी। जरा सोचिए, इस परिस्थिति को कि बारात द्वार पर पड़ी हुई है और यहाँ बात-बात पर शास्त्रार्थ हो रहा है। विवाह का मुहूर्त आधी रात के बाद था। प्रथानुसार मैंने व्रत रखा; किन्तु आपकी टेक थी कि व्रत की कोई जरूरत नहीं। जब लड़के के माता-पिता व्रत नहीं रखते, जब लड़का तक व्रत नहीं रखता, तो कन्या पक्षवाले ही व्रत क्यों रखें! मैं और सारा खानदान मना करता रहा; लेकिन आपने नाश्ता किया, भोजन किया। खैर! कन्या-दान का मुहूर्त आया। आप सदैव से इस प्रथा के विरोधी हैं। आप इसे निषिद्ध समझते हैं। कन्या क्या दान की वस्तु है? दान रुपये-पैसे,

जगह-जमीन का हो सकता है। पशु-दान भी होता है लेकिन लड़की का दान! एक लचर सी बात है। कितना समझाती हूँ, पुरानी प्रथा है, वेद-काल से होती चली आयी है, शास्त्रों में इसकी व्यवस्था है, सम्बन्धी समझा रहे हैं; पण्डित समझा रहे हैं; पर आप हैं, कि कान पर जूँ नहीं रेंगती। हाथ जोड़ती हूँ, पैरों पड़ती हूँ, गिड़गिड़ाती हूँ, लेकिन मंडप के नीचे न गए। और मजा यह है कि आपने ही तो यह अनर्थ किया और आप ही मुझसे रूठ गए। विवाह के पश्चात् महीनों बोलचाल न रही। झक मारकर मुझी को मानना पड़ा।

किन्तु सबसे बड़ी विडम्बना यह है कि इन सारे दुर्गुणों के होते हुए भी मैं इनसे एक दिन भी पृथक नहीं रह सकती—एक क्षण का वियोग नहीं सह सकती। इन सारे दोषों पर भी मुझे इनसे प्रगाढ़ प्रेम है। इनमें यह कौन-सा गुण है, जिस पर मैं मुग्ध हूँ, मैं खुद नहीं जानती; पर इनमें कोई बात ऐसी है, जो मुझे इनकी चेरी बनाये हुए है। वह जरा मामूली-सी देर में घर आते हैं, तो प्राण नहों में समा जाते हैं। आज यदि विधाता इनके बदले मुझे कोई विद्या और बुद्धि का पुतला, रूप और धन का देवता भी दे, तो मैं उसकी ओर आँखें उठाकर न देखूँ। यह धर्म की बेड़ी नहीं है, कदापि नहीं। प्रथा गत पतिव्रत भी नहीं; बल्कि हम दोनों की प्रकृति में कुछ ऐसी क्षमताएँ, कुछ व्यवस्थाएँ उत्पन्न हो गयी हैं, मानो किसी मशीन के कल-पुरजे घिस-घिसाकर फिट हो गए हों, और एक पुरजे की जगह दूसरा पुरजा काम न दे सके, चाहे वह पहले से कितना ही सुडौल, नया और सुदृढ़ क्यों न हो। जाने हुए रास्ते से हम निःशंक आँखें बन्द किये चले जाते हैं, उसके ऊँच-नीच, मोड़ और घुमाव सब हमारी आँखों में समाये हुए हैं। अनजान रास्ते पर चलना कितना कष्ट-प्रद होगा। शायद आज मैं इनके दोषों को गुणों से बदलने पर भी तैयार न हूँगी।

रसिक सम्पादक

'नवरस' के सम्पादक पं० चोखेलाल शर्मा की धर्मपत्नी का जब से देहान्त हुआ है, आपको स्त्रियों से विशेष अनुराग हो गया है और रसिकता की मात्रा भी कुछ बढ़ गयी है। पुरुषों के अच्छे-अच्छे लेख रद्दी में डाल दिये जाते हैं; पर देवियों के लेख कैसे भी हों, तुरन्त स्वीकार कर लिये जाते हैं और बहुधा लेख की रसीद के साथ लेख की प्रशंसा कुछ इन शब्दों में की जाती है—आपका लेख पढ़कर दिल थामकर रह गया, अतीत जीवन आँखों के सामने मूर्तिमान हो गया, अथवा आपके भाव साहित्य-सागर के उज्ज्वल रत्न हैं, जिनकी चमक कभी कम न होगी। और कविताएँ तो हृदय की हिलोरें, विश्व-वीणा की अमर तान, अनन्त की मधुर वेदना, निशा का नीरव गान होती थीं। प्रशंसा के साथ दर्शन की उत्कट अभिलाषा भी प्रकट की जाती थी। यदि आप कभी इधर से गुजरें तो मुझे न भूलिएगा। जिसने ऐसी कविता की सृष्टि की है, उसके दर्शन का सौभाग्य मुझे मिला, तो अपने को धन्य मानूँगा।

लेखिकाएँ अनुरागमय प्रोत्साहन से भरे हुए पत्र पाकर फूली न समातीं। जो लेख अभागे भिक्षुक की भाँति कितने ही पत्र-पत्रिकाओं के द्वार से निराश लौट आये थे, उनका यहाँ इतना आदर! पहली बार ही ऐसा सम्पादक जन्मा है, जो गुणों का पारखी है। और सभी सम्पादक अहम्मन्य हैं, अपने आगे किसी को समझते ही नहीं। जरा-सी सम्पादकी क्या मिल गयी मानो कोई राज्य मिल गया। सम्पादकों को कहीं सरकारी पद मिल जाय तो अँधेर मचा दें। वह तो कहो कि सरकार इन्हें पूछती नहीं। उसने बहुत अच्छा किया जो आर्डिनेन्स पास कर दिये। और स्त्रियों से द्वेष करो!

यह उसी का दंड है। यह भी सम्पादक ही हैं, कोई घास नहीं छीलते और सम्पादक भी एक जगत-विख्यात पत्र के। 'नवरस' सब पत्रों में राजा है।

चोखेलालजी के पत्र की ग्राहक-संख्या बड़े वेग से बढ़ने लगी। हर डाक से धन्यवादों की एक बाढ़-सी आ जाती, और लेखिकाओं में उनकी पूजा होने लगी। ब्याह, गौना, मुंडन, छेदन, जन्म, मरण के समाचार आने लगे। कोई आशीर्वाद माँगती, कोई उनके मुख से सान्त्वना के दो शब्द सुनने की अभिलाषा करतीं, कोई उनसे घरेलू संकटों में परामर्श पूछती। और महीने में दस-पाँच महिलाएँ उन्हें दर्शन भी दे जातीं। शर्माजी उनकी अवाई का तार या पत्र पाते ही स्टेशन पर जाकर उनका स्वागत करते, बड़े आग्रह से उन्हें एकाध दिन ठहराते, उनकी खूब खातिर करते। सिनेमा के फ्री पास मिले हुए थे ही, खूब सिनेमा दिखाते। महिलाएँ उनके सद्भाव से मुग्ध होकर विदा होतीं। मशहूर तो यहाँ तक है कि शर्माजी का कई लेखिकाओं से बहुत ही घनिष्ठ सम्बन्ध हो गया है; लेकिन इस विषय में हम निश्चयपूर्वक कुछ नहीं कह सकते। हम तो इतना ही जानते हैं कि जो देवियाँ एकबार यहाँ आ जातीं, वह शर्माजी की अनन्य भक्त हो जातीं। बेचारा साहित्य की कुटिया का तपस्वी है। अपने विधुर जीवन की निराशाओं को अपने अन्तःस्तल में संचित रखकर मूक वेदना में प्रेम-माधुर्य का रस पान कर रहा है। सम्पादकजी के जीवन में जो कमी आ गई थी, उसकी कुछ पूर्ति करना महिलाओं ने अपना धर्म-सा मान लिया। उनके भरे हुए भंडार में से अगर एक क्षुधित प्राणी को थोड़े-सी मिठाई दी जा सके, तो उससे भंडार की शोभा है। कोई देवी पारसल से अचार भेज देती, कोई लड्डू; एक ने पूजा का ऊनी आसन अपने हाथों बनाकर भेज दिया। एक देवी महीने में एक बार आकर उनके कपड़ों की मरम्मत कर देती थीं। दूसरी देवी महीने में दो-तीन बार आकर उन्हें अच्छी-अच्छी चीजें बनाकर खिला जाती थीं। अब वह किसी एक के न होकर सबके हो गए थे। स्त्रियों के अधिकारों का उनसे बड़ा रक्षक शायद ही कोई मिले। पुरुषों से तो शर्माजी को हमेशा तीव्र आलोचना ही मिलती थी। श्रद्धामय सहानुभूति का आनन्द तो उन्होंने स्त्रियों ही में पाया।

एक दिन सम्पादकजी को एक ऐसी कविता मिली, जिनमें लेखिका ने अपने उग्र प्रेम का रूप दिखाया था। अन्य सम्पादक उसे अश्लील कहते, लेकिन चोखेलाल इधर बहुत उदार हो गए थे। कविता इतने सुन्दर

अक्षरों में लिखी थी, लेखिका का नाम इतना मोहक था कि सम्पादकजी के सामने उसका एक कल्पना-चित्र-सा आकर खड़ा हो गया। भावुक प्रकृति, कोमल गात, याचना-भरे नेत्र, बिम्ब-अधर, चम्पई रंग, अंग-अंग में चपलता भरी हुई, पहले गोंद की तरह शुष्क और कठोर, आर्द्र होते ही चिपक जानेवाली। उन्होंने कविता को दो-तीन बार पढ़ा और हर बार उनके मन में सनसनी दौड़ी—

क्या तुम समझते हो, मुझे छोड़कर भाग जाओगे?
भाग सकोगे?
मैं तुम्हारे गले में हाथ डाल दूँगी;
मैं तुम्हारी कमर में कर-पाश कस दूँगी;
मैं तुम्हारा पाँव पकड़कर रोक लूँगी;
तब उस पर सिर रख दूँगी।
क्या तुम समझते हो, मुझे छोड़कर भाग जाओगे?
छोड़ सकोगे?
मैं तुम्हारे अधरों पर अपने कपोल चिपका दूँगी;
उस प्याले में जो मादक सुधा है—
उसे पीकर तुम मस्त हो जाओगे।
और मेरे पैरों पर सिर रख दोगे।
क्या तुम समझते हो, मुझे छोड़कर भाग जाओगे?

—'कामाक्षी'

शर्माजी को हर बार इस कविता में एक नया रस मिलता था। उन्होंने उसी क्षण कामाक्षी देवी के नाम यह पत्र लिखा—

'आपकी कविता पढ़कर मैं नहीं कह सकता, मेरे चित्त की क्या दशा हुई। हृदय में एक ऐसी तृष्णा जाग उठी है, जो मुझे भस्म किये डालती है। नहीं जानता, इसे कैसे शान्त करूँ? बस, यही आशा है कि इसको शीतल करनेवाली सुधा भी वहीं मिलेगी, जहाँ से यह तृष्णा मिली है। मन मतंग की भाँति जंजीर तुड़ाकर भाग जाना चाहता है। जिस हृदय से यह भाव निकले हैं, उसमें प्रेम का कितना अक्षय भंडार है, उस प्रेम का, जो अपने को समर्पित कर देने में ही आनन्द पाता है। मैं आपसे सत्य कहता हूँ, ऐसी कविता मैंने आज तक नहीं पढ़ी थी और इसने मेरे अन्दर जो तूफान उठा दिया है, वह मेरी विधुर शान्ति को छिन्न-भिन्न

किये डालता है। आपने एक गरीब की फूस की झोपड़ी में आग लगा दी है; लेकिन मन यह स्वीकार नहीं करता कि यह केवल विनोद-क्रीड़ा है। इन शब्दों में मुझे एक ऐसा हृदय छिपा हुआ ज्ञात होता है, जिसने प्रेम की वेदना सही है, जो लालसा की आग में तपा है। मैं इसे अपना परम सौभाग्य समझूँगा, यदि आपके दर्शनों का सौभाग्य पा सका। यह कुटिया अनुराग की भेंट लिये आपका स्वागत करने को तड़प रही है।'

सप्रेम

तीसरे ही दिन उत्तर आ गया। कामाक्षी ने बड़े भावुकता-पूर्ण शब्दों में कृतज्ञता प्रकट की थी और अपने आने की तिथि बताई।

2

आज कामाक्षी का शुभागमन है।

शर्माजी ने प्रात:काल हजामत बनवाई, साबुन और बेसन से स्नान किया, महीन खद्दर की धोती, कोकटी का ढीला चुन्नटदार कुरता, मलाई के रंग की रेशमी चादर। इस ठाठ से आकर कार्यालय में बैठे, तो सारा दफ़्तर गमक उठा। दफ़्तर की भी खूब सफाई करा दी गई थी। बरामदे में गमले रखवा दिये गए थे। मेज पर गुलदस्ते सजा दिये गए थे। गाड़ी नौ बजे आती है, अभी साढ़े आठ हैं, साढ़े नौ बजे तक यहाँ आ जायेगी। इस परेशानी में कोई काम नहीं हो रहा है। बार-बार घड़ी की ओर ताकते हैं, फिर आईने में अपनी सूरत देखकर कमरे में टहलने लगते हैं। मूँछों में दो-चार बाल पके हुए नजर आ रहे हैं, पर उन्हें उखाड़ फेंकने का इस समय कोई साधन नहीं है। कोई हरज नहीं। इससे रंग कुछ और ज़्यादा जमेगा। प्रेम जब श्रद्धा के साथ आता है तब वह ऐसा मेहमान हो जाता है, जो उपहार लेकर आता हो। युवकों का प्रेम खर्चीली वस्तु है, लेकिन महात्माओं या महात्मापन के समीप पहुँचे हुऐ लोगों को प्रेम—उलटे और कुछ ले आता है। युवक, जो रंग बहुमूल्य उपहारों से जमाता है, यह महात्मा या अर्द्ध-महात्मा लोग केवल आशीर्वाद से जमा लेते हैं।

ठीक साढ़े नौ बजे चपरासी ने आकर एक कार्ड दिया। लिखा था—'कामाक्षी।'

शर्माजी ने उसे देवीजी को लाने की अनुमति देकर एक बार फिर

आईने में अपनी सूरत देखी और एक मोटी-सी पुस्तक पढ़ने लगे, मानो स्वाध्याय में तन्मय हो गए हैं। एक क्षण में देवीजी ने कमरे में कदम रखा। शर्माजी को उनके आने की खबर न हुई।

देवीजी डरते-डरते समीप आ गयीं, तब शर्माजी ने चौंककर सिर उठाया; मानो समाधि से जाग पड़े हों, और खड़े होकर देवी जी का स्वागत किया; मगर यह वह मूर्ति न थी, जिसकी उन्होंने कल्पना कर रखी थी!

एक काली, मोटी, अधेड़, चंचल औरत थी, जो शर्माजी को इस तरह घूर रही थी, मानो उन्हें पी जायगी, शर्माजी का सारा उत्साह, सारा अनुराग ठंडा पड़ गया। वह सारी मन की मिठाइयाँ, जो वह महीनों से खा रहे थे, पेट में शूल की भाँति चुभने लगीं। कुछ कहते-सुनते न बना। केवल इतना बोले—सम्पादकों का जीवन बिलकुल पशुओं का जीवन है। सिर उठाने का समय नहीं मिलता। उस पर कार्याधिक्य से इधर मेरा स्वास्थ्य भी बिगड़ रहा है। रात ही से सिर-दर्द से बेचैन हूँ। आपकी क्या खातिर करूँ?

कामाक्षी देवी के हाथ में एक बड़ा-सा पुलिन्दा था। उसे मेज पर पटककर, रूमाल से मुँह पोंछकर मृदु-स्वर में बोलीं—यह आपने तो बड़ी बुरी खबर सुनाई। मैं तो एक सहेली से मिलने जा रही थी। सोचा, रास्ते में आपके दर्शन करती चलूँ; लेकिन जब आपका स्वास्थ्य ठीक नहीं है, तो मुझे यहाँ कुछ दिन रहकर आपका स्वास्थ्य सुधारना पड़ेगा। मैं आपके सम्पादन-कार्य में भी आपकी मदद करूँगी। आपका स्वास्थ्य स्त्री जाति के लिए बड़े महत्व की वस्तु है। आपको इस दशा में छोड़कर मैं अब जा नहीं सकती।

शर्माजी को ऐसा जान पड़ा, जैसे उनका रक्त-प्रवाह रुक गया है; नाड़ी छूटी जा रही है! उस चुड़ैल के साथ रहकर तो जीवन ही नरक हो जायेगा। चली हैं कविता करने, और कविता भी कैसी? अश्लीलता में डूबी हुई। अश्लील तो है ही। बिलकुल सड़ी हुई, गन्दी। एक सुन्दरी युवती की कलम से वह कविता काम-बाण थी। इस डाइन की कलम से तो वह परनाले का कीचड़ है। मैं कहता हूँ, इसे ऐसी कविता लिखने का अधिकार ही क्या है? यह क्यों ऐसी कविता लिखती है? क्यों नहीं किसी कोने में बैठकर राम-भजन करती? आप पूछती हैं—मुझे छोड़कर भाग सकोगे? मैं

कहता हूँ, आपके पास कोई आयेगा ही क्यों? दूर से ही देखकर न लम्बा हो जायेगा। कविता क्या है, जिसका न सिर न पैर, मात्राओं तक का इसे ज्ञान नहीं है! और कविता करती है! कविता अगर इस काया में निवास कर सकती है, तो फिर गधा भी गा सकता है! ऊँट भी नाच सकता है! इस राँड को इतना भी नहीं मालूम कि कविता करने के लिए रूप और यौवन चाहिए, नज़ाकत चाहिए, नफ़ासत चाहिए। भूतनी-सी तो आपकी सूरत है, रात को कोई देख ले, तो डर जाय और आप उत्तेजक कविता लिखती हैं। कोई कितना ही क्षुधातुर हो तो क्या गोबर खा लेगा? और चुड़ैल इतना बड़ा पोथा लेती आयी है! इसमें भी वही परनाले का गन्दा कीचड़ होगा!

उस मोटी पुस्तक की ओर देखते हुए बोले—नहीं-नहीं, मैं आपको कष्ट नहीं देना चाहता। वह ऐसी कोई बात नहीं है। दो-चार दिन के विश्राम से ठीक हो जायेगा? आपकी सहेली आपकी प्रतीक्षा करती होंगी।

'आप तो महाशयजी संकोच कर रहे हैं। मैं दस-पाँच दिन के बाद भी चली जाऊँगी, तो कोई हानि न होगी।'

'इसकी कोई आवश्यकता नहीं है देवीजी।'

'आपके मुँह पर तो आपकी प्रशंसा करना खुशामद होगी, पर जो सज्जनता मैंने आप में देखी, वह कहीं नहीं पायी। आप पहले महानुभाव हैं, जिन्होंने मेरी रचना का आदर किया, नहीं मैं तो निराश ही हो चुकी। आपके प्रोत्साहन का यह शुभ फल है कि मैंने इतनी कविताएँ रच डालीं। आप इनमें से जो चाहें रख लें। मैंने एक ड्रामा भी लिखना शुरू कर दिया है। उसे भी शीघ्र ही आपकी सेवा में भेजूँगी। कहिए तो दो-चार कविताएँ सुनाऊँ? ऐसा अवसर मुझे फिर कब मिलेगा! यह तो नहीं जानती कि कविताएँ कैसी हैं, पर आप सुनकर प्रसन्न होंगे। बिलकुल उसी रंग की हैं।'

उसने अनुमति की प्रतिक्षा न की। तुरन्त पोथा खोलकर एक कविता सुनाने लगी। शर्माजी को ऐसा मालूम होने लगा, जैसे कोई भिगो-भिगोकर जूते मार रहा है। कई बार उन्हें मतली आ गयी, जैसे एक हजार गधे कानों के पास खड़े अपना स्वर अलाप रहे हों। कामाक्षी के स्वर में कोयल का माधुर्य था; पर शर्माजी को इस समय वह भी अप्रिय लग रहा था। सिर में सचमुच दर्द होने लगा। वह गधी टलेगी भी, या यों ही बैठी सिर खाती रहेगी? इसे मेरे चेहरे से भी मेरे मनोभावों का ज्ञान नहीं हो रहा है। उस पर

आप कविता करने चली हैं! इस मुँह से तो महादेवी या सुभद्राकुमारी की कविताएँ भी घृणा ही उत्पन्न करेंगी।

आखिर न रहा गया। बोले—आपकी रचनाओं का क्या कहना, आप यह संग्रह यहीं छोड़ जायँ। मैं अवकाश में पढ़ूँगा। इस समय तो बहुत-सा काम है।

कामाक्षी ने दयार्द्र होकर कहा—आप इतना दुर्बल स्वास्थ्य होने पर भी इतने व्यस्त रहते हैं? मुझे आप पर दया आती है।

'आपकी कृपा है!'

'आपका कल अवकाश रहेगा? जरा मैं अपना ड्रामा सुनाना चाहती थी?'

'खेद है, कल मुझे जरा प्रयाग जाना है।'

'तो मैं भी आपके साथ चलूँ? गाड़ी में सुनाती चलूँगी।'

'कुछ निश्चय नहीं, किस गाड़ी से जाऊँ।'

'आप लौटेंगे कब तक?'

'यह भी निश्चय नहीं।'

और टेलीफोन पर जाकर बोले—हल्लो, नं० 77।

कामाक्षी ने आध घन्टे तक उनका इन्तजार किया; मगर शर्माजी एक सज्जन से ऐसी महत्त्व की बातें कर रहे थे, जिसका अन्त ही होने न पाता था।

निराश होकर कामाक्षी देवी विदा हुईं और शीघ्र ही फिर आने का वादा कर गयीं। शर्माजी ने आराम की साँस ली और उस पोथे को उठाकर रद्दी में डाल दिया, और जले हुए दिल से आप-ही-आप कहा—ईश्वर न करे कि फिर तुम्हारे दर्शन हों। कितनी बेशर्म है, कुलटा कहीं की! आज इसने सारा मजा किरकिरा कर दिया।

फिर मैनेजर को बुलाकर कहा—कामाक्षी की कविता नहीं जायगी।

मैनेजर ने स्तम्भित होकर कहा—फार्म तो मशीन पर है।

'कोई हरज नहीं। फार्म उतार लीजिये।'

'बड़ी देर होगी।'

'होने दीजिये। वह कविता नहीं जायगी।'

सभ्यता का रहस्य

यों तो मेरी समझ में दुनिया की एक हजार एक बातें नहीं आतीं—जैसे लोग प्रात:काल उठते ही बालों पर छुरा क्यों चलाते हैं? क्या अब पुरुषों में भी इतनी नजाकत आ गयी है कि बालों का बोझ उनसे नहीं सँभलता? एक साथ ही सभी पढ़े-लिखे आदमियों की आँखें क्यों इतनी कमजोर हो गयी हैं? दिमाग की कमजोरी ही इसका कारण है या और कुछ? लोग खिताबों के पीछे क्यों इतने हैरान होते हैं? इत्यादि—लेकिन इस समय मुझे इन बातों से मतलब नहीं। मेरे मन में एक नया प्रश्न उठ रहा है और उसका जवाब मुझे कोई नहीं देता। प्रश्न है कि सभ्य कौन है और असभ्य कौन? सभ्यता के लक्षण क्या हैं? सरसरी नजर से देखिए, तो इससे ज़्यादा आसान और कोई सवाल ही न होगा। बच्चा-बच्चा इसका समाधान कर सकता है। लेकिन जरा गौर से देखिए, तो प्रश्न इतना आसान नहीं जान पड़ता। अगर कोट-पतलून पहनना, टाई-हैट कालर लगाना, मेज पर बैठकर खाना खाना, दिन में तेरह बार कोको या चाय पीना और सिगार पीते हुए चलना सभ्यता है, तो उन गोरों को भी सभ्य कहना पड़ेगा, जो सड़क पर शाम को कभी-कभी टहलते नजर आते हैं; शराब के नशे से आँखें सुर्ख, पैर लड़खडाते हुए, रास्ता चलनेवालों को अनायास छेड़ने की धुन! क्या उन गोरों को सभ्य कहा जा सकता है? कभी नहीं। तो यह सिद्ध हुआ कि सभ्यता कोई और ही चीज है, उसका देह से इतना सम्बन्ध नहीं है जितना मन से।

2

मेरे इने-गिने मित्रों में एक राय रतनकिशोर भी हैं। आप बहुत ही सहृदय, बहुत ही उदार, बहुत अधिक शिक्षित और एक बड़े ओहदेदार हैं। बहुत अच्छा वेतन पाने पर भी उनकी आमदनी खर्च के लिए काफी नहीं होती। एक चौथाई वेतन तो बँगले ही की भेंट हो जाता है। इसलिए आप बहुधा चिन्तित रहते हैं।

रिश्वत तो नहीं लेते—कम-से-कम मैं नहीं जानता, हालाँकि कहने वाले कहते हैं—लेकिन इतना जानता हूँ कि वह भत्ता बढ़ाने के लिए दौरे पर बहुत रहते हैं, यहाँ तक कि इसके लिए हर साल बजट की किसी दूसरी मद से रुपये निकालने पड़ते हैं। उनके अफसर कहते हैं, इतने दौरे क्यों करते हो, तो जवाब देते हैं, इस जिले का काम ही ऐसा है कि जब तक खूब दौरे न किये जायँ रिआया शान्त नहीं रह सकती। लेकिन मजा तो यह है कि राय साहब उतने दौरे वास्तव में नहीं करते, जितने कि अपने रोजनामचे में लिखते हैं। उनके पड़ाव शहर से 50 मील पर होते हैं। खेमे वहाँ गड़े रहते हैं, कैम्प के अमले वहाँ पड़े रहते हैं और राय साहब घर पर मित्रों के साथ गप-शप करते रहते हैं, पर किसी की मजाल है कि राय साहब की नेकनीयती पर सन्देह कर सके! उनके सभ्य पुरुष होने में किसी को शंका नहीं हो सकती।

एक दिन मैं उनसे मिलने गया। उस समय वह अपने घसियारे दमड़ी को डाँट रहे थे। दमड़ी रात-दिन का नौकर था, लेकिन घर रोटी खाने जाया करता था। उसका घर थोड़ी ही दूर पर एक गाँव में था। कल रात को किसी कारण से यहाँ न आ सका। इसलिए डाँट पड़ रही थी।

राय साहब—जब हम तुम्हें रात-दिन के लिये रखे हुए हैं, तो तुम घर पर क्यों रहे? कल के पैसे कट जायँगे।

दमड़ी—हजूर, एक मेहमान आ गए थे, इसी से न आ सका।

राय साहब—तो कल के पैसे उसी मेहमान से लो।

दमड़ी—सरकार, अब कभी ऐसी ख़ता न होगी।

राय साहब—बक-बक मत करो।

दमड़ी—हजूर...

राय साहब—दो रुपये जुरमाना।

दमड़ी रोता हुआ चला गया। रोजा बख्शाने आया था, नमाज गले पड़ गयी। दो रुपये जुरमाना ठुक गया। ख़ता यही थी कि बेचारा कसूर माफ कराना चाहता था।

यह एक रात को गैरहाजिर होने की सजा थी! बेचारा दिन भर का काम कर चुका था, रात को यहाँ सोया न था, उसका दण्ड! और घर बैठे भत्ते उड़ाने वालों को कोई नहीं पूछता! कोई दंड नहीं देता। दंड तो मिले और ऐसा मिले कि जिन्दगी-भर याद रहे; पर पकड़ना तो मुश्किल है। दमड़ी भी अगर होशियार होता, तो रात रहे आकर कोठरी में सो जाता। फिर किसे खबर होती कि वह रात को कहाँ रहा। पर गरीब इतना चंट न था।

3

दमड़ी के पास कुल छ: बिस्वे जमीन थी! पर इतने ही प्राणियों का खर्च भी था। उसके दो लड़के, दो लड़कियाँ और स्त्री, सब खेती में लगे रहते थे, फिर भी पेट की रोटियाँ नहीं मयस्सर होती थीं। इतनी जमीन क्या सोना उगल देती! अगर सब-के-सब घर से निकल मजदूरी करने लगते, तो आराम से रह सकते थे; लेकिन मौरूसी किसान मजदूर कहलाने का अपमान न सह सकता था। इस बदनामी से बचने के लिए दो बैल बाँध रखे थे! उसके वेतन का बड़ा भाग बैलों के दाने-चारे ही में उड़ जाता था। ये सारी तकलीफें मंजूर थीं, उसे खेती छोड़कर मजदूर बन जाना मंजूर न था। किसान की जो प्रतिष्ठा है, वह कहीं मजदूर की हो सकती है, चाहे वह रुपया रोज ही क्यों न कमाये? किसानी के साथ मजदूरी करना इतने अपमान की बात नहीं, द्वार पर बँधे हुए बैल उसकी मान-रक्षा किया करते हैं, पर बैलों को बेचकर फिर कहाँ मुँह दिखलाने की जगह रह सकती है!

एक दिन राय साहब उसे सरदी से काँपते देखकर बोले—कपड़े क्यों नहीं बनवाता? काँप क्यों रहा है?

दमड़ी—सरकार, पेट की रोटी तो पूरी ही नहीं पड़ती, कपड़े कहाँ से बनवाऊँ?

राय साहब—बैलों को बेच क्यों नहीं डालता? सैकड़ों बार समझा चुका, लेकिन न-जाने क्यों इतनी मोटी-सी बात तेरी समझ में नहीं आती।

दमड़ी—सरकार, बिरादरी में कहीं मुँह दिखाने लायक न रहूँगा। लड़की की सगाई न हो पायेगी, टाट बाहर कर दिया जाऊँगा।

राय साहब—इन्हीं हिमाकतों से तुम लोगों की यह दुर्गति हो रही है। ऐसे आदमियों पर दया करना भी पाप है। (मेरी तरफ फिर कर) क्यों मुंशीजी, इस पागलपन का भी कोई इलाज है? जाड़ों मर रहे हैं, पर दरवाजे पर बैल जरूर बाँधेंगे।

मैंने कहा—जनाब, यह तो अपनी-अपनी समझ है।

राय साहब—ऐसी समझ को दूर से सलाम कीजिए। मेरे यहाँ कई पुश्तों से जन्माष्टमी का उत्सव मनाया जाता था। कई हजार रुपयों पर पानी फिर जाता था। गाना होता था; दावतें होती थीं, रिश्तेदारों को न्योते दिये जाते थे, गरीबों को कपड़े बाँटे जाते थे। वालिद साहब के बाद पहले ही साल मैंने उत्सव बन्द कर दिया। फायदा क्या? मुफ्त में चार-पाँच हजार की चपत पड़ती थी। सारे कसबे में बावेला मचा, आवाजें कसी गयीं; किसी ने नास्तिक कहा, किसी ने ईसाई बनाया, लेकिन यहाँ इन बातों की क्या परवा! आखिर थोड़े ही दिनों में सारा कोलाहल शान्त हो गया। अजी, बड़ी दिल्लगी थी। कस्बे में किसी के यहाँ शादी हो, लकड़ी मुझसे ले! पुश्तों से यह रस्म चली आती थी। वालिद तो दूसरों से दरख्त मोल लेकर इस रस्म को निभाते थे। थी हिमाकत या नहीं? मैंने फौरन लकड़ी देना बन्द कर दिया। इस पर भी लोग बहुत रोये-धोये, दूसरों का रोना-धोना सुनूँ, या अपना फायदा देखूँ। लकड़ी से ही कम-से-कम पाँच सौ रुपये सालाना की बचत हो गयी। अब कोई भूलकर भी इन चीजों के लिए दिक करने नहीं आता।

मेरे दिल में फिर सवाल पैदा हुआ, दोनों में कौन सभ्य है, कुल-प्रतिष्ठा पर प्राण देनेवाले मूर्ख दमड़ी; या धन पर कुल-मर्यादा को बलि देने वाले राय रतन किशोर!

4

राय साहब के इजलास में एक बड़े मार्के का मुकदमा पेश था। शहर का एक रईस खून के मामले में फँस गया था। उसकी जमानत के लिए राय साहब की खुशामदें होने लगीं। इज्जत की बात थी। रईस साहब का हुक्म

था कि चाहे रियासत बिक जाय, पर इस मुकदमे से बेदाग निकल जाऊँ। डालियाँ लगाई गयीं, सिफारिशें पहुँचाई गयीं, पर राय साहब पर कोई असर न हुआ। रईस के आदमियों को प्रत्यक्ष रूप से रिश्वत की चरचा करने की हिम्मत न पड़ती थी। आखिर जब कोई बस न चला, तो रईस की स्त्री ने राय साहब की स्त्री से मिलकर सौदा पटाने की ठानी।

रात के 10 बजे थे। दोनों महिलाओं में बातें होने लगीं। 20 हजार की बातचीत थी। राय साहब की पत्नी तो इतनी खुश हुई कि उसी वक्त राय साहब के पास दौड़ी हुई आयीं और कहने लगीं—ले लो, ले लो! तुम न लोगे, तो मैं ले लूँगी।

राय साहब ने कहा—इतनी बेसब्र न हो। वह तुम्हें अपने दिल में क्या समझेंगी? कुछ अपनी इज्जत का भी खयाल है या नहीं? माना कि रकम बड़ी है और इससे मैं एकबारगी तुम्हारी आये दिन की फरमायशों से मुक्त हो जाऊँगा, लेकिन एक सिविलियन की इज्जत भी तो कोई मामूली चीज नहीं हैं। तुम्हें पहले बिगड़कर कहना चाहिए था कि मुझसे ऐसी बेहूदी बातचीत करनी हो, तो यहाँ से चली जाओ। मैं अपने कानों से नहीं सुनना चाहती।

स्त्री—यह तो मैंने पहले ही किया, बिगड़कर खूब खरी-खोटी सुनायी। क्या इतना भी नहीं जानती? बेचारी मेरे पैरों पर सर रखकर रोने लगी।

राय साहब—यह कहा था कि राय साहब से कहूँगी, तो मुझे कच्चा ही चबा जायँगे?

यह कहते हुए राय साहब ने गद्गद् होकर पत्नी को गले लगा लिया।

स्त्री—अजी, मैं न-जाने ऐसी कितनी ही बातें कह चुकी, लेकिन किसी तरह टाले नहीं टलती। रो-राकर जान दे रही है।

राय साहब—उससे वादा तो नहीं कर लिया?

स्त्री—वादा? मैं तो रुपये लेकर सन्दूक में रख आयी। नोट थे।

राय साहब—कितनी जबरदस्त अहमक हो, न मालूम ईश्वर तुम्हें कभी समझ भी देगा या नहीं।

स्त्री—अब क्या देगा? देना होता, तो दे न दी होती।

राय साहब—हाँ, मालूम तो ऐसा ही होता है। मुझसे कहा तक नहीं

और रुपये लेकर सन्दूक में दाखिल कर लिए! अगर किसी तरह बात खुल जाय, तो कहीं का न रहूँ।

स्त्री—तो भाई, सोच लो। अगर कुछ गड़बड़ हो, तो मैं जाकर रुपये लौटा दूँ।

राय साहब—फिर वही हिमाकत! अरे, अब तो जो कुछ होना था, हो चुका। ईश्वर पर भरोसा करके जमानत लेनी पड़ेगी। लेकिन तुम्हारी हिमाकत में शक नहीं। जानती हो, यह साँप के मुँह में उँगली डालना है। यह भी जानती हो कि मुझे ऐसी बातों से कितनी नफरत है, फिर भी बेसब्र हो जाती हो। अबकी बार तुम्हारी हिमाकत से मेरा व्रत टूट रहा है। मैंने दिल में ठान लिया था कि अब इस मामले में हाथ न डालूँगा, लेकिन तुम्हारी हिमाकत के मारे जब मेरी कुछ चलने भी पाये?

स्त्री—मैं जाकर लौटाये देती हूँ।

राय साहब—और मैं जाकर जहर खाये लेता हूँ।

इधर तो स्त्री-पुरुष में यह अभिनय हो रहा था, उधर दमड़ी उसी वक्त अपने गाँव के मुखिया के खेत से जुआर काट रहा था। आज वह रात भर की छुट्टी लेकर घर गया था। बैलों के लिए चारे का एक तिनका भी नहीं है। अभी वेतन मिलने में कई दिन की देर थी, मोल ले न सकता था। घर वालों ने दिन को कुछ घास छीलकर खिलायी तो थी, लेकिन ऊँट के मुँह में जीरा। उतनी घास से क्या हो सकता था। दोनों बैल भूखे खड़े थे। दमड़ी को देखते ही दोनों पूँछें खड़ी करके हुँकारने लगे। जब वह पास गया तो दोनों उसकी हथेलियाँ चाटने लगे। बेचारा दमड़ी मन मसोसकर रह गया। सोचा, इस वक्त तो कुछ हो नहीं सकता; सबेरे किसी से कुछ उधार लेकर चारा लाऊँगा।

लेकिन जब 11 बजे रात उसकी आँखें खुलीं, तो देखा कि दोनों बैल अभी तक नाँद पर खड़े हैं। चाँदनी रात थी, दमड़ी को जान पड़ा कि दोनों उसकी ओर अपेक्षा और याचना की दृष्टि से देख रहे हैं। उनकी क्षुधा वेदना देखकर उसकी आँखें सजल हो आयीं। किसान को अपने बैल अपने लड़कों की तरह प्यारे होते हैं, वह उन्हें पशु नहीं, अपना मित्र और सहायक समझता। बैलों को भूखे खड़े देखकर नींद आँखों से भाग गयी। कुछ सोचता हुआ उठा। हँसिया निकाली और चारे की फिक्र में चला। गाँव के बाहर बाजरे और जुआर के खेत खड़े थे। दमड़ी के हाथ काँपने

लगे। लेकिन बैलों की याद ने उसे उत्तेजित कर दिया। चाहता, तो कई बोझ काट सकता था; लेकिन वह चोरी करते हुए भी चोर न था। उसने केवल उतना ही चारा काटा, जितना बैलों को रात-भर के लिए काफी हो। सोचा, अगर किसी ने देख भी लिया, तो उससे कह दूँगा, बैल भूखे थे, इसलिए काट लिया। उसे विश्वास था कि थोड़े-से चारे के लिए कोई मुझे पकड़ नहीं सकता। मैं कुछ बेचने के लिए तो काट नहीं रहा हूँ; फिर ऐसा निर्दयी कौन है, जो मुझे पकड़ ले। बहुत करेगा, अपने दाम ले लेगा। उसने बहुत सोचा। चारे का थोड़ा होना ही उसे चोरी के अपराध से बचाने को काफी था। चोर उतना काटता, जितना उससे उठ सकता। उसे किसी के फायदे और नुकसान से क्या मतलब? गाँव के लोग दमड़ी को चारा लिये जाते देखकर बिगड़ते जरूर, पर कोई चोरी के इलजाम में न फँसाता, लेकिन संयोग से हल्के के थाने का सिपाही उधर जा निकला। वह पड़ोस के एक बनिये के यहाँ जुआ होने की खबर पाकर कुछ ऐंठने की टोह में आया था। दमड़ी को चारा सिर पर उठाते देखा, तो सन्देह हुआ। इतनी रात गए कौन चारा काटता है? हो न हो, कोई चोरी से काट रहा है, डाँटकर बोला—कौन चारा लिए जाता है? खड़ा रह!

दमड़ी ने चौंककर पीछे देखा, तो पुलिस का सिपाही! हाथ-पाँव फूल गए, काँपते हुए बोला—हुजूर, थोड़ा ही-सा काटा है, देख लीजिए।

सिपाही—थोड़ा काटा हो या बहुत, है तो चोरी। खेत किसका है?

दमड़ी—बलदेव महतो का।

सिपाही ने समझा था, शिकार फँसा, इससे कुछ ऐंठूँगा; लेकिन वहाँ क्या रखा था। पकड़कर गाँव में लाया और जब वहाँ भी कुछ हत्थे चढ़ता न दिखाई दिया तो थाने ले गया। थानेदार ने चालान कर दिया। मुकदमा राय साहब ही के इजलास में पेश किया।

राय साहब ने दमड़ी को फँसे हुए देखा, तो हमदर्दी के बदले कठोरता से काम लिया। बोले—यह मेरी बदनामी की बात है। तेरा क्या बिगड़ा, साल छः महीने की सजा हो जायगी, शर्मिन्दा तो मुझे होना पड़ रहा है! लोग यही तो कहते होंगे कि राय साहब के आदमी ऐसे बदमाश और चोर हैं। तू मेरा नौकर न होता, तो मैं हलकी सजा देता; लेकिन तू मेरा नौकर है, इसलिए कड़ी-से-कड़ी सजा दूँगा। मैं यह नहीं सुन सकता कि राय साहब ने अपने नौकर के साथ रिआयत की।

यह कहकर राय साहब ने दमड़ी को छः महीने की सख्त कैद का हुक्म सुना दिया।

उसी दिन उन्होंने खून के मुकदमे में जमानत ले ली। मैंने दोनों वृत्तान्त सुने और मेरे दिल में यह खयाल और भी पक्का हो गया कि सभ्यता केवल हुनर के साथ ऐब करने का नाम है। आप बुरे-से-बुरा काम करें, लेकिन अगर आप उस पर परदा डाल सकते हैं, तो आप सभ्य हैं, सज्जन हैं, जेन्टिलमैन हैं। अगर आप में यह सिफ़त नहीं तो आप असभ्य हैं, गँवार हैं, बदमाश हैं। यही सभ्यता का रहस्य है!

समस्या

मेरे दफ़्तर में चार चपरासी हैं। उनमें एक का नाम गरीब है। वह बहुत ही सीधा, बड़ा आज्ञाकारी, अपने काम में चौकस रहनेवाला, घुड़कियाँ खाकर चुप रह जानेवाला यथा नाम तथा गुण वाला मनुष्य है। मुझे इस दफ़्तर में साल भर होते हैं, मगर मैंने उसे एक दिन के लिए भी गैरहाजिर नहीं पाया। मैं उसे 9 बजे दफ़्तर में अपनी फटी दरी पर बैठे हुए देखने का ऐसा आदी हो गया हूँ कि मानो वह भी उसी इमारत का कोई अंग है। इतना सरल है कि किसी की बात टालना नहीं जाना। एक मुसलमान है। उससे सारा दफ़्तर डरता है, मालूम नहीं क्यों? मुझे तो इसका कारण सिवाय उसकी बड़ी-बड़ी बातों के और कुछ नहीं मालूम होता। उसके कथनानुसार उसके चचेरे भाई रामपुर रियासत में काजी हैं, फूफा टोंक की रियासत में कोतवाल हैं। उसे सर्वसम्मति ने 'काजी-साहेब' की उपाधि दे रखी है। शेष दो महाशय जाति के ब्राह्मण हैं। उनके आशीर्वादों का मूल्य उनके काम से कहीं अधिक है। ये तीनों कामचोर, गुस्ताख और आलसी हैं। कोई छोटा-सा काम करने को भी कहिए तो बिना नाक-भौं सिकोड़े नहीं करते। क्लर्कों को तो कुछ समझते ही नहीं! केवल बड़े बाबू से कुछ दबते हैं, यद्यपि कभी-कभी उनसे झगड़ बैठते हैं। मगर इन सब दुर्गुणों के होते हुए भी दफ़्तर में किसी की मिट्टी इतनी खराब नहीं है, जितनी बेचारे गरीब की। तरक्की का अवसर आया है, तो ये तीनों मार ले जाते हैं, गरीब को कोई पूछता भी नहीं। और सब दस-दस पाते हैं, वह अभी छः ही में पड़ा हुआ है। सुबह से शाम तक उसके पैर एक क्षण के लिए भी नहीं टिकते—यहाँ तक कि तीनों चपरासी उस पर हुकूमत जताते हैं और

ऊपर की आमदनी में तो उस बेचारे का कोई भाग ही नहीं। तिस पर भी दफ़्तर के सब कर्मचारी—दफ़्तरी से लेकर बाबू तक सब—उससे चिढ़ते हैं। उसकी कितनी ही बार शिकायतें हो चुकी हैं, कितनी ही बार जुर्माना हो चुका है और डाँट-डपट तो नित्य ही हुआ करती है। इसका रहस्य कुछ मेरी समझ में न आता था। हाँ, मुझे उस पर दया अवश्य आती थी, और अपने व्यवहार से मैं यह दिखाना चाहता था कि मेरी दृष्टि में उसका आदर चपरासियों से कम नहीं। यहाँ तक कि कई बार मैं उसके पीछे अन्य कर्मचारियों से लड़ भी चुका हूँ।

2

एक दिन बड़े बाबू ने गरीब से अपनी मेज साफ करने को कहा। वह तुरन्त मेज साफ करने लगा। दैवयोग से झाड़न का झटका लगा, तो दावात उलट गयी और रोशनाई मेज पर फैल गयी। बड़े बाबू यह देखते ही जामे से बाहर हो गए। उसके दोनों कान पकड़कर खूब ऐंठे और भारतवर्ष की सभी प्रचलित भाषाओं से दुर्वचन चुन-चुनकर उसे सुनाने लगे। बेचारा गरीब आँखों में आँसू भरे चुपचाप मूर्तिवत खड़ा सुनता था, मानो उसने कोई हत्या कर डाली हो। मुझे बड़े बाबू का जरा-सी बात पर इतना भयंकर रौद्र रूप धारण करना बुरा मालूम हुआ। यदि किसी दूसरे चपरासी ने इससे भी बड़ा कोई अपराध किया होता, तो भी उस पर इतना वज्र प्रहार न होता। मैंने अंग्रेजी में कहा—बाबू साहब, आप यह अन्याय कर रहे हैं। उसने जान-बूझकर तो रोशनाई गिराया नहीं। इसका इतना कड़ा दण्ड अनौचित्य की पराकाष्ठा है।

बाबूजी ने नम्रता से कहा—आप इसे जानते नहीं, बड़ा दुष्ट है।

'मैं तो उसकी कोई दुष्टता नहीं देखता।'

'आप अभी उसे जानते नहीं, एक ही पाजी है। इसके घर दो हलों की खेती होती है, हजारों का लेन-देन करता है; कई भैंसें लगती हैं। इन्हीं बातों का इसे घमण्ड है।'

'घर की ऐसी दशा होती, तो आपके यहाँ चपरासीगिरी क्यों करता?'

'विश्वास मानिए, बड़ा पोढ़ा आदमी है और बला का मक्खीचूस।'

'यदि ऐसा ही हो, तो भी कोई अपराध नहीं है।'

'अजी, अभी आप इन बातों को नहीं जानते। कुछ दिन और रहिए तो आपको स्वयं मालूम हो जायगा कि यह कितना कमीना आदमी है।'

एक दूसरे महाशय बोल उठे—भाई साहब, इसके घर मनों दूध-दही होता है, मनों मटर, जुवार, चने होते हैं, लेकिन इसकी कभी इतनी हिम्मत न हुई कि कभी थोड़ा-सा दफ़्तरवालों को भी दे दे। यहाँ इन चीजों को तरसकर रह जाते हैं। तो फिर क्यों न जी जले? और यह सब कुछ इसी नौकरी के बदौलत हुआ है। नहीं तो पहले इसके घर में भूनी भाँग न थी।

बड़े बाबू कुछ सकुचाकर बोले—यह कोई बात नहीं। उसकी चीज है, किसी को दे या न दे; लेकिन यह बिल्कुल पशु है।

मैं कुछ-कुछ मर्म समझ गया। बोला—यदि ऐसे तुच्छ हृदय का आदमी है, तो वास्तव में पशु ही है। मैं यह न जानता था।

अब बड़े बाबू भी खुले। संकोच दूर हुआ। बोले—इन सौगातों से किसी का उबार तो होता नहीं, केवल देनेवाले की सहृदयता प्रकट होती है। और आशा भी उसी से की जाती है, जो इस योग्य होता है। जिसमें सामर्थ्य ही नहीं, उससे कोई आशा नहीं करता। नंगे से कोई क्या लेगा?

रहस्य खुल गया। बड़े बाबू ने सरल भाव से सारी अवस्था दरशा दी थी। समृद्धि के शत्रु सब होते हैं, छोटे ही नहीं, बड़े भी। हमारी ससुराल या ननिहाल दरिद्र हो, तो हम उससे आशा नहीं रखते! कदाचित् वह हमें विस्मृत हो जाती है। किन्तु वे सामर्थ्यवान होकर हमें न पूछें, हमारे यहाँ तीज और चौथ न भेजें, तो हमारे कलेजे पर साँप लोटने लगता है। हम अपने निर्धन मित्र के पास जायँ, तो उसके एक बीड़े पान से ही सन्तुष्ट हो जाते हैं; पर ऐसा कौन मनुष्य है, जो अपने किसी धनी मित्र के घर से बिना जलपान के लौटकर उसे मन में कोसने न लगे और सदा के लिए उसका तिरस्कार न करने लगे। सुदामा कृष्ण के घर से यदि निराश लौटते, तो कदाचित् वह उनके शिशुपाल और जरासन्ध से भी बड़े शत्रु होते। यह मानव-स्वभाव है।

3

कई दिन पीछे मैंने गरीब से पूछा—क्यों जी, तुम्हारे घर पर कुछ खेती-बारी होती है?

गरीब ने दीन भाव से कहा—हाँ, सरकार होती है। आपके दो गुलाम हैं, वही करते हैं।

'गायें-भैंसें भी लगती हैं?'

'हाँ, हुजूर; दो भैंसें लगती हैं, मुदा गायें अभी गाभिन नहीं हैं। हुजूर लोगों के ही दया-धरम से पेट की रोटियाँ चल जाती हैं।'

'दफ़्तर के बाबू लोगों की भी कभी कुछ खातिर करते हो?'

गरीब ने अत्यन्त दीनता से कहा—हुजूर; मैं सरकार लोगों की क्या खातिर कर सकता हूँ। खेती में जौ, चना, मक्का, जुवार के सिवाय और क्या होता है। आप लोग राजा हैं, यह मोटी-झोटी चीजें किस मुँह से आपकी भेंट करूँ। जी डरता है, कहीं कोई डाँट न बैठे कि इस टके के आदमी की इतनी मजाल। इसी के मारे बाबूजी, हियाव नहीं पड़ता। नहीं तो दूध-दही की कौन बिसात थी। मुँह लायक बीड़ा तो होना चाहिए।

'भला एक दिन कुछ ला के दो तो, देखो लोग क्या कहते हैं। शहर में यह चीजें कहाँ मयस्सर होती हैं। इन लोगों का जी कभी-कभी मोटी-झोटी चीजों पर चला करता है।'

'जी सरकार, कोई कुछ कहे तो? कहीं कोई साहब से शिकायत कर दे तो मैं कहीं का न रहूँ।'

'इसका मेरा जिम्मा है, तुम्हें कोई कुछ न कहेगा। कोई कुछ कहेगा, तो मैं समझा दूँगा।'

'तो हुजूर, आज कल तो मटर की फसिल है। चने के साग भी हो गए हैं और कोल्हू भी खड़ा हो गया है। इसके सिवाय तो और कुछ नहीं है।'

'बस, तो यही चीजें लाओ।'

'कुछ उल्टी-सीधी पड़े, तो हुजूर ही सँभालेंगे!'

'हाँ जी, कह तो दिया कि मैं देख लूँगा।'

दूसरे दिन गरीब आया तो उसके साथ तीन हृष्ट-पुष्ट युवक भी थे। दो के सिरों पर टोकरियाँ थीं, उसमें मटर की फलियाँ भरी हुई थीं। एक के सिर पर मटका था, उसमें ऊख का रस था। तीनों ऊख का एक-एक गार काँख में दबाये हुए थे। गरीब आकर चुपके से बरामदे के सामने पेड़ के नीचे खड़ा हो गया। दफ़्तर में आने का उसे साहस नहीं होता था, मानो कोई अपराधी वृक्ष के नीचे खड़ा था कि इतने में दफ़्तर के चपरासियों

और अन्य कर्मचारियों ने उसे घेर लिया। कोई ऊख लेकर चूसने लगा, कई आदमी टोकरी पर टूट पड़े, लूट मच गयी। इतने में बड़े बाबू दफ़्तर में आ पहुँचे। यह कौतुक देखा तो उच्च स्वर से बोले—यह क्या भीड़ लगा रखी है, अपना-अपना काम देखो। मैंने जाकर उनके कान में कहा—गरीब अपने घर से यह सौगात लाया है। कुछ आप ले लीजिए, कुछ इन लोगों को बाँट दीजिए।

बड़े बाबू ने कृत्रिम क्रोध धारण करके कहा—क्यों गरीब, तुम ये चीजें यहाँ क्यों लाये? अभी ले जाओ, नहीं तो मैं साहब से रपट कर दूँगा। कोई हम लोगों को मलूका समझ लिया है।

गरीब का रंग उड़ गया। थर-थर काँपने लगा। मुँह से एक शब्द भी न निकला। मेरी ओर अपराधी नेत्रों से ताकने लगा।

मैंने उसकी ओर से क्षमा-प्रार्थना की। बहुत कहने सुनने पर बाबू साहब राजी हुए। सब चीजों में से आधी-आधी अपने घर भिजवायी। आधी में अन्य लोगों के हिस्से लगाये गए। इस प्रकार यह अभिनय समाप्त हुआ।

4

अब दफ़्तर में गरीब का मान होने लगा। उसे नित्य घुड़कियाँ न मिलतीं; दिन-भर दौड़ना न पड़ता, कर्मचारियों के व्यंग्य और अपने सहयोगियों के कटुवाक्य न सुनने पड़ते। चपरासी लोग स्वयं उसका काम कर देते। उसके नाम में भी थोड़ा-सा परिवर्तन हुआ। वह गरीब से गरीब दास बना। स्वभाव में कुछ तबदीली पैदा हुई। दीनता की जगह आत्मगौरव का उद्भव हुआ। तत्परता की जगह आलस्य ने ली। वह अब कभी देर करके दफ़्तर आता, कभी-कभी बीमारी का बहाना करके घर बैठ रहता। उसके सभी अपराध अब क्षम्य थे। उसे अपनी प्रतिष्ठा का गुर हाथ लग गया था। वह अब दसवें-पाँचवें दिन दूध, दही लाकर बड़े बाबू को भेंट किया करता। देवता को सन्तुष्ट करना सीख गया। सरलता के बदले अब उसमें काँइयाँपन आ गया।

एक रोज बड़े बाबू ने उसे सरकारी फार्मों का पार्सल छुड़ाने के लिए स्टेशन भेजा। कई बड़े-बड़े पुलिन्दे थे। ठेले पर आये। गरीब ने ठेलेवालों से बारह आने मजदूरी तय की थी जब कागज दफ़्तर में गए तो

उसने बड़े बाबू से बारह आने पैसे ठेलेवालों को देने के लिए वसूल किये। लेकिन दफ़्तर से कुछ दूर जाकर उसकी नीयत बदली। अपनी दस्तूरी माँगने लगा। ठेलेवाले राजी न हुए। इस पर गरीब ने बिगड़कर सब पैसे जेब में रख लिये और धमकाकर बोला—अब एक फूटी कौड़ी भी न दूँगा। जाओ जहाँ चाहे फरियाद करो। देखें, क्या बना लेते हो।

ठेलेवाले न जब देखा कि भेंट न देने से जमा ही गायब हुई जाती है तो रो-धोकर चार आने पैसे देने पर राजी हुए। गरीब ने अठन्नी उसके हवाले की, बारह आने की रसीद लिखाकर उसके अँगूठे के निशान लगवाये और रसीद दफ़्तर में दाखिल हो गयी।

यह कुतूहल देखकर मैं दंग रह गया। यह वही गरीब है, जो कई महीने पहले सरलता और दीनता की मूर्ति था, जिसे कभी चपरासियों से भी अपने हिस्से की रकम माँगने का साहस न होता था, जो दूसरों को खिलाना भी न जानता था, खाने का तो जिक्र ही क्या। यह स्वभावान्तर देखकर अत्यन्त खेद हुआ। इसका उत्तरदायित्व किसके सिर था? मेरे सिर, जिसने उसे चघ्घड़पन और धूर्तता का पहला पाठ पढ़ाया था। मेरे चित्त में प्रश्न उठा—इस काँइयाँपन से, जो दूसरों का गला दबाता है, वह भोलापन क्या बुरा था, जो दूसरों का अन्याय सह लेता था। वह अशुभ मुहूर्त था, जब मैंने उसे प्रतिष्ठा-प्राप्ति का मार्ग दिखाया, क्योंकि वास्तव में वह उसके पतन का भयंकर मार्ग था। मैंने बाह्य प्रतिष्ठा पर उसकी आत्म-प्रतिष्ठा का बलिदान कर दिया।

भूत

मुरादाबाद के पंडित सीतानाथ चौबे गत 30 वर्षों से वहाँ के वकीलों के नेता हैं। उनके पिता उन्हें बाल्यावस्था में ही छोड़कर परलोक सिधारे थे। घर में कोई सम्पत्ति न थी। माता ने बड़े-बड़े कष्ट झेलकर उन्हें पाला और पढ़ाया। सबसे पहले वह कचहरी में पन्द्रह रुपये मासिक पर नौकर हुए। फिर वकालत की परीक्षा दी। पास हो गए। प्रतिभा थी, दो-ही-चार वर्षों में वकालत चमक उठी। जब माता का स्वर्गवास हुआ तब पुत्र का शुमार जिले के गण्यमान्य व्यक्तियों में हो गया था। उनकी आमदनी एक हजार रुपये महीने से कम न थी। एक विशाल भवन बनवा लिया था, कुछ जमींदारी ले ली थी, कुछ रुपये बैंक में रख दिये थे, और कुछ लेन-देन में लगा दिये। इस समृद्धि पर चार पुत्रों का होना उनके भाग्य को आदर्श बनाए हुए था। चारों लड़के भिन्न-भिन्न दर्जों में पढ़ते थे। मगर यह कहना कि सारी विभूति चौबेजी के अनवरत परिश्रम का फल थी, उनकी पत्नी मंगला देवी के साथ अन्याय करना है। मंगला बड़ी सरल, गृह-कार्य में कुशल और पैसे का काम धेले में चलाने वाली स्त्री थी। जब तक अपना घर न बन गया, उसने तीन रुपये महीने से अधिक का मकान किराये पर नहीं लिया; और रसोई के लिए मिसराइन तो उसने अब तक न रखी थी। उसे अगर कोई व्यसन था तो गहनों का; और चौबेजी को भी अगर कोई व्यसन था, तो स्त्री को गहने पहनाने का। वह सच्चे पत्नी-परायण मनुष्य थे। साधारणत: महफिलों में वेश्याओं से हँसी-मजाक कर लेना उतना बुरा नहीं समझा जाता पर पंडितजी अपने जीवन में कभी नाच-गाने की महफिल में गए ही नहीं। पाँच बजे तड़के से लेकर बारह बजे रात तक

उनका व्यसन मनोरंजन, पढ़ना-लिखना अनुशीलन जो कुछ था, कानून था, न उन्हें राजनीति से प्रेम था, न जाति-सेवा से। ये सभी काम उन्हें व्यर्थ से जान पड़ते थे। उनके विचार में अगर कोई काम करने लायक था, तो बस, कचहरी जाना, बहस करना, रुपये जमा करना और भोजन करके सो रहना। जैसे वेदान्ती को ब्रत के अतिरिक्त जगत् मिथ्या जान पड़ता है, वैसे ही चौबेजी को कानून के सिवा सारा संसार मिथ्या प्रतीत होता था। सब माया थी, एक कानून ही सत्य था।

2

चौबेजी के मुख-चन्द्र में केवल एक कला की कमी थी। उनके कोई कन्या न थी। पहलौठी कन्या के बाद फिर कन्या हुई ही नहीं और न अब होने की आशा नहीं थी। स्त्री और पुरुष, दोनों उस कन्या को याद करके रोया करते थे। लड़कियाँ बचपन में लड़कों से ज़्यादा चोंचले करती हैं। उन चोचलों के लिये दोनों प्राणी विकल रहते। माँ सोचती, लड़की होती, तो उसके लिए गहने बनवाती, उसके बाल गूँथती। लड़की पैजनियाँ पहने ठुमक-ठुमक आँगन में चलती तो कितना आनन्द आता! कन्यादान के बिना मोक्ष कैसे होगा? कन्यादान महादान है। जिसने यह दान न दिया, उसका जन्म ही वृथा गया।

आखिर यह लालसा इतनी प्रबल हुई कि मंगला ने अपनी छोटी बहन को बुलाकर कन्या की भाँति पालने का निश्चय किया। उसके माँ-बाप निर्धन थे। राजी हो गए। यह बालिका मंगला की सौतेली माँ की कन्या थी। बड़ी सुन्दर और बड़ी चंचल थी। नाम था बिन्नी। चौबेजी का घर उसके आने से खिल उठा। दो-चार ही दिनों में लड़की अपने माँ-बाप को भूल गयी। उसकी उम्र तो केवल चार वर्ष की थी; पर उसे खेलने की अपेक्षा कुछ काम करना अच्छा लगता था। मंगला रसोई बनाने जाती तो बिन्नी भी उसके पीछे-पीछे जाती, उससे आटा गूँथने के लिए झगड़ा करती। तरकारी काटने में उसे बड़ा मजा आता था। जब तक वकील साहब घर पर रहते, तब तक वह उनके साथ दीवानखाने में बैठी रहती है। कभी किताब उलटती, कभी दावात-कलम से खेलती। चौबेजी मुस्कराकर कहते—बेटी, मार खाओगी? बिन्नी कहती—तुम मार खाओगे, मैं तुम्हारे

कान काट लूँगी, जूजू को बुलाकर पकड़ा दूँगी। इस पर दीवानखाने में खूब कहकहे उड़ते। वकील साहब कभी इतने बाल्यवत्सल न थे! जब बाहर से आते तो कुछ-न-कुछ सौगात बिन्नी के वास्ते जरूर लाते, और घर में कदम रखते ही पुकारते—बिन्नी बेटी, चलो। बिन्नी दौड़ती हुई आकर उनकी गोद में बैठ जाती।

मंगला एक दिन बिन्नी को लिए बैठी थी। इतने में पंडितजी आ गए। बिन्नी दौड़कर उनकी गोद में जा बैठी। पंडितजी ने पूछा—तू किसकी बेटी है?

बिन्नी—न बताऊँगी।

मंगला—कह दे बेटा, जीजी की बेटी हूँ।

पंडित—तू मेरी बेटी है बिन्नी, कि इनकी?

बिन्नी—न बताऊँगी।

पंडित—अच्छा, हम लोग आँखें बन्द किये बैठे हैं; बिन्नी जिसकी बेटी होगी, उसकी गोद में बैठ जायगी।

बिन्नी उठी और फिर चौबेजी की गोद में बैठ गयी।

पंडित—मेरी बेटी है, मेरी बेटी है (स्त्री से) अब न कहना कि मेरी बेटी है।

मंगला—अच्छा, जाओ बिन्नी, अब तुम्हें मिठाई न दूँगी, गुड़िया भी न मँगा दूँगी!

बिन्नी—भैयाजी मँगवा देंगे, तुम्हें न दूँगी।

वकील साहब ने हँसकर बिन्नी को छाती से लगा लिया और गोद में लिये हुए बाहर चले गए। वह अपने इष्ट-मित्रों को भी इस बालक्रीड़ा का रसास्वादन कराना चाहते थे।

आज से जो कोई बिन्नी से पूछता कि तू किसकी बेटी है, तो बिन्नी चट कह देती—भैया की।

एक बार बिन्नी का बाप आकर उसे अपने साथ ले गया। बिन्नी ने रो-रोकर दुनिया सिर पर उठा ली। इधर चौबेजी को भी दिन काटना कठिन हो गया। एक महीना भी न गुजरने पाया था कि वह फिर ससुराल गए और बिन्नी को लिवा लाये। बिन्नी अपनी माता और पिता को भूल गयी। वह चौबेजी को अपना बाप और मंगला को अपनी माँ समझने लगी। जिन्होंने उसे जन्म दिया था, वे अब गैर हो गए।

3

कई साल गुजर गए। वकील साहब के बेटों के विवाह हुए। उनमें से दो अपने बाल-बच्चों को लेकर अन्य जिलों में वकालत करने चले गए। दो कालेज में पढ़ते थे। बिन्नी भी कली से फूल हुई। ऐसी रूप-गुण शीलवाली बालिका बिरादरी में और न थी—पढ़ने-लिखने में चतुर, घर के काम-धन्धों में कुशल, बूटे-कसीदे और सीने-पिरोने में दक्ष, पाककला में निपुण, मधुर-भाषिणी, लज्जाशीला, अनुपम रूप की राशि। अँधेरे घर में उसके सौन्दर्य की दिव्य ज्योति से उजाला होता था। उषा की लालिमा में, ज्योत्स्ना की मनोहर छटा में, खिले हुए गुलाब के ऊपर सूर्य की किरणों से चमकते हुए तुषार-बिन्दु में भी वह प्राणप्रद सुषमा और वह शोभा न थी, श्वेत हेममुकुटधारी पर्वत में भी वह शीतलता न थी, जो बिन्नी अर्थात् विन्ध्येश्वरी के विशाल नेत्रों में थी।

चौबेजी ने बिन्नी के लिए सुयोग्य वर खोजना शुरू किया। लड़कों की शादियों में दिल का अरमान निकाल चुके थे। अब कन्या के विवाह में हौसले पूरे करना चाहते थे। धन लुटाकर कीर्ति पा चुके थे, अब दान-दहेज में नाम कमाने की लालसा थी। बेटे का विवाह कर लेना आसान है पर कन्या के विवाह में आबरू निबाह ले जाना कठिन है, नौका पर सभी यात्रा करते हैं, जो तैरकर नदी पार करे, प्रशंसा का अधिकारी है।

धन की कमी न थी। अच्छा घर और सुयोग्य वर मिल गया। जन्मपत्र मिल गए, बनावत बन गया। फलदान और तिलक की रस्में भी अदा कर दी गयीं। पर हाय रे दुर्दैव! कहाँ तो विवाह की तैयारी हो रही थी, द्वार पर दरजी, सुनार, हलवाई सब अपना-अपना काम कर रहे थे, कहाँ निर्दय विधाता ने और ही लीला रच दी! विवाह के एक सप्ताह पहले मंगला अनायास बीमार पड़ी, तीन ही दिन में अपने सारे अरमान लिये हुए परलोक सिधार गयी।

सन्ध्या हो गयी थी। मंगला चारपाई पर पड़ी हुई थी। बेटे, बहुएँ, पोते-पोतियाँ सब चारपाई के चारों ओर खड़े थे। बिन्नी पैंताने बैठी मंगला के पैर दबा रही थी। मृत्यु के समय की भयंकर निस्तब्धता छायी हुई थी। कोई किसी से न बोलता था; दिल में सब समझ रहे थे, क्या होने वाला है। केवल चौबेजी वहाँ न थे।

सहसा मंगला ने इधर-उधर इच्छा पूर्ण दृष्टि से देखकर कहा—जरा उन्हें बुला दो; कहाँ हैं?

पंडितजी अपने कमरे में बैठे रो रहे थे। सन्देश पाते ही आँसू पोंछते हुए घर में आये और बड़े धैर्य के साथ मंगला के सामने हो गए। डर रहे थे कि मेरी आँखों से आँसू की एक बूँद भी निकली, तो घर में हाहाकार मच जायगा।

मंगला ने कहा—एक बात पूछती हूँ—बुरा न मानना—बिन्नी तुम्हारी कौन है?

पंडित—बिन्नी कौन है? मेरी बेटी है और कौन?

मंगला—हाँ, मैं तुम्हारे मुँह से यही सुनना चाहती थी। उसे सदा अपनी बेटी समझते रहना। उसके विवाह के लिए मैंने जो-जो तैयारियाँ की थीं, उनमें कुछ काट-छाँट मत करना।

पंडित—इसकी चिन्ता न करो। ईश्वर ने चाहा, तो उससे कुछ ज़्यादा धूम-धाम के साथ विवाह होगा।

मंगला—उसे हमेशा बुलाते रहना, तीज-त्योहार में कभी मत भूलना।

पंडित—इन बातों की मुझे याद दिलाने की जरूरत नहीं।

मंगला ने कुछ सोचकर फिर कहा—इसी साल विवाह कर देना।

पंडित—इस साल कैसे होगा?

मंगला—यह फागुन का महीना है। जेठ तक लगन है।

पंडित—हो सकेगा तो इसी साल कर दूँगा।

मंगला—हो सकने की बात नहीं, जरूर कर देना।

पंडित—कर दूँगा।

इसके बाद गोदान की तैयारी होने लगी।

4

बुढ़ापे में पत्नी का मरना बरसात में घर का गिरना है। फिर उसके बनने की आशा नहीं होती।

मंगला की मृत्यु से पंडितजी का जीवन अनियमित और विश्रृंखल-सा हो गया। लोगों से मिलना-जुलना छूट गया। कई-कई दिन कचहरी ही न जाते। जाते भी, तो बड़े आग्रह से। भोजन से अरुचि हो गयी।

विन्ध्येश्वरी उनकी दशा देख-देखकर दिल में कुढ़ती और यथासाध्य उनका दिल बहलाने की चेष्टा किया करती थी। वह उन्हें पुराणों की कथाएँ पढ़कर सुनाती, उनके लिए तरह-तरह की भोजन-सामग्री पकाती और उन्हें आग्रह अनुरोध के साथ खिलाती थी। जब तक वह न खा लेते, आप कुछ न खाती थी। गरमी के दिन थे ही। रात को बड़ी देर तक पैताने बैठी पंखा झला करती और जब तक वह न सो जाते, तब तक आप भी सोने न जाती। वह जरा भी सिर-दर्द की शिकायत करते, तो तुरन्त उनके सिर में तेल डालती। यहाँ तक कि रात को जब उन्हें प्यास लगती, तब खुद दौड़कर आती उन्हें पानी पिलाती। धीरे-धीरे चौबेजी के हृदय में मंगला केवल एक सुख की स्मृति रह गयी।

एक दिन चौबेजी ने बिन्नी को मंगला के सब गहने दे दिये। मंगला का यह अन्तिम आदेश था। बिन्नी फूली न समायी। उसने उस दिन खूब बनाव-सिंगार किया। जब सन्ध्या के समय पंडितजी कचहरी से आये, तो वह गहनों से लदी हुई उनके सामने कुछ लजाती और मुस्कराती हुई आकर खड़ी हो गयी।

पंडितजी ने सतृष्ण नेत्रों से देखा। विन्ध्येश्वरी के प्रति अब उनके मन में एक नया भाव अंकुरित हो रहा था। मंगला जब तक जीवित थी, वह उनसे पिता-पुत्री के भाव को सजग और पुष्ट कराती रहती थी। अब मंगला न थी। अतएव वह भाव दिन-दिन शिथिल होता जाता था। मंगला के सामने बिन्नी एक बालिका थी। मंगला की अनुपस्थिति में वह एक रूपवती युवती थी। लेकिन सरल-हृदया बिन्नी को इसकी रत्ती-भर भी खबर न थी कि भैया के भावों में क्या परिवर्तन हो रहा है। उसके लिए वह वही पिता के तुल्य भैया थे। वह पुरुषों के स्वभाव से अनभिज्ञ थी। नारी-चरित्र में अवस्था के साथ मातृत्व का भाव दृढ़ होता जाता है। यहाँ तक कि एक समय ऐसा आता है, जब नारी की दृष्टि में युवकमात्र पुत्र तुल्य हो जाते हैं। उसके मन में विषय-वासना का लेश भी नहीं रह जाता। किन्तु पुरुषों में यह अवस्था कभी नहीं आती! उनकी कामेन्द्रियाँ क्रिया-हीन भले ही हो जायँ, पर विषय-वासना सम्भवत: और भी बलवती हो जाती है। पुरुष वासनाओं से कभी मुक्त नहीं हो पाता, बल्कि ज्यों-ज्यों अवस्था ढलती है त्यों-त्यों ग्रीष्म-ऋतु के अन्तिम काल की भाँति उसकी वासना की गरमी भी प्रचंड होती जाती है। वह तृप्ति के लिए नीच साधनों

का सहारा लेने को भी प्रस्तुत हो जाता है। जवानी में मनुष्य इतना नहीं गिरता। उसके चरित्र में गर्व की मात्रा अधिक रहती है, जो नीच साधनों से घृणा करती है। वह किसी के घर में घुसने के लिए जबरदस्ती कर सकता है, किन्तु परनाले के रास्ते नहीं जा सकता।

पंडितजी ने बिन्नी को सतृष्ण नेत्रों से देखा और फिर अपनी इस उच्छृंखलता पर लज्जित होकर आँखें नीची कर लीं! बिन्नी इसका कुछ मतलब न समझ सकी।

पंडितजी बोले—तुम्हें देखकर मुझे मंगला की उस समय की याद आ रही है—जब वह विवाह के समय यहाँ आयी थी। बिल्कुल ऐसी सूरत थी। यही गोरा रंग, यही प्रसन्न-मुख, यही कोमल गात, ये ही लजीली आँखें। वह चित्र अभी तक मेरे हृदय-पट पर खिंचा हुआ है, कभी नहीं मिट सकता। ईश्वर ने तुम्हारे रूप में मेरी मंगला मुझे फिर दे दी।

बिन्नी—आप के लिए क्या जलपान लाऊँ?

पंडित—ले आना, अभी बैठो, मैं बहुत दुखी हूँ। तुमने मेरे शोक को भुला दिया है। वास्तव में तुमने मुझे जिला लिया, नहीं तो मुझे आशा न थी कि मंगला के पीछे मैं जीवित रहूँगा। तुमने प्राण दान दिया। नहीं जानता तुम्हारे चले जाने पर मेरी क्या दशा होगी।

बिन्नी—कहाँ चले जाने के बाद? मैं तो कहीं नहीं जा रही हूँ।

पंडित—क्यों तुम्हारे विवाह की तिथि आ रही है। चली ही जाओगी।

बिन्नी—(सकुचाती हुई) ऐसी जल्दी क्या है?

पंडित—जल्दी क्यों नहीं। जमाना हँसेगा।

बिन्नी—हँसने दीजिए। मैं यहीं आपकी सेवा करती रहूँगी।

पंडित—नहीं बिन्नी, मेरे लिए तुम क्यों हलकान होगी। मैं अभागा हूँ, जब तक जिन्दगी है, जिऊँगा; चाहे रोकर जिऊँ, चाहे हँसकर। हँसी मेरी भाग्य से उठ गई। तुमने इतने दिनों सँभाल लिया, यही क्या कम एहसान किया। मैं यह जानता हूँ कि तुम्हारे जाने के बाद कोई मेरी खबर लेने वाला नहीं रहेगा, यह घर तहस-नहस हो जायगा और मुझे घर छोड़कर भागना पड़ेगा। पर क्या किया जाय, लाचारी है। तुम्हारे बिना अब मैं यहाँ क्षणभर भी नहीं रह सकता। मंगला की खाली जगह तो तुमने पूरी की, अब तुम्हारा स्थान कौन पूरा करेगा?

बिन्नी—क्या इस साल रुक नहीं सकता। मैं इस दशा में आपको

छोड़ कर न जाऊँगी।

पंडित—अपने बस की बात तो नहीं? वे लोग आग्रह करेंगे, तो मजबूर होकर करना ही पड़ेगा।

बिन्नी—बहुत जल्दी मचायें तो आप कह दीजिएगा, अब नहीं करेंगे। उन लोगों के जी में जो आये, करें। यहाँ कोई उनका दबैल बैठा हुआ है?

पंडित—वे लोग अभी से आग्रह कर रहे हैं।

बिन्नी—आप फटकार क्यों नहीं देते?

पंडित—करना तो है ही फिर विलम्ब क्यों करूँ? यह दुःख और वियोग तो एक दिन होना ही है। अपनी विपत्ति का भार तुम्हारे सिर क्यों रखूँ?

बिन्नी—दुःख-सुख में काम न आऊँगी, तो और किस दिन काम आऊँगी?

5

पंडितजी के मन में कई दिनों तक घोर संग्राम होता रहा। वह अब बिन्नी को पिता की दृष्टि से न देख सकते थे। बिन्नी अब मंगला की बहन और उनकी साली थी। जमाना हँसेगा, तो हँसे; जिन्दगी तो आनन्द से गुजरेगी। उनकी भावनाएँ कभी इतनी उल्लासमयी न थीं। उन्हें अपने अंगों में फिर जवानी की स्फूर्ति का अनुभव हो रहा था!

वह सोचते, बिन्नी को मैं अपनी पुत्री समझता था; पर वह मेरी पुत्री है तो नहीं। इस तरह समझने से क्या होता है? कौन जाने, ईश्वर को यही मंजूर हो; नहीं तो बिन्नी यहाँ आती ही क्यों? उसने इसी बहाने से यह संयोग निश्चित कर दिया होगा। उसकी लीला तो अपरम्पार है।

पंडितजी ने वर के पिता को सूचना दे दी कि कुछ विशेष कारणों से इस साल विवाह नहीं हो सकता।

विन्ध्येश्वरी को अभी तक कुछ खबर न थी कि मेरे लिए क्या-क्या षड्यंत्र रचे जा रहे हैं। वह खुश थी कि मैं भैयाजी की सेवा कर रही हूँ और भैयाजी मुझसे प्रसन्न हैं! बहन का इन्हें बड़ा दुःख है। मैं न रहूँगी, तो यह कहीं चले जायँगे—कौन जाने, साधु-संन्यासी न हो जायँ! घर में

कैसे मन लगेगा।

वह पंडितजी का मन बहलाने का निरन्तर प्रयत्न करती रहती थी! उन्हें कभी मनमारे न बैठने देती। पंडितजी का मन अब कचहरी में न लगता था। घन्टे-दो-घन्टे बैठकर चले आते थे। युवकों के प्रेम में विफलता होती है और वृद्धों के प्रेम में श्रद्धा। वे अपनी यौवन की कमी को खुशामद से, मीठी बातों से और हाजिरजवाबी से पूर्ण करना चाहते हैं।

मंगला को मरे अभी तीन ही महीने गुजरे थे कि चौबेजी ससुराल पहुँचे। सास ने मुँहमाँगी मुराद पाई। उसके दो पुत्र थे। घर में कुछ पूँजी न थी उनके पालन और शिक्षा के लिए कोई ठिकाना नजर न आता था। मंगला मर ही चुकी थी। लड़की का ज्योंही विवाह हो जायगा, वह अपने घर की हो रहेगी। फिर चौबे से नाता ही टूट जायगा। वह इसी चिन्ता में पड़ी हुई थी कि चौबेजी पहुँचे, मानो देवता स्वयं वरदान देने आये हों।

जब चौबेजी भोजन करके लेटे, तो सास ने कहा—भैया कहीं बातचीत हुई कि नहीं?

पंडित—अम्माँ, अब मेरे विवाह की बातचीत क्या होगी?

सास—क्यों भैया, अभी तुम्हारी उम्र ही क्या है?

पंडित—करना भी चाहूँ तो बदनामी के डर से नहीं कर सकता। फिर मुझे पूछता ही कौन है?

सास—पूछने को हजारों हैं। दूर क्यों जाओ, अपने घर ही में लड़की बैठी है। सुना है, तुमने मंगला के सब गहने बिन्नी को दे दिये हैं। कहीं और विवाह हुआ, तो ये कई हजार की चीजें तुम्हारे हाथों से निकल जायँगी। तुमसे अच्छा घर मैं कहाँ पाऊँगी। तुम उसे अंगीकार कर लो, तो मैं तर जाऊँ।

अँधा क्या माँगे, दो आँखें! चौबेजी ने मानो विवश होकर सास की प्रार्थना स्वीकार कर ली।

6

बिन्नी अपने गाँव के कच्चे मकान में अपनी माँ के पास बैठी हुई है। अबकी चौबेजी ने उसकी सेवा के लिए एक लौंडी भी साथ कर दी है। विन्ध्येश्वरी के दोनों छोटे भाई विस्मित हो-होकर उसके आभूषणों को

देख रहे हैं। गाँव की और कई स्त्रियाँ उसे देखने आयी हुई हैं और उसके रूपलावण्य का विकास देखकर चकित हो रही हैं। यह वही बिन्नी है, जो यहाँ मोटी फरिया पहिने खेला करती थी! रंग-रूप कैसा निखर आया है! सुख की देह है न!

जब भीड़ कम हुई, एकान्त हुआ, तो माता ने पूछा—तेरे भैयाजी तो अच्छी तरह हैं न बेटी! यहाँ आये थे तो बहुत दुखी थे। मंगला का शोक उन्हें खाये जाता है। संसार में ऐसे मर्द भी होते हैं, जो स्त्री के लिए प्राण दे देते हैं। नहीं तो यहाँ स्त्री मरी और चट दूसरा ब्याह रचाया गया। मानो मनाते रहते हैं कि यह मरे तो नयी-नवेली बहू घर लायें!

विन्ध्ये०—उन्हें याद करके रोया करते हैं। चली आयी हूँ, न जाने कैसे होंगे!

माता—मुझे तो डर लगता है कि तेरा ब्याह हो जाने पर कहीं घबराकर साधू-फकीर न हो जायँ।

विन्ध्ये०—मुझे भी तो यही डर लगता है। इसी से तो मैंने कह दिया कि अभी जल्दी क्या है।

माता—जितने ही दिन उनकी सेवा करोगी, उतना ही उनका स्नेह बढ़ेगा; और तुम्हारे जाने से उन्हें उतना ही दुःख भी अधिक होगा। बेटी, सच तो यह है कि वह तुम्हीं को देखकर जीते हैं। इधर तुम्हारी डोली उठी और उधर उनका घर सत्यानाश हुआ। मैं तुम्हारी जगह होती, तो उन्हीं से ब्याह कर लेती।

विन्ध्ये०—ऐ हटो अम्माँ, गाली देती हो? उन्होंने मुझे बेटी करके पाला है। मैं भी उन्हें अपना पिता...

माता—चुप रह पगली! कहने से क्या होता है?

विन्ध्ये०—अरे सोच तो अम्माँ, कितनी बेढंगी बात है!

माता—मुझे तो इसमें कोई बेढंगापन नहीं देख पड़ता।

विन्ध्ये०—क्या कहती हो अम्माँ, उनसे मेरा... मैं तो लाज के मारे मर जाऊँ, उनके सामने ताक न सकूँ। वह भी कभी न मानेंगे। मानने की बात भी हो कोई।

माता—उनका जिम्मा मैं लेती हूँ। मैं उन्हें राजी कर लूँगी। तू राजी हो जा। याद रख, यह कोई हँसी-खुशी का ब्याह नहीं है, उनकी प्राणरक्षा की बात है, जिसके सिवा संसार में हमारा और कोई नहीं। फिर अभी

उनकी कुछ ऐसी उम्र भी तो नहीं है। पचास से दो ही चार साल ऊपर होंगे। उन्होंने एक ज्योतिषी से पूछा भी था। उसने उनकी कुंडली देखकर बताया है कि आपकी जिन्दगी कम-से-कम 70 वर्ष की है। देखने-सुनने में भी वह सौ-दो-सौ में एक आदमी हैं।

बातचीत में चतुर माता ने कुछ ऐसा शब्द-व्यूह रचा कि सरला बालिका उसमें से निकल न सकी। माता जानती थी कि प्रलोभन का जादू इस पर न चलेगा। धन का, आभूषणों का, कुल-सम्मान का, सुखमय-जीवन का उसने जिक्र तक न किया। उसने केवल चौबेजी की दयनीय दशा पर जोर दिया। अन्त को विन्ध्येश्वरी ने कहा—अम्माँ, मैं जानती हूँ कि मेरे न रहने से उनको बड़ा दुःख होगा; यह भी जानती हूँ कि मेरे जीवन में सुख नहीं लिखा है। अच्छा, उनके हित के लिए मैं अपना जीवन बलिदान कर दूँगी। ईश्वर की यही इच्छा है, तो यही सही।

7

चौबेजी के घर में मंगल-गान हो रहा था। विन्ध्येश्वरी आज वधू बनकर इस घर में आयी हैं। कई वर्ष पहले वह चौबेजी की पुत्री बनकर आयी थी! उसने कभी स्वप्न में भी न सोचा था कि मैं एक दिन इस घर की स्वामिनी बनूँगी।

चौबेजी की सज-धज आज देखने योग्य है। तनजेब का रंगीन कुरता, कतरी हुई और सँवारी हुई मूँछें, खिजाब से चमकते हुए बाल, हँसता हुआ चेहरा, चढ़ी आँखें—यौवन का पूरा स्वाँग था!

रात बीत चुकी थी। विन्ध्येश्वरी आभूषणों से लदी हुई, भारी जोड़े पहने, फर्श पर सिर झुकाये बैठी। उसे कोई उत्कंठा न थी, भय न था, केवल यह संकोच था कि मैं उनके सामने कैसे मुँह खोलूँगी? उनकी गोद में खेली हूँ; उनके कन्धों पर बैठी हूँ, उनकी पीठ पर सवार हुई हूँ, कैसे उन्हें मुँह दिखाऊँगी।—मगर वे पिछली बातें क्यों सोचूँ। ईश्वर उन्हें प्रसन्न रक्खे। जिसके लिए मैंने पुत्री से पत्नी बनना स्वीकार किया, वह पूर्ण हो। उनका जीवन आनन्द से व्यतीत हो।

इतने में चौबेजी आये। विन्ध्येश्वरी उठ खड़ी हुई। उसे इतनी लज्जा आयी कि जी चाहा कहीं भाग जाय। खिड़की से नीचे कूद पड़े।

चौबेजी ने उसका हाथ पकड़ लिया और बोले—बिन्नी, मुझसे डरती हो?

बिन्नी कुछ न बोली। मूर्ति की तरह वहीं खड़ी रही। एक क्षण में चौबेजी ने उसे बिठा दिया वह बैठ गयी। उसका गला भर-भर आता था। भाग्य की यह निर्दय लीला, यह क्रूर क्रीड़ा उसके लिए असह्य हो रही थी।

पंडितजी ने पूछा—बिन्नी, बोलती क्यों नहीं? क्या मुझसे नाराज हो?

विन्ध्येश्वरी ने अपने कान बन्द कर लिये। यही परिचित आवाज वह कितने दिनों से सुनती चली आती थी। आज वह व्यंग्य से भी तीव्र और उपहास से भी कटु प्रतीत होती थी।

सहसा पंडितजी चौंक पड़े, आँखें फैल गयीं और दोनों हाथ मेंढक के पैरों की भाँति सिकुड़ गए। वह दो कदम पीछे हट गए। खिड़की से मंगला अन्दर झाँक रही थी! छाया नहीं, मंगला थी—मंगला—सदेह, साकार, सजीव!

चौबेजी काँपती हुई टूटी-फूटी आवाज से बोले—बिन्नी देखो, वह क्या है?

बिन्नी ने घबराकर खिड़की की ओर देखा। कुछ न था। बोली—क्या है? मुझे तो कुछ नहीं दिखाई देता।

चौबेजी—अब गायब हो गयी; लेकिन ईश्वर जानता है, मंगला थी।

बिन्नी—बहन?

चौबेजी—हाँ-हाँ वही। खिड़की से अन्दर झाँक रही थी। मेरे तो रोयें खड़े हो गए।

विन्ध्येश्वरी काँपती हुई बोली—मैं यहाँ नहीं रहूँगी।

चौबे—नहीं, नहीं बिन्नी, कोई डर नहीं है, मुझे धोखा हुआ होगा। बात यह है कि वह घर में रहती थी, यहीं सोती थी, इसी से कदाचित् मेरी भावना ने उसकी मूर्ति लाकर खड़ी कर दी। कोई बात नहीं है। आज का दिन कितना मंगलमय है कि मेरी बिन्नी यथार्थ में मेरी ही हो गयी...

यह कहते-कहते चौबेजी फिर चौंके। फिर वही मूर्ति खिड़की से झाँक रही थी—मूर्ति नहीं, सदेह, सजीव, साकार मंगला! अबकी उसकी आँखों में क्रोध न था, तिरस्कार न था, उनमें हास्य भरा हुआ था, मानो

वह इस दृश्य पर हँस रही है—मानो उसके सामने कोई अभिनय हो रहा है।

चौबेजी ने काँपते हुए कहा—बिन्नी, फिर वही बात हुई! वह देखो, मंगला खड़ी है!

विन्ध्येश्वरी चीखकर उनके गले से चिमट गयी!

चौबेजी ने महाबीर का नाम जपते हुए कहा—मैं किवाड़ बन्द किये देता हूँ।

बिन्नी—मैं इस घर में नहीं रहूँगी। (रोकर) भैयाजी, तुमने बहन के अन्तिम आदेश को नहीं माना, इसी से उनकी आत्मा दुखी हो रही है। मुझे तो किसी अमंगल की आशंका हो रही है।

चौबेजी ने उठकर खिड़की के द्वार बन्द कर दिये और कहा—मैं कल से दुर्गापाठ कराऊँगा। आज तक कभी ऐसी शंका न हुई थी। तुमसे क्या कहूँ, मालूम होता है... होगा; उस बात को जाने दो। यहाँ बड़ी गरमी पड़ रही है। अभी पानी गिरने को दो महीने से कम नहीं हैं। हम लोग मंसूरी क्यों न चलें।

विन्ध्ये०—मेरा तो कहीं जाने का जी नहीं चाहता। कल से दुर्गापाठ जरूर कराना। मुझे अब इस कमरे में नींद न आयेगी।

पंडित—ग्रन्थों में तो यही देखा है कि मरने के बाद केवल सूक्ष्म शरीर रह जाता है। फिर समझ में नहीं आता, यह स्वरूप क्यों कर दिखाई दे रहा है। मैं सच कहता हूँ बिन्नी, अगर तुमने मुझ पर यह दया न की होती; तो मैं कहीं का न रहता। शायद इस वक्त मैं बद्रीनाथ के पहाड़ों पर सिर टकराता होता, या कौन जाने विष खाकर प्राणान्त कर चुका होता!

विन्ध्ये०—मंसूरी में किस होटल में ठहरना पड़ेगा!

पंडित—नहीं, मकान भी मिलते हैं। मैं अपने एक मित्र को लिखे देता हूँ, वह कोई मकान ठीक कर रखेंगे वहाँ...

बात पूरी न होने पायी थी कि न-जाने कहाँ से—जैसे आकाशवाणी हो—आवाज आयी—बिन्नी तुम्हारी पुत्री है!

चौबेजी ने दोनों कान बन्द कर लिये। भय से थर-थर काँपते हुए बोले—बिन्नी, यहाँ से चलो। न जाने कहाँ से आवाजें आ रही हैं।

'बिन्नी तुम्हारी पुत्री है!'—यह ध्वनि सहस्रों कानों से पंडितजी को सुनाई पड़ने लगी, मानो उस कमरे की एक-एक वस्तु से यही सदा आ रही है।

बिन्नी ने रोकर पूछा—कैसी आवाज थी?

पंडित—क्या बताऊँ, कहते लज्जा आती है।

बिन्नी—जरूर बहनजी की आत्मा है। बहन, मुझ पर दया करो, मैं सर्वथा निर्दोष हूँ।

पंडित—फिर वही आवाज आ रही है। हाय ईश्वर! कहाँ जाऊँ? मेरे तो रोम-रोम में वे ही शब्द गूँज रहे हैं। बिन्नी, बुरा किया। मंगला सती थी, उसके आदेश की उपेक्षा करके मैंने अपने हक में जहर बोया। कहाँ जाऊँ, क्या करूँ?

यह कहकर पंडितजी ने कमरे के किवाड़े खोल दिये और बेतहाशा भागे। अपने मरदाने कमरे में पहुँचकर वह गिर पड़े। मूर्छा आ गयी। विन्ध्येश्वरी भी दौड़ी, पर चौखट से बाहर निकलते ही गिर पड़ी!

रामलीला

इधर एक मुद्दत से रामलीला देखने नहीं गया। बन्दरों के भद्दे चेहरे लगाये, आधी टाँगों का पाजामा और काले रंग का ऊँचा कुरता पहने आदमियों को दौड़ते, हू-हू करते देख कर अब हँसी आती है; मजा नहीं आता। काशी की लीला जगद्विख्यात है। सुना है, लोग दूर-दूर से देखने आते हैं। मैं भी बड़े शौक से गया; पर मुझे वहाँ की लीला और किसी बज्र देहात की लीला में कोई अन्तर न दिखायी दिया। हाँ, रामनगर की लीला में कुछ साज-सामान अच्छे हैं। राक्षसों और बन्दरों के चेहरे पीतल के हैं, गदाएँ भी पीतल की हैं; कदाचित् बनवासी भ्राताओं के मुकुट सच्चे काम के हों; लेकिन साज-सामान के सिवा वहाँ भी वही हू-हू के सिवा और कुछ नहीं। फिर भी लाखों आदमियों की भीड़ लगी रहती।

लेकिन एक जमाना वह था, जब मुझे भी रामलीला में आनन्द आता था। आनन्द तो बहुत हल्का-सा शब्द है। वह आनन्द उन्माद से कम न था। संयोगवश उन दिनों मेरे घर से बहुत थोड़ी दूर पर रामलीला का मैदान था; और जिस घर में लीला-पात्रों का रूप-रंग भरा जाता था, वह तो मेरे घर से बिल्कुल मिला हुआ था। दो बजे दिन से पात्रों की सजावट होने लगती थी। मैं दोपहर ही से वहाँ जा बैठता, और जिस उत्साह से दौड़-दौड़ कर छोटे-मोटे काम करता, उस उत्साह से तो आज अपनी पेंशन लेने भी नहीं जाता। एक कोठरी में राजकुमारी का श्रृंगार होता था। उनकी देह में रामरज पीस कर पोती जाती; मुँह पर पाउडर लगाया जाता और पाउडर के ऊपर लाल, हरे, नीले रंग की बुँदकियाँ लगायी जाती थीं। सारा माथा, भौंहें, गाल, ठोड़ी बुँदकियों से रच उठती थीं। एक ही आदमी इस काम

में कुशल था। वही बारी-बारी से तीनों पात्रों का श्रृंगार करता था। रंग की प्यालियों में पानी लाना, रामरज पीसना, पंखा झलना मेरा काम था। जब इन तैयारियों के बाद विमान निकलता, तो उस पर रामचन्द्र जी के पीछे बैठ कर मुझे जो उल्लास, जो गर्व, जो रोमांच होता था। वह अब लाट साहब के दरबार में कुरसी पर बैठ कर भी नहीं होता। एक बार जब होम-मेम्बर साहब ने व्यवस्थापक-सभा में मेरे एक प्रस्ताव का अनुमोदन किया था, उस वक्त मुझे कुछ उसी तरह का उल्लास, गर्व और रोमांच हुआ था। हाँ, एक बार जब मेरा ज्येष्ठ पुत्र नायब-तहसीदारी में नामजद हुआ, तब भी ऐसी ही तरंगें मन में उठी थीं; पर इनमें और उस बाल-विह्वलता में बड़ा अन्तर है। तब ऐसा मालूम होता था कि मैं स्वर्ग में बैठा हूँ।

निषाद-नौका-लीला का दिन था। मैं दो-चार लड़कों के बहकाने में आकर गुल्ली-डंडा खेलने लगा था। आज श्रृंगार देखने न गया। विमान भी निकला; पर मैंने खेलना न छोड़ा। मुझे अपना दाँव लेना था। अपना दाँव छोड़ने के लिए उससे कहीं बढ़ कर आत्मत्याग की जरूरत थी, जितना मैं कर सकता था। अगर दाँव देना होता तो मैं कब का भाग खड़ा होता; लेकिन पदाने में कुछ और ही बात होती है। खैर, दाँव पूरा हुआ। अगर मैं चाहता, तो धाँधली करके दस-पाँच मिनट और पदा सकता था, इसकी काफी गुंजाइश थी, लेकिन अब इसका मौका न था। मैं सीधे नाले की तरफ दौड़ा। विमान जल-तट पर पहुँच चुका था। मैंने दूर से देखा—मल्लाह किश्ती लिये आ रहा है। दौड़ा, लेकिन आदमियों की भीड़ में दौड़ना कठिन था। आखिर जब मैं भीड़ हटाता, प्राण-पण से आगे बढ़ता घाट पर पहुँचा, तो निषाद अपनी नौका खोल चुका था। रामचन्द्र पर मेरी कितनी श्रद्धा थी! अपने पाठ की चिन्ता न करके उन्हें पढ़ा दिया करता था, जिसमें वह फेल न हो जायँ। मुझसे उम्र ज़्यादा होने पर भी वह नीची कक्षा में पढ़ते थे। लेकिन वही रामचन्द्र नौका पर बैठे इस तरह मुँह फेरे चले जाते थे, मानो मुझसे जान-पहचान ही नहीं। नकल में भी असल की कुछ न कुछ बू आ ही जाती है। भक्तों पर जिनकी निगाह सदा ही तीखी रही है, वह मुझे क्यों उबारते? मैं विकल हो कर उस बछड़े की भाँति कूदने लगा, जिसकी गरदन पर पहली बार जुआ रखा गया हो। कभी लपक कर नाले कि ओर जाता, कभी किसी सहायक की खोज में पीछे की तरफ दौड़ता, पर सब के सब अपनी धुन में मस्त थे; मेरी चीख-पुकार

किसी के कानों तक न पहुँची। तब से बड़ी-बड़ी विपत्तियाँ झेलीं; पर उस समय जितना दु:ख हुआ, उतना फिर कभी न हुआ।

मैंने निश्चय किया था कि अब रामचन्द्र से न कभी बोलूँगा, न कभी खाने की कोई चीज ही दूँगा; लेकिन ज्यों ही नाले को पार करके वह पुल की ओर लौटे; मैं दौड़ कर विमान पर चढ़ गया, और ऐसा खुश हुआ, मानो कोई बात ही न हुई थी।

2

रामलीला समाप्त हो गयी थी। राजगद्दी होने वाली थी; पर न जाने क्यों देर हो रही थी। शायद चन्दा कम वसूल हुआ था। रामचन्द्र की इन दिनों कोई बात भी न पूछता था। न घर ही जाने की छुट्टी मिलती थी, न भोजन का ही प्रबन्ध होता था। चौधरी साहब के यहाँ से एक सीधा कोई तीन बजे दिन को मिलता था। बाकी सारे दिन कोई पानी को नहीं पूछता। लेकिन मेरी श्रद्धा अभी तक ज्यों की त्यों थी। मेरी दृष्टि में अब भी रामचन्द्र ही थे। घर पर मुझे खाने की कोई चीज मिलती, वह ले कर रामचन्द्र को दे आता। उन्हें खिलाने में मुझे जितना आनन्द मिलता था, उतना आप खा जाने में कभी न मिलता। कोई मिठाई या फल पाते ही मैं बेतहाशा चौपाल की ओर दौड़ता। अगर रामचन्द्र वहाँ न मिलते तो उन्हें चारों ओर तलाश करता, और जब तक वह चीज उन्हें न खिला लेता, मुझे चैन न आता था।

खैर, राजगद्दी का दिन आया। रामलीला के मैदान में एक बड़ा-सा शामियाना ताना गया। उसकी खूब सजावट की गयी। वेश्याओं के दल भी आ पहुँचे। शाम को रामचन्द्र की सवारी निकली, और प्रत्येक द्वार पर उनकी आरती उतारी गयी। श्रद्धानुसार किसी ने रुपये दिये, किसे ने पैसे। मेरे पिता पुलिस के आदमी थे; इसलिए उन्होंने बिना कुछ दिये ही आरती उतारी। उस वक्त मुझे कितनी लज्जा आयी, उसे बयान नहीं कर सकता। मेरे पास उस वक्त संयोग से एक रुपया था। मेरे मामा जी दशहरे के पहले आये थे और मुझे एक रुपया दे गए थे। उस रुपये को मैंने रख छोड़ा था। दशहरे के दिन भी उसे खर्च न कर सका। मैंने तुरन्त वह रुपया ला कर आरती की थाली में डाल दिया। पिता जी मेरी ओर कुपित-नेत्रों से देख कर रह गए। उन्होंने कुछ कहा तो नहीं; लेकिन मुँह ऐसा बना लिया,

जिससे प्रकट होता था कि मेरी इस धृष्टता से उनके रोब में बट्टा लग गया। रात के दस बजते-बजते यह परिक्रमा पूरी हुई। आरती की थाली रुपयों और पैसों से भरी हुई थी। ठीक तो नहीं कह सकता; मगर अब ऐसा अनुमान होता है कि चार-पाँच सौ रुपयों से कम न थे। चौधरी साहब इनसे कुछ ज़्यादा ही खर्च कर चुके थे। उन्हें इसकी बड़ी फिक्र हुई कि किसी तरह कम से कम दो सौ रुपये और वसूल हो जायँ और इसकी सब से अच्छी तरकीब उन्हें यही मालूम हुई कि वेश्याओं द्वारा महफिल में वसूली हो। जब लोग आ कर बैठ जायँ, और महफिल का रंग जम जाय, तो आबादीजान रसिकजनों की कलाइयाँ पकड़-पकड़ कर ऐसे हाव-भाव दिखायें कि लोग शरमाते-शरमाते भी कुछ न कुछ दे ही मरें। आबादीजान और चौधरी साहब में सलाह होने लगी। मैं संयोग से उन दोनों प्राणियों की बातें सुन रहा था। चौधरी साहब ने समझा होगा यह लौंड़ा क्या मतलब समझेगा। पर यहाँ ईश्वर की दया से अक्ल के पुतले थे। सारी दास्तान समझ में आती जाती थी।

चौधरी—सुनो आबादीजान, यह तुम्हारी ज़्यादती है। हमारा और तुम्हारा कोई पहला साबिका तो है नहीं। ईश्वर ने चाहा, तो यहाँ हमेशा तुम्हारा आना-जाना लगा रहेगा। अब की चन्दा बहुत कम आया, नहीं तो मैं तुमसे इतना इसरार न करता।

आबादी०—आप मुझ से भी जमींदारी चालें चलते हैं, क्यों? मगर यहाँ हुजूर की दाल न गलेगी। वाह रुपये तो मैं वसूल करूँ, और मूँछों पर ताव आप दें। कमाई का अच्छा ढंग निकाला है। इस कमाई से तो वाकई आप थोड़े दिनों में राजा हो जायेंगे। उसके सामने जमींदारी झक मारेगी! बस, कल ही से एक चकला खोल दीजिए! खुदा की कसम, माला-माल हो जाइएगा।

चौधरी—तुम दिल्लगी करती हो, और यहाँ काफिया तंग हो रहा है।

आबादी०—तो आप भी तो मुझी से उस्तादी करते हैं। यहाँ आप-जैसे काँइयों को रोज उँगलियों पर नचाती हूँ।

चौधरी—आखिर तुम्हारी मंशा क्या है?

आबदी०—जो कुछ वसूल करूँ, उसमें आधा मेरा, आधा आपका। लाइए, हाथ मारिए।

चौधरी—यही सही।

आबादी०—अच्छा, तो पहले मेरे सौ रुपये गिन दीजिए। पीछे से आप अलसेट करने लगेंगे।

चौधरी—वाह! वह भी लोगी और यह भी।

आबादी०—अच्छा! तो क्या आप समझते थे कि अपनी उजरत छोड़ दूँगी? वाह री आपकी समझ! खूब; क्यों न हो। दीवाना बकारे दरवेश हुशियार!

चौधरी—तो क्या तुमने दोहरी फीस लेने की ठानी है?

आबादी०—अगर आप को सौ दफे गरज हो, तो। वरना मेरे सौ तो कहीं गए ही नहीं। मुझे क्या कुत्ते ने काटा है, जो लोगों की जेब में हाथ डालती फिरूँ?

चौधरी की एक न चली। आबादी के सामने दबना पड़ा। नाच शुरू हुआ। आबादीजान बला की शोख औरत थी। एक तो कमसिन, उस पर हसीन। और उसकी अदाएँ तो इस गज़ब की थीं कि मेरी तबीयत भी मस्त हुई जाती थी। आदमियों के पहचानने का गुण भी उसमें कुछ कम न था। जिसके सामने बैठ गयी, उससे कुछ न कुछ ले ही लिया। पाँच रुपये से कम तो शायद ही किसी ने दिये हों। पिता जी के सामने भी वह बैठी। मैं मारे शर्म के गड़ गया। जब उसने उनकी कलाई पकड़ी, तब तो मैं सहम उठा। मुझे यकीन था कि पिता जी उसका हाथ झटक देंगे और शायद दुत्कार भी दें, किन्तु यह क्या हो रहा है! ईश्वर! मेरी आँखें धोखा तो नहीं खा रही हैं! पिता जी मूँछों में हँस रहे हैं। ऐसी मृदु-हँसी उनके चेहरे पर मैंने कभी नहीं देखी थी। उनकी आँखों में अनुराग टपका पड़ता था। उनका एक-एक रोम पुलकित हो रहा था; मगर ईश्वर ने मेरी लाज रख ली। वह देखो, उन्होंने धीरे से आबादी के कोमल हाथों से अपनी कलाई छुड़ा ली। अरे! यह फिर क्या हुआ? आबादी तो उनके गले में बाहें डाले देती है। अब पिता जी उसे जरूर पीटेंगे। चुड़ैल को जरा भी शर्म नहीं।

एक महाशय ने मुस्करा कर कहा—यहाँ तुम्हारी दाल न गलेगी, आबादीजान! और दरवाजा देखो।

बात तो इन महाशय ने मेरे मन की कही, और बहुत ही उचित कही; लेकिन-न-जाने क्यों पिता जी ने उसकी ओर कुपित-नेत्रों से देखा, और मूँछों पर ताव दिया। मुँह से तो वह कुछ न बोले; पर उनके मुख की आकृति चिल्ला कर सरोष शब्दों में कह रही थी—तू बनिया, मुझे

समझता क्या है? यहाँ ऐसे अवसर पर जान तक निसार करने को तैयार हैं। रुपये की हकीकत ही क्या! तेरा जी चाहे, आजमा ले! तुझसे दूनी रकम न दे डालूँ, तो मुँह न दिखाऊँ! महान् आश्चर्य! घोर अनर्थ! अरे, जमीन तू फट क्यों नहीं जाती? आकाश, तू फट क्यों नहीं पड़ता? अरे, मुझे मौत क्यों नहीं आ जाती! पिता जी जेब में हाथ डाल रहे हैं। वह कोई चीज निकाली, और सेठ जी को दिखा कर आबादीजान को दे डाली। आह! यह तो अशर्फी है। चारों ओर तालियाँ बजने लगीं। सेठ जी उल्लू बन गए। पिता जी ने मुँह की खायी, इसका निश्चय मैं नहीं कर सकता। मैंने केवल इतना देखा कि पिता जी ने एक अशर्फी निकाल कर आबादीजान को दी। उनकी आँखों में इस समय इतना गर्वयुक्त उल्लास था मानो उन्होंने हातिम की कब्र पर लात मारी हो। यही पिता जी हैं, जिन्होंने मुझे आरती में एक रुपया डालते देख कर मेरी ओर इस तरह से देखा था, मानो मुझे फाड़ ही खायेंगे। मेरे उस परमोचित व्यवहार से उनके जेब में फर्क आता था, और इस समय इस घृणित, कुत्सिल और निन्दित व्यापार पर गर्व और आनन्द से फूले न समाते थे।

आबादीजान ने एक मनोहर मुस्कान के साथ पिता जी को सलाम किया और आगे बढ़ी; मगर मुझसे वहाँ न बैठा गया। मारे शर्म के मेरा मस्तक झुका जाता था; अगर मेरी आँखों-देखी बात न होती, तो मुझे इस पर कभी एतबार न होता। मैं बाहर जो कुछ देखता-सुनता था, उसकी रिपोर्ट अम्माँ से जरूर करता था। पर इस मामले को मैंने उनसे छिपा रखा। मैं जानता था, उन्हें यह बात सुन कर बड़ा दु:ख होगा।

रात भर गाना होता रहा। तबले की धमक मेरे कानों में आ रही थी। जी चाहता था, चल कर देखूँ; पर साहस न होता था। मैं किसी को मुँह कैसे दिखाऊँगा? कहीं किसी ने पिता जी का जिक्र छेड़ दिया, तो मैं क्या करूँगा?

प्रात:काल रामचन्द्र की बिदाई होने वाली थी। मैं चारपाई से उठते ही आँखें मलता हुआ चौपाल की ओर भागा? डर रहा था कि कहीं रामचन्द्र चले न गए हों। पहुँचा, तो देखा—तवायफों की सवारियाँ जाने को तैयार हैं। बीसों आदमी हसरत नाक मुँह बनाये उन्हें घेरे खड़े हैं। मैंने उनकी ओर आँख तक न उठायी। सीधा रामचन्द्र के पास पहुँचा। लक्ष्मण और सीता बैठे रो रहे थे; और रामचन्द्र खड़े काँधे पर लुटिया-डोर डाले

उन्हें समझा रहे थे। मेरे सिवा वहाँ और कोई न था। मैंने कुंठित-स्वर से रामचन्द्र से पूछा—क्या तुम्हारी विदाई हो गयी?

रामचन्द्र—हाँ, हो तो गयी। हमारी बिदाई ही क्या? चौधरी साहब ने कह दिया—जाओ, चले जाते हैं।

'क्या रुपया और कपड़े नहीं मिले?'

'अभी नहीं मिले। चौधरी साहब कहते हैं—इस वक्त बचत में रुपये नहीं हैं। फिर आ कर ले जाना।'

'कुछ नहीं मिला?'

'एक पैसा भी नहीं। कहते हैं, कुछ बचत नहीं हुई। मैंने सोचा था, कुछ रुपये मिल जायँगे तो पढ़ने को किताबें ले लूँगा! सो कुछ न मिला। राह खर्च भी नहीं दिया। कहते हैं—कौन दूर है, पैदल चले जाओ!'

मुझे ऐसा क्रोध आया कि चल कर चौधरी को खूब आड़े हाथों लूँ। वेश्याओं के लिए रुपये, सवारियाँ सब कुछ; पर बेचारे रामचन्द्र और उनके साथियों के लिए कुछ भी नहीं! जिन लोगों ने रात को आबादीजान पर दस-दस, बीस-बीस रुपये न्योछावर किये थे, उनके पास क्या इनके लिए दो-दो, चार-चार आने पैसे भी नहीं। पिता जी ने भी तो आबादीजान को एक अशर्फी दी थी। देखूँ इनके नाम पर क्या देते हैं! मैं दौड़ा हुआ पिता जी के पास गया। वह कहीं तफतीश पर जाने को तैयार खड़े थे। मुझे देख कर बोले—कहाँ घूम रहे हो? पढ़ने के वक्त तुम्हें घूमने की सूझती है?

मैंने कहा—गया था चौपाल। रामचन्द्र विदा हो रहे थे। उन्हें चौधरी साहब ने कुछ नहीं दिया।

'तो तुम्हें इसकी क्या फिक्र पड़ी है?'

'वह जायेंगे कैसे? पास राह-खर्च भी तो नहीं है।'

'क्या कुछ खर्च भी नहीं दिया? यह चौधरी साहब की बेइंसाफी है।'

'आप अगर दो रुपया दे दों, तो मैं उन्हें दे आऊँ। इतने में शायद वह घर पहुँच जायँ।'

पिता जी ने तीव्र दृष्टि से देख कर कहा—जाओ, अपनी किताब देखो, मेरे पास रुपये नहीं हैं।

यह कह कर वह घोड़े पर सवार हो गए। उसी दिन से पिता जी पर से मेरी श्रद्धा उठ गयी। मैंने फिर कभी उनकी डाँट-डपट की परवा नहीं

की। मेरा दिल कहता—आपको मुझको उपदेश देने का कोई अधिकार नहीं है। मुझे उनकी सूरत से चिढ़ हो गयी। वह जो कहते, मैं ठीक उसका उल्टा करता। यद्यपि इसमें मेरी हानि हुई; लेकिन मेरा अन्त:करण उस समय विप्लवकारी विचारों से भरा हुआ था।

मेरे पास दो आने पैसे पड़े हुए थे। मैंने पैसे उठा लिये और जा कर शरमाते-शरमाते रामचन्द्र को दे दिये। उन पैसों को देख कर रामचन्द्र को जितना हर्ष हुआ, वह मेरे लिए आशातीत था। टूट पड़े, मानो प्यासे को पानी मिल गया।

यही दो आने पैसे ले कर तीनों मूर्तियाँ बिदा हुई! केवल मैं ही उनके साथ कस्बे के बाहर तक पहुँचाने आया।

उन्हें विदा करके लौटा, तो मेरी आँखे सजल थीं; पर हृदय आनन्द से उमड़ा हुआ था।